国家出版基金项目
“十三五”国家重点出版物出版规划项目
安徽省文化强省建设专项资金项目

马加尔的梦

Сон Макара

[俄] 符·柯罗连科 等◎著
力 冈◎译

安徽师范大学出版社
·芜湖·

图书在版编目(CIP)数据

马加尔的梦 / (俄罗斯)符·柯罗连科等著; 力冈译. — 芜湖: 安徽师范大学出版社, 2018.1

(力冈译文全集;19)

ISBN 978-7-5676-3277-6

Ⅰ. ①马… Ⅱ. ①符… ②力… Ⅲ. ①俄罗斯文学 - 作品综合集 Ⅳ. ①I512.11

中国版本图书馆CIP数据核字(2017)第261917号

马加尔的梦　　[俄]符·柯罗连科 等◎著　力 冈◎译
MAJIAER DE MENG

责任编辑: 童　睿　李　玲
装帧设计: 刘　畅　桑国磊
出版发行: 安徽师范大学出版社
芜湖市九华南路189号安徽师范大学花津校区
网　　址: http://www.ahnupress.com/
发 行 部: 0553-3883578　5910327　5910310(传真)
印　　刷: 浙江新华数码印务有限公司
版　　次: 2018年1月第1版
印　　次: 2018年1月第1次印刷
规　　格: 880 mm×1230 mm　1/32
印　　张: 11.375
字　　数: 270千字
书　　号: ISBN 978-7-5676-3277-6
定　　价: 70.00元

力冈先生文学翻译的历史意义

——序《力冈译文全集》

刘文飞
中国俄罗斯文学研究会会长

在力冈先生诞辰91周年的今天，在力冈先生去世20年后的当下，在洋洋19卷23册的《力冈译文全集》面世的此刻，我们终于可以试着归纳一下他的文学翻译所具有的历史意义了。

一

力冈先生的文学翻译苦行僧形象是具有典型意义和感召力量的，这是中国老一辈俄苏文学翻译家留下的一个苍凉背影，也是他们为自己建起的一座“非人工的纪念碑”。翻译是一项苦差事，是需要坐冷板凳的，是一项付出和回报往往不成正比的工作，是一种注定要与孤独和寂寞为伴的工作。文学翻译至少需要出色地掌握两种语言，而好的外语或许能让人找到另外一种更为轻松、更有利可图的工作，好的翻译家若用其母语来进行创作，大约自己也能写出像样的文学作品来。可是，文学翻译似乎像电子游戏、像吸食鸦片一样是一种能让人上瘾的事情，一旦上手，一旦品味到其中的甘苦，往往便欲罢不能。始自玄奘的翻译姿态和翻译精神，似乎成了中国一代又一代译者的宿命，即专注和吃苦，苦修和执着。

力冈先生1926年生于山东乡间，自幼失去母亲，生活贫苦，到他上中学时，家乡被日寇占领，他流亡河南、甘肃、陕西等地。1950年，他考入哈尔滨外国语专门学校俄语专业，毕业后志愿来到安徽师范大学任教，不久就开始了文学翻译工作，陆续在报刊上发表一些短篇译作，至1956年，他的单行本译作《里雅希柯小说集》已由上海新文艺出版社推出。然而次年，他便在反右运动中蒙冤，被开除公职，押往新生耐火材料厂劳教。1960年7月，他因“劳动表现突出”被摘掉右派帽子，重返学校，他在教学之余立即重拾译笔，在短短数月间便译出苏联作家艾特马托夫的中篇小说《查密莉雅》，这篇译作在《世界文学》杂志1961年第10期刊出，引起轰动，“力冈”这一译家大名从此进入人们的视野。就在力冈先生准备大展宏图、施展拳脚的时候，“文化大革命”却突如其来，1968年，他再度被逐出校园，下放至宣城地区新田公社劳动改造，直到“文革”结束后的1978年方得以重返讲台，此时他已过天命之年，用他自己的话说就是：“噩梦醒来，已是人生的黄昏。”文学翻译需要天赋，但也是一种力气活，在对于一位翻译家而言的黄金时期，即30—50岁，力冈先生却两度蒙冤，两度再拾译笔，重新开始，这需要何等的勇气和坚韧！他两落三起的翻译经历，几乎就是20世纪五六十年代中国的俄苏文学翻译家们跌宕起伏的人生经历的缩影，就是那一时代中国知识分子命运的象征。令人惊讶的是，重返译坛的力冈先生以超乎常人的工作激情和翻译速度，在1978年后的20年间陆续出版20余部译著，平均每年一部，总字数达700余万。在20世纪80年代，最初几部译著的出版使力冈先生挣到了以当时标准看相当不菲的稿酬，甚至成为所谓“万元户”，但他似乎无暇也无意去享受自己的劳动成果，依然粗茶淡饭，素衣裹身，与此同时却以更大的热情继续译事，终日伏案，不懈地爬格子。1997年2月，力冈先生因肝癌病在芜湖弋矶山医院逝世，据家人说，他在生命的最后时刻仍在念叨着未译完的最后一部译作《罪与罚》。我们或许可以说，他是被文学翻译累死的；我们肯定可以说，文学翻译是他最为看重的毕生事业。

力冈先生少年时四处漂泊，中年时命运多舛，老年时病魔缠身，他的一生似乎都不是给最需要安宁和平静的翻译家所准备的；力冈先生的职业是教师，他偏居小城，又不善交际，这些似乎都不构成他迅速成长为一位全国著名翻译家的前提条件。但是，正如吴笛教授在他纪念力冈先生的文章中所言：“他的一生就是用出人意料的成就表现了悲怆的境界。面对种种意想不到的遭遇和不公，他并没有沉沦，也没有片面地记恨，而是在艰难的岁月中怀着对人性的憧憬，将厄运升华为创作的动力，在逆境中不忘呼唤人性和仁爱，将种种遭遇视为生命中的财富，在悲怆的境界中抒写诗意人生，毫不气馁地追求生命的意义，在自己所献身的俄罗斯文学翻译事业中，做出了杰出的贡献。”

普希金说过：“译者是文明的驿马。”笔者曾对此说法加以引申：“如果说广义的译者是文明的驿马，那么专事文学翻译的人士便是‘文学的驿马’了。凑巧的是，在汉语中，译者的‘译’和驿马的‘驿’不仅同音，而且在词源、词形和词义上也很相近，区别似乎仅在于后者为‘马儿’而前者是‘文人’（言者）。……用在驿站间往复奔波的马儿来形容译者，每个有过译事经验的人大约都能在这个比喻中品味出某种艰苦和辛酸，甚至是束缚和无奈。……既要有出众的能力还要有忍辱负重的秉性，日复一日的奔波只能换得微薄的粮草，还得时刻提防路途中遍布的坑洼和沼泽，能善此业者非驿马莫属也。"力冈先生就是这样一匹忍辱负重、砥砺前行的"文学的驿马"。力冈先生以他的作为告诉我们，文学翻译是一项可以托付终生的事业，是一种富有意义的存在方式；力冈先生及其文学翻译活动是一种燃烧生命的举动，一个与命运抗争的典范，同时是他的翻译意志奏出的一曲凯歌。

二

力冈先生是在中国改革开放的热潮中展开他最积极的翻译活动的，他的大部分译作出版于20世纪80年代。浏览一下力冈先生的译作书目，可以发现出版于80年代的译著有十余部之多，计有格鲁兹杰夫的《高尔基传》（与济凯合译，江西人民出版社1980年版）、冈察尔的《爱的归宿》（安徽人民出版社1983年版）、巴巴耶夫斯基的《野茫茫》（浙江文艺出版社1983年版）、艾特马托夫的《白轮船》（外国文学出版社1984年版）、阿列克谢耶夫的《儿时伙伴》（山东文艺出版社1984年版）、波利亚科夫的《别林斯基传》（黑龙江人民出版社1985年版）、普希金的《暴风雪》（春风文艺出版社1985年版）、肖洛霍夫的《静静的顿河》（漓江出版社1986年版）、帕斯捷尔纳克的《日瓦戈医生》（与冀刚合译，漓江出版社1986年版）、帕斯捷尔纳克的《含泪的圆舞曲——帕斯捷尔纳克诗选》(与吴笛合译,浙江文艺出版社1988年版)、卡里姆的《悠悠儿时情》(安徽文艺出版社1989年版)和格罗斯曼的《风雨人生》(漓江出版社1991年版)等。从这个目录还可以看出,力冈这一时期的译作总体上以苏联当代文学作品为主要翻译对象。

20世纪80年代是中国当代史上的一个特殊时期,那是一个文化转型期,甚至可以说是中国现当代的一场文艺复兴,是一个文化觉醒的黄金时期。在那场汹涌壮阔的思想解放运动中,在整个改革开放后中国当代文化的建构过程中,对外国文学和外国文化的翻译和介绍起到了无可替代的重要作用,中国当今的现代化,从某种意义上说就是一种"被翻译过来的现代化"。那是一个文学的时代,也是一个翻译文学的时代;那是一个开放的时代,更是一个对外国优秀文学和文化开放的时代,在精神上饥寒交迫的国人首度面对外国文学的盛宴,饕餮之余,最应该感谢的就是那一时代的翻译家。在中国改革开放后出现的外国文学翻译热潮中,俄苏文学也是重要的译介对象之一,力冈先生的译著也和其他众多翻译作品一样,是对改革事业的添砖加瓦,是为思想解放运动注入的燃料,对当时中国社会的文化重建、国民文化性格的重塑起到了重要作用。

中国的俄国文学翻译始自19世纪末,在五四时期出现第一个高潮,如今人们在探讨五四运动的起因时,常将俄国的文学与德国的马克思主义和法国的启蒙思想并列为三大思想资源,由此不难看出俄国文学在当时中国社会所发挥的强大思想作用。后来,在抗日战争时期,在新中国成立之后的50—60年代,俄苏文学再度发挥“军火”和“样板”功能，而在改革开放时期，包括俄苏文学在内的外国文学，又一次成为国人解放思想、放眼世界的意识形态工具和思想武器。如果说，鲁迅那一代翻译家是“给起义的奴隶偷运军火”的人，那么，改革开放时期的这一代中国翻译家同样是为国人“盗火”的普罗米修斯，功莫大焉，没有包括力冈先生在内的这一代翻译家的辛勤工作，国人的思想解放就是难以想象的。如果我们把出生在19、20世纪之交的翻译家如鲁迅、瞿秋白、蒋光慈、茅盾、巴金、耿济之等视为中国第一代俄国文学翻译家，那么20世纪第一个十年前后出生的姜椿芳、曹靖华、戈宝权、查良铮、汝龙、满涛、叶水夫等就是第二代，而力冈以及去年去世的草婴和刚刚去世的高莽等人则构成中国的俄国文学翻译家的第三代方阵，这一代翻译家同样以自己的辛勤努力为中国的思想启蒙和文化构建做出了历史性的贡献。

中国第三代俄国文学翻译家的工作也对当代中国文学的发展进程产生了深远影响。在20世纪80年代初起，俄苏文学在中国的译介出现一个“井喷”现象，十余年间，全国近百家出版社先后出版的俄苏文学作品多达近万种，在译作的种类和印数上，可能要高出此前所有同类出版物的总和。在这样一种铺天盖地的外国文学译介热潮中，受益的不仅仅是中国的读者，自然也包括中国的作家。王蒙在他的《青春祭》（作家出版社2006年版）一书中写道：“我们这一代中国作家中的许多人，特别是我自己，从不讳言苏联文学的影响。是爱伦堡的《谈谈作家的工作》在50年代初期诱引我走上写作之途。是安东诺夫的《第一个职务》与纳吉宾的《冬天的橡树》照耀着我的短篇小说创作。是法捷耶夫的《青年近卫军》帮助我去挖掘新生活带来的新的精神世界之美。在张洁、蒋子龙、李国文、从维熙、茹志鹃、张贤亮、杜鹏程、王汶石直到铁凝和张承志的作品中,都不难看到苏联文学的影响。张贤亮的《肖尔布拉克》、张承志的《黑骏马》以及蒋子龙的某些小说都曾被人具体地指认出苏联的某部对应的文学作品;这里,与其说是作者一定受到了某部作品的直接启发,不如说是整个苏联文学的思路与情调、氛围的强大影响力在我们的身上屡屡开花结果。”这里提到的张承志,就对力冈先生的译作赞不绝口,曾感慨:“我恨不得倒背如流!”由此不难窥见力冈先生的译作对改革开放时期中国作家产生的影响。

三

1984年,漓江出版社推出力冈先生重译的《静静的顿河》,这是新时期名著重译的第一部,而自90年代起,力冈先生更将名著重译当成首要任务,相继重译了多部俄国文学经典,如托尔斯泰的《复活》(译林出版社1992年版)和《安娜·卡列尼娜》(浙江文艺出版社1992年版)、屠格涅夫的《猎人笔记》(河北教育出版社1994年版)、莱蒙托夫的《当代英雄》(河北教育出版社1994年版)等,他作为翻译家的最后一项工作,就是重译陀思妥耶夫斯基的《罪与罚》。力冈先生是俄国文学经典著作重译的倡导者和先行者之一,他几乎将他翻译艺术炉火纯青的最后十年都用在了名著重译上。

文学名著重译始终是译界的一个有趣话题。中外文学史上的名作原著，无论出现在什么时代，一代又一代读者捧读的均为同一个文本，而文学名著的译本，即便是著名的译本，却常常会随着时间的推移而“衰老”，会被所谓“新译”所取代。日本著名斯拉夫学者、契诃夫的日译者沼野充义有一次曾对笔者说，被译成日语的契诃夫作品每20—25年便要新译一次，以适应新一代的读者。他的话让笔者大吃一惊，可转而一想，外国文学作品的汉译其实也有着大致相同的命运，尽管其存活期未必一定就是20—25年。汉语文学中的原创名著，如唐诗宋词元曲，如《三国演义》《水浒》《西游记》《红楼梦》，自然在任何时代都不需要也不允许做任何文字加工，可汉语文学中的翻译名著，即便是近现代翻译大家们的著名译作，如严复译的《天演论》、林纾和魏易译的《黑奴吁天录》、鲁迅译的《死魂灵》等，如今也会让人觉得不无“过时”之感，至少会让当下的读者阅读不畅。也就是说，文学名著是永恒的，不朽的，它们的译作却是相对短命的。笔者曾在一篇文章中对名著重译现象作过一番思考：首先，从读者方面看，读者为什么会在面对原作和译著时持有不同的阅读态度呢？他们对于原作和译作这种不同的阅读取舍究竟源自何种阅读心理呢？这种厚此薄彼的取向究竟是先天的还是后天的，是产生在翻译活动出现之后还是之前，这种倾向与文学名著重译这两者之间究竟存在着什么样的互动关系呢？其次，从译者的角度看，在进行重译和新译时究竟该如何面对已有的译作，尤其是已有的优秀译作，是刻意回避，还是尽量汲取原有译作的经验和精髓呢？如果对原有译作尤其是名译作的经验和精髓有所汲取，又该如何避免抄袭的嫌疑和版权的纠纷呢？如果对前辈翻译家宝贵的翻译经验视而不见，每位新译者均另起炉灶，真的能做到青出于蓝吗？如果新译在翻译质量上无法与旧译比肩，甚至不如旧译，那么重译的意义和价值又何在呢？最后，从翻译实践活动自身来看，用16、17世纪的汉语去翻译莎士比亚当然是可笑的，但是，用21世纪的汉语网络语言去翻译莎士比亚就一定具有历史的必然性和合理性吗？不断地重译、新译，会在多大程度上减少或抹去原作的时代感和历史感，把每一部新译作都作为当下的作品来读，是不是一种最大程度的误读呢？

力冈先生在进行文学名著的重译时，不知是否也曾遭遇此类问题，但他在晚年义无反顾地执着于重译，一定是一种有意识的抉择。我们猜度，他在他翻译事业的黄金时段做出这一重大转向，可能有如下几种原因：首先，他觉得在他之前的译本还有继续加工的余地，还有再度提升的空间。力冈先生重译的这几部俄国文学名著在他之前早已有过出自名家的名译，它们是不止一代中国读者捧读的对象，但力冈先生却不畏权威，另辟蹊径，公开与多位前辈翻译大家打擂台，这或许是力冈先生个人性格的一种显现，但他敢于“叫板”，无疑因为他自信他可以比之前的译著译得更好，或至少能译出他自己与众不同的特色。其次，在译出十多本书后，作为一名富有经验的翻译家，力冈先生大约也会产生出如何超越自己的问题，重译名著，既可以与前辈译家一较高低，同时也能时刻与俄国文学史上的名著及其作者进行跨越时空的深度交流，这无疑是一种更富有挑战也更富有趣味的工作。最后，名著之所以成为名著，就因为它们往往具有更为完满的艺术价值和更为恒久的艺术生命，翻译这样的作品，无疑更能呼应社会的阅读需求，赢得更大的社会意义。

力冈先生晚年重译的多部名著如今仍在一次又一次地再版，这说明力冈重译的俄国文学经典具有长久的生命力，也说明他当年重译名著的抉择是正确的。一位翻译家，只要他的译作还能出版，还能被人阅读，这位翻译家就还活着，好的译作就是译者的生命之延续。从更为广泛的意义上说，力冈先生是我国改革开放之后名著重译之风的倡导者之一，而名著重译，对于深化我们对外国文学经典的理解和认识、对于发展我们的翻译实践和理论而言，都是极具历史意义的。

四

力冈先生是一位翻译家，也是一位大学老师，教书育人是他的本业。作为恢复高考后步入安徽师大外语系俄语专业的20名学生之一，笔者有幸受教于王老师（力冈本名王桂荣，我们当时都称他“王老师”）。记得先生1978年从插队的宣城乡村回到安徽师大后，不久就开始给我们授课，他教的是“文学选读课”。先生是一个颇为“另类”的老师：他上课不用现成的教材，没有固定的教案，就以他当时正在进行的翻译工作为授课内容；他在教室里不来回走动，几乎不做板书，仅端坐讲台，摊开那本他正在翻译的原著，一旁摆着一摞他最新出炉的译稿，按部就班、一句一句对照着讲下去。对文学没有兴趣、对文学翻译没有兴趣的学生，听这样的课或许会感到无味，当时王老师课的课堂气氛也的确有些沉闷单调，但王老师并不在意，只管自顾自地讲下去，他会讲他为什么要这样译，讲到兴奋处，他会突然提高嗓门，用带有山东腔的口音高声朗读他最得意的译文段落，读完后，他会抬起眼睛，久久地盯着天花板，似在掩饰眼里涌出的泪水。记得是在讲解《当代英雄》时，他时时指出其他译者，甚至是非常著名的翻译家的错误，并向我们分析这些错误之所以出现的可能的原因，他也时常让我们在他的译文中“挑错”或为他的译文“润色”，如果我们偶有所得，他往往显得比我们还要高兴。与王老师的文学选读课构成呼应的，是我们在大三时学的翻译课，翻译课教师张本桂先生常常给我们一些原文片段，让我们动手翻译，并在下一次翻译课上让译文出色的同学朗诵其译文，并对他认为好的译文再逐字推敲。正是在力冈先生以及张本桂先生和其他老师的精心培养下，安徽师大俄语专业涌现出一大批俄罗斯语言文学专业的人才，其中多位如今已成为国内知名的翻译家，有译著面世的人更多达十余位，如吴笛、张杰、周启超、吴嘉佑、冯华英、朱少华、陈建硕和刘文飞等。名不见经传的安徽师大俄语专业，在短短二三十年间居然成为中国的俄语文学翻译家的摇篮，王老师在天之灵也会因此而深感欣慰！

我们这个俄国文学译者群体的崛起，在很大程度上要归功于力冈先生及其同事们的言传身教。首先，他在课堂上逐字逐句的中俄文对照讲解，他关于译者甘苦的诉说，对于有志于文学翻译的学生而言弥足珍贵，这其实就是一个文学翻译的工作坊和实验室，让我们当年在初步掌握俄语后不久便接触到了俄语翻译的真谛,亲眼目睹了一位翻译家的工作过程和工作方式。其次,他既与我们分享他的翻译过程,也与我们分享他的翻译收获,记得我们在校时,他和济凯先生合译的《高尔基传》已经出版(江西人民出版社1980年版),他送给全班同学每人一本译著,并用规整的笔迹在扉页上题字签名,不难想象,我们接到这样的馈赠时会多么激动,同时也会觉得译书和出书不再是一件遥不可及的事情。最后,他以他的翻译行为和翻译意志告诉我们大家,庙小并不妨碍念经,更不妨碍修身。他在翻译课上不畏权威,真诚地点出翻译名家们的长处和短处,让我们较早地感受到某种翻译民主精神,并从而确立自己的翻译人格。在他之前的大翻译家往往都生活和工作在大城市,而他在成名后却安居小城,潜心译事,他的存在方式构成一种垂范和激励,使我们很早就意识到,一位翻译家原本可以在任何环境里成长和工作。力冈先生作为一位翻译家的作为和风骨,为他的学生们树立起一个光辉的榜样。

五

力冈的文学翻译有着其鲜明独特的文字风格。译者作为一部作品中的“被动创作者”,究竟应不应该体现其风格,这也是翻译学中一个争论已久的问题,一个见仁见智的问题,有人认为,译者的责任就在于原封不动地传导原作的风格,而不能擅自发挥,喧宾夺主。但是,译作毕竟是由译者用另一种语言进行的文学再创作,译者个人的修辞习惯和语言风格不可避免地会在其译作中得到体现，也就是说，所谓“译者风格”实际上是难以避免的。在这种情况下，如何让译者的风格与作者的风格相互接近、相互吻合，往往就成了决定译作成败的关键因素之一。译者无法在作品的风格范畴里肆意妄为，但译者毕竟有权利选择与自己相近的原著，或者说，选择自己较容易处理的翻译对象，或者说，在一部作品的翻译过程中更注重在自己的风格较易发挥的地方施展拳脚。原作风格和译者风格的吻合虽是一个可遇不可求的事情，但一旦相遇，便是译者的幸事，也是原作者的幸事，更是读者的幸事。

在力冈先生的译著中，较之于人物对话和心理描写，大段落的抒情和大场面的写景似乎得到了译者更为精心的处置，他往往能借助这些段落营造出一种悲凉壮阔、哀婉抒情的氛围，更确切地说，他往往能细腻精准地传导出原作中的此种氛围。力冈先生钟情于这样的段落，钟情于这种文学氛围的营造和传导，无疑与他饱经沧桑的生活经历相关，也是他既刚正不阿又侠骨柔情的性格使然，更是他的审美趣味和文字风格的要求。他的几部译著在书名翻译上的处理，就在一定程度上体现了他的这一追求。巴巴耶夫斯基的小说原名 ***Приволье***，这是一个很“地道”的俄语单词，意为“广阔的地方”“无拘无束”等，力冈成功地将其译成《野茫茫》，这个译名既契合小说描写苏联斯塔夫罗波尔草原地区生活的主题，也暗含着我国著名的北朝民歌《敕勒歌》所具有的苍茫壮阔的抒情力量。卡里姆的小说原题 ***Долгое-долгое детство***，力冈先生最初发表在《世界文学》上的译文题为《漫长漫长的童年》，后来出版单行本时，他将书名改为《悠悠儿时情》，

“漫长漫长的”和“悠悠”这两种均使用了叠词的译法都是对原文题目中的修辞手法和诗意情绪的准确再现，但“悠悠”较之“漫长漫长的”似乎更符合中文习惯，再加上之后的“儿时情”，无疑更有抒情味。冈察尔的小说*Берег любви*通常被译为《爱的彼岸》或《爱之岸》，力冈先生却译为《爱的归宿》，译者似乎也是在有意地“拓展”作为小说描写对象的爱情的辐射范围。力冈最重要的译作之一《生活与命运》最初的译名是《风雨人生》，力冈是在20世纪80年代末结束此书的翻译的，想必他在译完这部作品时，回顾自己和社会遭遇的种种磨难，不禁百感交集，故将格罗斯曼的原书名*Жизни и судьба*译成《风雨人生》。需要说明的是，在广西师范大学出版社不久前再版力冈先生的这部译著时，笔者建议将译著的书名改为《生活与命运》，因为这部小说如今已与托尔斯泰的《战争与和平》并列，而作者格罗斯曼在为这部小说取名时也的确是对托尔斯泰那部史诗的有意模仿，“生活与命运”和“战争与和平”，都是对人类生活最高程度的归纳和概括。

我们或许可以将力冈先生的文学翻译风格概括为“大气的诗意”或“壮阔的悲凉”，即一种融悲剧与抒情于一炉、广阔的画面感与内在的节奏感相互呼应、一气呵成的连贯调性和力透纸背的史诗感相映成趣的译文风格。在他精心翻译的《静静的顿河》和《日瓦戈医生》等巨著中，他的译笔很好地传达出了原著中原本就饱含的由抒情性、悲剧性和史诗性抱合而成的小说整体氛围，而在《生活与命运》的翻译中，他的这一风格又得到了更为充分的彰显。请读一读这部史诗长篇的结尾：“在这种宁静中，会想起去年的树叶，想起过去的一场又一场风雨，筑起又抛弃的窠巢，想起童年，想起蚂蚁辛辛苦苦的劳动，想起狐狸的狡诈和鹰的强横，想起世间万物的互相残杀，想起产生于同一心中又跟着这颗心死去的善与恶，想起曾经使兔子的心和树干都发抖的暴风雨和雷电。在幽暗的凉荫里，在雪下，沉睡着逝去的生命——因为爱情而聚会时的欢乐，四月里鸟儿的悄声低语，初见觉得奇怪、后来逐渐习惯了的邻居，都已成为过去。强者和弱者、勇敢的和怯弱的、幸福的和不幸的都已沉睡。就好比在一座不再有人住的空了的房子里，在和死去的、永远离开这座房子的人诀别。但是在寒冷的树林中比阳光明丽的平原上春意更浓。在这宁静的树林里的悲伤，也比宁静的秋日里的悲伤更沉重。在这无言的静默中，可以听到哀悼死者的号哭和迎接新生的狂欢……”这一史诗性的小说结尾写得好，译得也好，善于再现悲剧抒情风格的翻译家力冈先生的功力和风格在这里体现得淋漓尽致，炉火纯青！

俄国诗人叶夫图申科在1986年访问中国之后，深为中国俄苏文学翻译家们忍辱负重、坚持不懈的精神所感动，写下一首题为《中国翻译家》的诗作，在由笔者译成中文的这首诗的最后，诗人写道：“知识分子的良心，/就是一家出版社，/它仍能工作，/即便没有印刷机，/无论监狱、痰迹还是侮辱，/它仍能用诗句的春燕/把各个民族连系。/翻译家们在做什么？/他们让各国人民相互走近，/越过国境，/越过谎言的沼泽地。/总有一天，要用他们的姓氏/为巨轮命名，/稻穗和麦穗，/会向他们鞠躬致敬。/伟大的译文，/就像神的预言。/翻译过来的细语，/会成为震耳的呼喊。/但愿能有一座纪念碑，/献给无名的翻译家，/那最为可敬的基座，/就由无数的译著垒成！”我们相信，力冈先生的译著，应该也被垒入这座纪念碑的基座;力冈先生的名字,应该也被刻上这座纪念碑的碑身!

二〇一七年初秋于京西

目　录

里雅希柯短篇小说集 / 001

小　鹰 / 003
一副脚镣 / 012
第一面红旗 / 041
“第十名”之墙 / 051
羱　羊 / 075
五个画匠(童话) / 082
萨哈尔·卡尔美柯夫的请柬 / 090
为了蔚蓝的大海 / 104
雄鹤与雌鹤 / 121
凯利克和阿琳卡 / 130

俄罗斯童话 / 143

贪财的神甫 / 145
一只饼子 / 148
山羊的葬礼 / 152

马加尔的梦 / 157

闯京城的姑娘 / 195

怪姑娘 / 245

附录1　《马加尔的梦》手稿 / 271

附录2　怀念父亲 / 321

在悲怆的境界中抒写诗意人生
——《力冈译文全集》代后记 / 331

里雅希柯短篇小说集

小　鹰

一

远山在晚霞里变得绯红，四周是苍茫的暮色。一只饥饿的小鹰从巢中注视着远山，焦急地踏着两只脚。妈妈是在左近山峰的后面。他在等待着妈妈的声音，笨拙地拍打着翅膀，把岩石上的尘土扑了起来，而巢外的草儿也弯下腰儿，惶惶不安地沙沙响着。

前面，大海一次一次地向一个山口冲来，又波光闪闪地向后退去……在巢的下面，在半明不暗的山谷中，不知是什么窸窣响了一下，小鹰看到是一只熊。熊正向水边走去，一路上擦动着灌木丛，灌木丛被碰得一弯一弯的，发出窸窸窣窣的声音，已经干枯的叶子都纷纷落到地上。上空传来的一声戛然长鸣，没让小鹰把熊目送到溪边，接着他跳将起来。

妈妈从山后疾飞而来，在小鹰旁边把翅膀扑得直响。妈妈把他推开，不让他去吃带回的食物。他低下头，极力想挨到妈妈颈下，但是她把他向深谷一推，自己也纵身跟下。

他还像平常一样想落到妈妈的背上，但是落了个空，便拼命地扇动起翅膀，并且慌张地叫了起来。妈妈在他上面向上高飞，并且用鸣声招呼他跟去。

他飞近了她，但是她却没有把背给他。他出生以来第一次在她上方划了半个圈子，开始追赶她，嘎嘎地叫了起来，接着气喘吁吁地在巢边落下。

妈妈用喙挨了挨他，当他慢慢安定下来的时候，她也一动不动。他突然像刚清醒过来似的扑向食物，并且那么贪婪而性急地撕裂着食物。吃饱了以后，他把喙擦干净，沿着冰冷的石块走到一块突出的岩石上，把头一仰，寂然不动了。

暮色很快地浓起来了。月亮透过稀薄的行云，从山顶后面探出头来。银色的月光照在光秃的岩石上，随即又倾泻进深谷。

一座像沉睡的野猪似的高山的侧面呈现出来了。一座白秃山顶的圆山变得黑郁郁的。随后又出现了一座倾斜的、好像锯断了的高山。从它后面伸出几条矗指天空的尖峰。在那里，还有一群群被昏沉沉的烟雾笼罩着的高山，它们在捕捉那奔跑不定的月光，又恰似慢慢把月光从身上抖掉，渐渐沉入晦暗的阴影中。

山坡上跑过一只野兽，随即好像在树叶的沙沙声中迷失了方向，但有一块被它碰动了的石头滚下山去……四周的一切都在静听着石头的跳动，捉摸并重复着它的声音……

当到处都完全寂静了时，云彩让月亮露出了整个面庞，她便整夜守护着群山。一切都在她那荡漾不定的银波中沉睡着。只有小鹰不时地抬起头来倾听。第一次飞行的感受使他太难安静了。

二

朝霞将出现的时候,海上泛起一圈圈的晨光。山中的静寂和阴影惊动了。回声和着鸟鸣,叫醒了白云;白云镶上了红边,向着大海飘去。

山谷里,小溪旁,灌木丛又窸窸窣窣响了起来。熊走到水边,把头伸进水里,喝饱后,走上附近的山坡,对着一块圆形的大石头哼了一阵子,然后把石头一推。

这块石头一面跑,一面把灌木打断,带起泥块和小石块,最后尘土滚滚地落入溪中不见了。当石头所掀起的闹声在慢慢消失的时候,群山醒来了。

太阳像独木舟一般在大海的边沿上出现了。老鹰走近了小鹰,不容反抗地把它揽到翅下,带他往外走。

这一次他并没有违拗她。当她把他向深谷一推的当儿,他便展开双翅,顷刻之间飞到高山上空,用戛然长鸣打破了静寂,在妈妈上方盘旋着,越来越大地打着圈子,瞩目远望高山、大海和远方。

在积雪皑皑的山巅后面,他看到了白茫茫的平原、青烟和森林,于是他飞得更高了。他的两翼和前胸带着啸声划破长空。高空的寒气冷彻他的心脏,又变成灰蓝色的寒霜落满了他的羽毛。妈妈已经在巢里,正在注视着他。

小鹰从高处看到一个在山上跳动着的小灰点，便向山巅的青蓝色阴影里急骤地冲过去，又从阴影里冲到阳光里，像箭似的向着山坡落下去，抓住兔背，用喙啄它的脑门，然后带着兔子飞上天空。

鲜血从他的爪下流出，顺着兔子的长毛往下流，滚热的兔血在这清晨的寒光里一滴一滴地滴在高山上。

小鹰落到妈妈身旁，用喙弄死了在发抖的兔子。妈妈纵目向群山、深谷一望，便慢慢地，低声叫着离了鹰巢，向群山后面飞去。

小鹰注视着她，直到她飞得不见了，便吃起来。然后理理羽毛，凝神望望太阳，在阳光里取暖。

三

中午时分，一片白云向大海飘去。小鹰飞近了白云，倒影在水中，像一个黑色斑点，在白云的白色倒影上游动了很久。

石崖旁海鸥的叫声，他觉得好像巢边给他的翅膀扇得摇摇摆摆的小草的沙沙声。他仔细瞧了一下海鸥，便敛起翅膀，直向海鸥冲去。

在大海之上，在波涛有节奏的喘息声中，他看到另外有一只小鹰从水里向他冲来，他很震惊，因为自己的倒影和大海的波涛声使他不知如何是好了。

他眼花缭乱了。

他急忙落到石崖上，倾听了一会儿，然后对着喧闹的海水叫了一声。海水冲到石崖旁便向上冒起来，——波涛的泡沫冲刷石块，浪花溅到小鹰身上，接着波浪落到他面前的石洼里静下来。

小鹰不安地避开浪涛，抖动抖动翅膀。太阳慢慢晒干了他的身子，水面上的金光也越来越浓了。热气从水湿的翅膀上冒出来，在头旁打圈圈。小鹰望望石洼里自己的倒影，用喙动动它，又凝神望望那波光灿烂的、蓝宝石般的大海。

四

黄昏降临的时候，北方吹来了冷风。太阳坠到山后，光线立刻消失了。从群峰后面涌来了一片黑云。远山劈破了黑云，但黑云也截断了远山的顶部，云蓬乱了，淹没了山谷，缠住了小鹰。小鹰动动水湿的翅膀，想拿叫声冲开黑云。黑云把他的叫声摔了开去。小鹰跳上一块突出的岩石，叫得更响了。水湿的小草摇晃了一下，云后现出了环绕着月晕的月亮，月亮凝视着群山。黑云的游动变得清楚可辨了。

沙沙声唤起了回声，回声又和沙沙声融合在一起。高山、深谷和小鹰正在听着黑云把一滴一滴的冷雨往山石上落，忽而注意起来。

后面，大风吹打着高山，又呼啸地翻过山巅，在山谷里旋转。黑云离了高山，洒着冷雨向望不见的大海飘去，月亮也就跳出了月晕。

山坡上，在树叶与草丛中奔跑着的鸟儿叫了起来。山谷里群鸟的鸣声和翅膀的飞动声交织在一起。还有，忽而在高处，忽而在低处响起了吃惊的、慌张的声音，雪花纷纷地从山后飞来，填塞乱石中间的缝隙，打得干枯的树叶哗哗地响。

小鹰不安地望着山谷中。大风一个劲地把密密的雪花往他身上抛，恶狠狠地吹乱腿上的羽毛。雪花一片接一片，盖住了脚爪，又开始接近脚距。小鹰抖掉雪花，烦恼地向上冲去，然而被大风一吹，落到巢里。

他恼怒得浑身紧张起来。他生气地抬起头来向旁边一挺，滑下深谷，并神气十足地招呼妈妈。

风雪呼呼地刮到他身上，吹斜了翅膀，并卷着他走。他反抗着，一只翅膀碰上了石头。痛极了。他愤怒地急飞而上，被大风带着，越过了群山。

雪花靠到水湿的翅下就化掉。熟悉的群山消失在白茫茫的一片中。翅膀的啸声中却不知从哪里闯进了熟悉的叫声。小鹰嘎地叫了一声向叫声冲去，却没有回应。他更响亮地叫着，用两翅划破充满可怕的声音的天空，转身向后飞，飞得低些。

月亮消失在一座尖尖的山峰后面，前面，有一个被雪花弥漫住的难以看清的光点在可怕地闪烁着。下面突然哗啦一声，接着是长长的一阵唰唰声。翅膀碰到了在颤动的树枝。小鹰急忙飞开枝丛，但是大风和因懊丧而烦恼的心却使他去穿越树枝，向地上落。被他碰动的橡树上干枯的叶子，带着清脆的响声离开了枝头。他躲开一条树枝，斜着身子飞向一块空地，落到空地上。

点点的亮光十分近了。风从那儿送过来生疏的气味和吠声。小鹰压压身子底下的雪，静听了很久。因飞行而发热的羽毛，在寒冷中咯咯吱吱地响，并且发硬了。

他展开翅膀，把头伸到翅膀下面，用喙去啄掉冰凌……水汽从口中一滴一滴地滚到胸前，冻结在羽毛里。

大风把他吹得直摇晃，新降的雪层碰到翅膀碎裂开来，埋住了脚爪。他用喙搔搔翅下，然后警惕地抬起头来，因为吠声更近了。

小鹰奔向森林的深处，慢慢陷进雪堆，两个翅膀尖在雪地上划出长长的线条。偶然碰到的一堆伐倒的小橡树后面静悄悄的。小鹰在这里倾听一会儿，便钻到树枝底下的黑暗处。

被大风追逐的雪花，在冻硬的树叶丛中清脆地响着，又飞过树堆，落到小鹰面前。他紧贴住树枝，迷迷糊糊地注视着雪堆不断地长大，把他掩埋起来。

五

黎明时，小鹰惊醒了，他望一望从雪里现出来的蓝点，就用喙去啄它。雪碎裂了，落到他的脚下。一缕明亮的光线，穿过小孔落到他的头上和翅角上。

小鹰看到一棵树，树后便是蔚蓝的天空。正在上升的太阳的光芒，照在盖满冰凌的树干上光怪陆离的。

小鹰用喙把孔弄大，随即却隐藏起来，因为犬吠声打破了静寂。有一个小东西向小孔跑来，它塌碎积雪，在小鹰恍恍惚惚的视线中跳跃着。有一个大的不知是什么东西走近了小的东西，遮住了天空，并弯下身来。一根棍子打碎了小鹰头上的积雪，生痛地打在他的翅膀上。

他用爪子抓紧棍子,高鸣着向外跳出来,看到了跑开去的一只狗和一个人。

严寒顷刻之间便把在雪底下融化了的翅膀的尖端冻住了,并使它变成了银白色,变得硬扎扎的。小鹰用力飞离雪堆,但是沉重与疼痛却把他摔回去,于是他跳跃着冲向树后白茫茫的平原。

狗和人跟在他后面跑着。到了一丛灌木之后,他收起喀喀吱吱响着的翅膀,转过头来。那个人的鼻子里和嘴里冒出一团团的热气,落到黑色的胡须上成了白色的银丝。狗好像在吞着自己的声音,很快地跑近了小鹰,却又几次尖叫着跳了开去。那个人在给狗打气,拔一脚陷一脚地在雪里走着。

树后,小鹰看到了高山。高山很近,就在森林后面,白刷刷的,非常庄严。他向高山奔去,然而由于疼痛他倒在自己影子上。夜间搔伤的翅下滴下一滴一滴的鲜血,滴在爪下咯吱咯吱响着的雪上,接着在雪上渗散开来。这使狗高兴极了,他吠得更响了。小鹰不再看山,转过身来,站了起来,伸直脖子,凶狠地望着那个人的眼睛。

他好像失去了知觉,而当狗跑得更近了时,他鼓了鼓前胸,准备搏斗,他张开爪子,随即十分高兴地仰起了头,因为森林上空传来了妈妈的叫声。她终于来了,她来了!……

急骤地长大着的影子、喙的闪光和翅膀的声音使他的眼睛发亮了。他跳跃起来,高鸣起来。

狗尖叫一声急忙溜走了。那人把两肘举到耳朵上,俯下身去。

老鹰金光闪烁地很快飞过他们头上,高鸣一声,落到小鹰身旁。在他们头顶上,严寒也爆发出火花。老鹰用喙碰了碰小鹰,从他背上望了望草舍烟囱里冒出的炊烟,然后蹲下身来。

小鹰跳到她身上,用爪子抓住她的羽毛,俯下头来。她跳了起来,用翅膀扇起一片五彩缤纷的尘土,盘旋而上,最后,好像融化在太阳的光辉里了。

1914 年

一副脚镣

一

阿列克塞·阿尼堪诺夫戴上了一副旧的、已经在人们脚上磨得发亮的脚镣。原来，这副脚镣是很早很早以前打造的。关于这一点，阿列克塞是在西伯利亚听说的。在一个苦役牢的院子里，一个年老的苦役犯人摸了摸他脚上的脚镣，十分高兴地说：

“啊哈！这副脚镣我戴过的，我戴过！听声音我就知道！我听听有些熟悉。事情发生在库班。那时候这副脚镣还是不光滑的。在我以前，一个格鲁吉亚人戴过它。他跑了，就把它扔下了。当时我正被判了刑，它就归我所有了。等到我被流放到西伯利亚，我在一个地方到澡堂里洗蒸汽浴，把脚镣一脱，差一点弄出血来，然后往木榻底下一扔。不是我一个，当时是三个人一块跑的。哈，痛快极啦！”

回忆使老头沉醉了。他笑起来，轻轻拍了拍阿列克塞的肩膀：

“你年轻啊！你戴的是一副幸福的脚镣！懂吗，幸福的脚镣！”

这个老头差不多过了四十年还能根据声音认出自己的锁链，这个消息立刻传遍了所有的牢房。很多人不相信这一点，但是老头消除了大家的疑问，因为在脚镣的环上还保留着他的记号。

这使老头在全牢里出了名，并使很多人想到脚镣：谁发明的呢？谁打造的呢？

整个苦役牢都咒骂那些在监牢工场里做脚镣、手铐和死人服的囚犯们。另外一些苦役犯人愤恨、悲伤起来。还有另外一些人在残酷的事实面前寒心了：人们在给自己修建牢狱，给自己锻造锁链，把自己锁进锁链，给自己缝制死人服，枪毙、绞死……一切都是自己在做，自己在做，自己在做……

二

阿列克塞写家信是以玩笑开头的，说他戴的是一副幸福的脚镣。写了几行之后，他激动起来，——信结果写得十分热烈、尖锐，因此必须偷偷寄走，不通过监牢管理处。

阿列克塞的沉郁而寡言的爸爸马特维依把信反复读了三四遍，然后，等胸中难挨的疼痛平息了时，自言自语地说：

“是啊，脚镣，总是用铁做的；这铁，也许是我们厂出的。唉，事情真想不到……”

每次给阿列克塞写信都是他的哥哥——有些耳聋的锅炉工人华西里。对于信,平常马特维依是不感兴趣的——总是老一套问候的话——但是这一次他说:

“你在信上留下点地方。你像平常一样都写好,替我特别写一点……”

华西里写了全家都健康,又说了些熟人的情况,然后转过头来问:

“好,替你写些什么?”

马特维依激动地用手撑住桌子,说:

“这样写:就说爸爸要求你不要扔掉这副脚镣……就说,阿辽士卡[1],他要求你想法子保存它,或者最好是……寄回来给他——就是说,给我——做纪念……”

华西里疲乏的脸紧皱起来。

马特维依的妻子、儿媳、孙女都惊讶地抬起眼睛。

“本来就够痛苦了,你还要添油加醋。”妻子恨恨地说。

“应该以毒攻毒。”马特维依含蓄地回答,并指着信说:“写,有什么好瞧的?……”

于是华西里写上了。

三

阿列克塞·阿尼堪诺夫在法庭上听了判决词之后,便对自己说:“没什么,坚持住,阿辽士卡,别丧气!”——于是,日复一日,

①阿列克塞的爱称。

年复一年，他始终坚信这句话，因为，不管监禁与脚镣是多么难受，他总是记着，他只有二十二岁，日子还长着呢。他也记着人民中另外一句宝贵的、崇高的名言：愁苦与感伤自己的眼泪并不能使生活光明起来，使自己痛苦减轻，使人们幸福；相反地，只能影响别人，损毁、挫伤自己志气。

在苦役牢里——整个五年中——阿列克塞一直那么坚定与充满信心，好像他的生活还未开始，而监禁和脚镣只是生活的准备。另外一些同志猜想到：他的心正像虹一样放着光彩，要拿应有的一切来代替现有的一切，他用理想盖住一切沉痛，正在沿着所选定的道路坚强地走着，好像根本没有牢墙，没有铁栏，脚也没有锁住……

在内心里，阿列克塞始终是自由的，和人民在一起的；他在监督着自己，尽力想弄清楚：是不是会堕落，变坏，是不是会背叛自己所信仰的东西？他时刻在准备着，使自己更坚强，因此他对任何人都是直率倔强的，他不容忍狱官和狱吏的辱骂，常常激怒地起来反对，并且因而戴上手铐，坐禁闭，挨打，但是，相信自己是正义的这种信心减轻了他的疼痛与痛苦。把他流放出去的那一天，他依然是健壮的。

他因为坐牢脸色变得灰暗，太阳穴上青筋凸出，但是蓝色的眼睛仿佛荒原上的花朵散发着光彩，满怀希望地流盼着。

在监牢管理处最后一次审讯中狱官冷笑地问他：

“阿尼堪诺夫，撑住了吗？”

“撑住了。”

“你瞧着吧，下一次会叫你撑不住的。”

“下一次也会撑得住。”

狱官抬起眼睛望了望阿列克塞，用头指指他所买下来的脚镣，嘲笑地问：

“会撑得住吗？下次要戴着自己的脚镣到我这儿来？它也救不了你！”

“我保留这副脚镣是为了做样子。”阿列克塞低沉地回答。“等我自由了，我要从事脚镣生产，因为不久就有许多人需要脚镣……”

狱官愤怒地眯起眼睛，但是沉住了气，拖长声音说：

“这也是正经事，你干去吧，干这活的也不少……”

四

节日前夕，阿尼堪诺夫家里收到了一份邮包通知单。节日这天，华西里便去邮局，取回来一个用麻布缝紧了的箱子。

“阿辽士卡寄来的……”

家里人都奔到桌旁。华西里拆开麻布，用切菜刀掀开箱子盖头，从塞得紧紧的细木头刨花里面掏出一副捆着的脚镣。脚镣在绳捆里动起来，像长蛇一样从绳子里团团滑出，闷声闷气地哗哗响着。从镣里面掉出被铁箍磨得发亮的戴在脚镣底下的皮衬，皮衬卷成一个筒，用小皮带捆着，小皮带是系在腰带上吊挂锁链用的。

“这东西怎样……套在脚上？”

大家畏畏怯怯地动动脚镣，仔细瞧瞧。妈妈抽抽噎噎地哭

了,华西里为了赶走突然涌上来的悲伤,咳了一声,说:

“好家伙!需要试试大小,对吗?真的,需要试试……”

他脱下鞋,把铁箍套到脚上,用妻子的发针扣紧。一股铁的凉气从脚踝冲上腿肚,透到胸部,刺着心头。华西里用手抓住连接左右锁链的铁环,笨拙地走了几步。

“阿辽士卡就是这样打扮的。傻小伙子,真要命……”

华西里认为有这样一个弟弟是值得骄傲的,并且自己感觉到,如果给他自己戴上脚镣,他会怕得叫起来。

“你瞧多怕人,可是他在信里总是说没什么,说一切都很好……”

门吱的一声开了。马特维依在门口望了望华西里,十分生气:

“你这是干什么,当玩意儿玩?顶好你自己去弄一套,比玩别人的强……”

华西里丧气地卸下脚镣,放到桌子上,嘟囔着说:

“要是我愿意的话……”

“你不愿意?你就只知道上工、吃饭和睡觉……”

“您希望也把他赶到西伯利亚去吗?”儿媳不高兴了。“一个就够了,他为大家吃尽苦头……”

“我希望什么,你自己知道。”马特维依挥开她,走到桌子跟前。

他慢吞吞地摸摸脚镣,一次次地动动锁链的环节,把铁箍扣紧又拉开。然后摊开皮衬,用手指摸摸铁箍压出的两道沟,随即便一动不动的。华西里的话使他十分生气。华西里身材魁梧,结实强壮，对一切事却都很顺从，总是睡眼惺忪的样子，在马特维依看来他简直是个木头人。他和阿辽士卡哪里是弟兄？阿辽士卡爱学习，什么事自己都能懂……要叫他在这节日里去取个邮包你就别想找到他，——他一清早就出去，深夜才回来。他常常大声读书。唉！……

阿辽士卡的被审讯和被送进苦役牢，使马特维依愁白了头，秃顶扩大了，他内心感到受了侮辱，感到愤怒。他本来万分痛惜儿子，但是愤怒却使他咬紧了牙关，并且好像烧毁了诉怨的话语，——让他们残害去吧！他保存着刊载了他儿子在法庭上的发言的那张报纸，并且等家里没人的时候，便拿来读。

他一面摸摸脚镣，一面想象着脚镣束缚年轻人两脚的情景。在他脑海里的阿辽士卡是极小的孩子，被疼痛折磨得十分憔悴。只是他很要强罢了。很想抱紧他，抱他玩玩，逗他乐乐，让他笑笑，抓抓爸爸的胡子。

马特维依盯着脚镣看了好久，一言不发地紧皱着眉头，到了晚上才对妻子说：

“孩子他妈，瞧，是这么一回事……”

“你怎么啦？”

“没什么，我一直想着阿辽士卡……”

“啊——啊！”妻子应着，又抽抽搭搭地哭了。

“唉，唉，瞧你这个人，真爱哭。”

临睡之前，马特维依把脚镣擦上油，放进箱子，放到阿辽士卡的书架上。

五

在工厂里,大家从华西里口中晓得了脚镣的事。邻近车床上的工人和熟识的工人们都要求马特维依把脚镣带到工场里来。上年纪的人很平静地要求,而像阿辽士卡那样的年轻人可热烈啦。马特维依却不答应:

“这有什么好瞧的?不值一看。”但是,到了夏末时他让步了:“好吧,圣母节我拿来……”

马特维依在装配工场工作。装配工场是装配机车的。这是个三开间的大工场,铺有铁轨,有像飞翔着的鸠鹰一样的电力起重机,是厂里主要的工场。在三排映着太阳像云母般的玻璃屋顶下面,有一列列的车床,一行行的工作台,还有放机车零件的架子和一个用网状栅栏隔起来的工具室。工作的时刻,钳工、旋工、刨工、凿工、画线工像蓝色蚂蚁一样在动着,来来去去地走着。杂工也一群一群地不断走来。

“鸠鹰”带着轧轧与喀喀的声音向前向后移动着,闪耀着蓝色的火花,挥动着带环的钢爪,用发亮的钢钩传送着外轮、钢锭、钢框。巨大的声浪在颤动着,飞向房顶……

车刀底下,黄铜像金色的小虫一样地飞出来。铁在蜿蜒着,闪着银色。生铁像灰色的棉花团似的一团一团往下落。在刨床上,齿轮下呻吟着一排排锻造好的杠杆。凿床的长牙好像被刨屑截断了。自动进刀的掣子像蝉鸣似的唱起来。小锤子铿然地落到錾刀上、铆钉冲上和中心锥上。齿轮的嘈杂声像沉闷的擂鼓声在地面上滚动开来。

在高处，在支架的怀抱中，轮轴在唱着。皮带在唰唰地响着，用附轮的端头敲打着滑轮。从水箱里，肥皂水像珍珠般地一滴一滴落在车上，一股股的热气杂着铁末升向传动装置。在角落里，水湿的磨石正舐着钢铁，砂轮尖叫着迸起一团团的火星。

在装配工场的大门上，朝里悬着一副圣像：蓝色的天空，白色的云彩，云彩上面是披着带花纹的圣裘的圣母。圣母节是厂里最隆重的节日。节日的前夕，马特维依年年都和老头们一起去圣园里割草，去森林里砍树枝，并帮忙洗圣像，擦长明灯，装饰装配工场……

六

圣母节这一天天气晴朗、香气扑鼻。从工厂后面送过来干涩的草香，但是，特别讨人喜欢的是和风与蛛丝。蛛丝很多，在高处忽东忽西地飘荡着，路途不定，好像是风吹离了大船的船索。

装配场被秋色染黄了的树枝点缀得五光十色。一条带有鲜花的用雁来红扎成的彩带，从装配未完的机车伸展到低台的栏杆。在铺着锦缎的一张桌子对面，彩带的两端拢在一起，并围绕住圣像。

两旁间距里擦净的、发着松脂气味的、上过机油的车床看起来只是机座的缝隙和夹盘的孔洞。金属板和靠边的工作台上，放着五颜六色的衬衣、长衣、头巾、帽子。神甫和执事，用单调的颤音，祈求从墙上摘下来的坐在云彩上的圣母用她的圣裘保佑众人不受痛苦与灾难。

做祈祷的时候有很多歌唱鉴赏家，因而，大合唱——其中也有工人——唱得十分起劲。轰鸣的声浪冲击着无言的“鸠鹰”的两翼，冲击着玻璃屋顶，并在人群后面发出隆隆巨响。一列列的车床、四处角落、屋顶椽架都发出回音。

在祈祷人长寿的巨雷般的声浪里，车床好像都踮起了脚，要望望那由于用劲而脸涨得通红的执事和那不惜拼命喊破喉咙的合唱队。洒水刷子上的水花，洒在未装好的机车上，洒在它的制造者身上。

工场主任、工程师、技师们都簇拥在厂长面前。厂长领带上的别针闪着光，浆过的衬衣，分得齐齐整整的头发使他神气活现的；他漫不经心地点着头接受祝贺，笑得把抽烟熏黑了的牙齿都露了出来。助理技师、绘图员、技术员、装配员和工长们一个跟着一个走到他跟前，一次次地打着躬，倾听他的话语，极力不去注意工人们嘲笑的眼光。

人群碰着铁块、生铁和钢梁跌跌撞撞的，走去恭恭敬敬地吻圣经、圣像和十字架。客人们，特别是女人和孩子们，在车间里散了开来，仔细瞧瞧他们的亲人工作的车床。

合唱停了。隆重的仪式结束了。忽而在嗡嗡的人声中响起一阵奇怪的哗啦声。装配场里没有什么东西这样响过。很多人转过头来。在一架刨床旁边，在拿着脚镣的马特维依周围，人群越来越大了。大家都涌向脚镣跟前去，动动它，弄得环节哗啦哗啦地响，估量这副脚镣是用什么打造的，并且都感到很惊异：它在脚上磨得这么光亮。人群沸腾着。后面有人喊：

“喂！拿高些，让大家都看看！”

一个旋工跳上机座，像举香炉一样把脚镣高举起来，说：

“瞧！这是我们车间的旋工阿列克塞·阿尼堪诺夫的脚镣！他为了我们，为了我们的事业在监牢里戴脚镣。现在他在流放中……可能不久就会回来的！懂了吗！?”

旋工又把脚镣向上举了一下，便跳进了人群。如雷的人声越来越响，从人们头上传了开去。警卫长从惊慌的厂长身旁向车床冲去：

“让开！谁在讲话？给大家看的是什么东西？脚镣？什么脚镣？是哪一个阿尼堪诺夫的？”

有人从马特维依手里抢过脚镣，传给旁边的人：

“往下传，给自己人……”

脚镣叮当地钻进了人群，在人群深处藏到一件蓝色衬衣底下，紧贴住火热的年青的身子，不响了。

“谁是阿尼堪诺夫？是你？你刚才拿的是什么？脚镣？是哪一个儿子的？”

“在监狱里的那一个。”

“啊……脚镣在哪里？”

马特维依望了望警卫长，说：

“传得不见了。”

“往哪里去了？”

“往应该去的地方去了。”

“应该去的地方？你瞧，老头儿，是不是往那边去了？”

“我眼花了，没看见。”

“你说这话是什么意思？你敢强辩？记不起了？都走开！”

人群无可奈何地向门口移动。

七

那个举起脚镣让大家看的旋工，被宪兵送进了监牢。阿尼堪诺夫家里一直被搜查到天明。这些刮过脸的、有胡髭的人，什么东西都翻翻，瞧瞧炉子里，也爬上阁楼去搜搜，拿电筒把庭院的地方都照遍了，厨房里的地板也掀起来看看。马特维依不耐烦了，他说：

“脚镣不在家里。”

宪兵停止了搜查，并且高兴地问：

“那么究竟在哪里？在谁那里？”

“不晓得。在工场里不见了。”

“你应当晓得在哪里……”

“不晓得……”

宪兵叽里咕噜地骂他，威胁他，然后空着手走了。厂里的狗腿子开始监视他，早晨工长对他说：

“你瞧，阿尼堪诺夫，我真想不到你会犯这个错误。说实话，没好处的。你不该做这样的事，不该做……”

马特维依以为他在工作上犯了错误，咕嘟着嘴说：

“我怎么？我做活都实实在在的……和图纸上一样。”

“老兄，图纸上并没画脚镣，嘿嘿嘿……昨天你为什么把脚镣带来？哼，好一个聪明人！人们都赶来做祷告，可是你要让他们看脚镣……”

马特维依两眼昏暗，工长成了个大灰点子，工场成了一团红光。

“脚镣并不是我想出来的，也不是我造的，”他控制住自己说。“是另外一些人想出来的……是他们拿来锁人的……既然我带来了，为什么要藏起来？”

“可是为什么终于还是藏起来了？在你家里没找到……”

马特维依警觉地望了望工长：“这么说，他也成了他们一伙，”——于是高声说：

“我要用三十道锁锁起来，挖地洞埋起来。”

“捡到金子啦！”

“比金子还宝贵。要是把您的儿子锁起来，您就知道它是怎么样了……”

“好啦，好啦，够了！”

“这话是您开的头！您也不必分辩得那么清楚：我们是走在一块地上的……”

各个工场里整天都谈着脚镣，谈着昨天他们发生的事，谈着逮捕和搜查。马特维依叙述昨晚的事叙述得厌倦了，便挥开好奇的人们：

“哎呀，怎么样，怎么样！去搜查一下你，自己就晓得了……”

下工之后，一个熟悉的小伙子在小巷子里追上了他，告诉他脚镣在谁那里保存着，并把替阿列克塞募集的钱交给他。这使马特维依感到又惭愧又高兴。他低声说，他并不穷，自己有力量接济儿子，但随即收下了，眼里发出温暖的光彩，临别时对小伙子说：

“好好保存脚镣。别看我老，要是有什么，我能拼上……”

马特维依很久地望着越走越远的小伙子，想道：“大家都记起来了……真是，你这人哪……早就该……这样做了……”

八

脚镣第二次出现在工厂的食堂里的时候，是在年底。乐队正在演奏。在舞兴正酣的时候，突然从走廊里跑进来一对化妆舞伴：一个戴着阿列克塞的脚镣的男犯人和一个穿着麻布衣裙的女犯人。他们彼此手牵着手，敏捷地钻进舞伴当中，脚镣的叮当声使人耳朵里嗡嗡发响。舞伴们散了开来，发着愣。人们都从走廊里和小吃间里跑进了食堂。乐队错乱了，接着便没有声音了。

几百只眼睛贪婪地注视着这一对背上带着黄色犯人印和字迹的舞伴。这对舞伴打了个圈子，便很快地向门口奔去。就在这一刹那，灯光熄了，暗影中不知从哪里来了一阵纸头的沙沙声。不知是什么东西飞起来，落下来，又唰唰地平摊开来。惊恐的叫声打断了纸头的响声，但是灯光忽然亮了，大家看到地上有许多折成三角形的纸片。

“传单！”不知是谁猜着了，于是许多手从四面八方向地板上伸去：

“拿到这里来！慢着！一个人拿一张，让大家都拿到……”

脚步声，叫声，弯腰时衣裳发出的声音杂成一片，然后地板上又重新恢复了灰白色，闪出无数脚印。乐队指挥的叫声一起，乐队又奏起来，一对一对舞伴又转起来。于是很多人好像觉得男犯人，女犯人，突如其来的黑暗，惊恐，传单都不曾有过。这一切是个梦，一个幻影。

在门口，在走廊里，狗腿子们佯装高兴，称赞刚才发生的事，用眼睛探视每一个人，机警地听人家不小心说出来的话语，并记住无意中漏出这些话来的人。

年轻工人们的眼睛滑过那些茫然失措的面孔，毫不怯懦地微笑着在说："这是我们，我们，是的……我们，我们……"

胆怯的人则皱起眉头，嘟囔着说：

"连快活也不让人快活……"

"不让，不让……"

在年轻人的笑声中，在乐队的演奏声中，传来了在脚上拖动着脚镣的令人寒栗的歌声：

"哗啦，哗啦，哗啦……"

九

报告圣母节那天工厂里发生事情的信，使阿列克塞十分激动。他久久地想着爸爸：老人家当初曾经训诫他，骂他，骂他的书，好像是不同意他，现在他却把脚镣拿到工厂里去……

他往家里写信就更详细，更热情了，而当爸爸和华西里把戴着他的脚镣跳舞的事告诉他时，他深感到惭愧：脚镣自由了，脚镣在为不朽的事业歌唱，在斗争，在挣扎，而他，曾经戴过这副脚镣的阿列克塞，却在举目无亲的异地服着流放犯的苦役，计算着不自由的岁月……他哪里有这个权利!?他怎么会这样!?

……春天,当工厂里正在准备五一示威的时候,阿尼堪诺夫家里听说阿列克塞跑出了流放所。家里像面临审讯一样,开始提心吊胆的。大家都变得严肃了,说话也是小声,每天晚上静听很久,屏气息声,紧张地等待着有人来敲窗子。

“可千万不要被人抓住……会给打死的,”这个思想总不让人安静。

马特维依给阿列克塞准备好一个可靠的藏身所,他并且越来越多地走进年轻工人们的车床和夹具:

“怎么,没听到什么吗?”

五月半,有人递给他一张字条,低声说:

“你儿子写的。”

他急忙停住车床传送带,看了看字条,痛苦地跑出了工场。他感到这个字条是从狱里传出来的:“被抓住了,被抓住了,可恨!”他在工厂院子里来回走了很久。疲惫极了,在空地上荒草丛里坐下来,展开字条,笑起来。阿辽士卡已经自由了,在工厂里工作呢。

“好样的,好孩子,继续干吧……”

十

脚镣和一些禁书一起放在顶棚上,但是,人们仍常常记起它:愚昧无知和遭受迫害的人带着恐怖的心情想起它,敌人带着憎恨想起它,朋友则是怀着爱想起它。关于这副脚镣,工厂的警卫室、侦缉队,宪兵队也没有忘记:在哪里?是谁戴着它跳舞的?

在工厂里,听说西伯利亚有些犯人们用自己的脚镣做成一副文具送给了一位作家。这激起了装配场里年轻人的热情,他们于是决定用阿列克塞的脚镣做一件礼物送给一位法国工人领袖。小伙子们已经在推想,他们将怎样引起全世界工人注意这件礼物……但是马特维依识破了他们的心思,非常生气:

“你们问过我吗?还是老头子不算数?那么,你们问过阿辽士卡吗?他可是年轻人,他好像应当是脚镣的主人。唉,你们哪!你们自己去弄一副脚镣,爱想怎么弄就怎么弄;拿别人的东西乱作主张,这不算本领……”

年轻人感到很不好意思,并且承认马特维依说得对:应该学会把自己的脚镣、自己的痛苦当成玩具,当成礼物,而不该拿别人的脚镣、别人的痛苦当成玩具,当成礼物……

脚镣依然放在顶棚上。新爆发的战争和军事动员常常使脚镣不能老是放在一个地方。它从这个房子转到那个房子,从这个角落转到那个角落,直到厂内出现了叛徒。各个工场里越来越多的人被关进监狱,越来越多的人遭到搜查;也有人到马特维依家里去搜查,追问脚镣,威胁着要一定找到它,并且再把儿子锁起来。

“胡说,你们办不到!”马特维依决然不肯,然后自己走进村子里去拿脚镣。他把脚镣放进袋子,小心翼翼地盖住,走到阿辽士卡的教父——油漆匠潘诺夫家里:

“请保存一下教子的礼物,要不,会丢掉的。唉,竟弄到这般地步:自己兄弟都不敢相信了。愿意保存吗?”

潘诺夫没有马上回答，这让马特维依感到很难堪。

“不要怕，”他懊丧地说。“不会来搜查你的。要是来搜查，你就推给我，你说：阿尼堪诺夫交给我保存的，我因为亲戚关系，不好拒绝。我不会不承认的……”

潘诺夫从位子上跳起来，打断马特维依的话：

“好啦，你别说这种话吧！虽说我们是亲戚，可也不必说谎话……我不怕，尽管你以为我怕。我没有说话，这你不应该生气。是的，是的，不应该……你认识我，不是一天了。阿辽士卡对我也不是外人，也是我的孩子……”

马特维依不知怎么才好，他请老朋友潘诺夫原谅。他们坐了很久，谈阿辽士卡谈了很久，最后马特维依轻松地、年轻十倍地走了出来。

脚镣一直在潘诺夫家里保存到革命胜利。

十一

推翻沙皇的消息，使阿列克塞的妈妈流下了眼泪：

“当真我的痛苦过去了吗？我以为等不到儿子回来了，见不到他了……”

马特维依放下工作走进城里。在人群之上，一面新的、鲜艳的大红旗迎风招展。一面旧的、还是阿列克塞在厂内时做的红旗和它排在一起，显得非常小。红旗正展开被不自由压出的折痕，在春风里自由飘扬。

马特维依帮着解除了警察的武装，参加了搜查工作，和刚从监狱里解放出来的人接吻，晚上，带着粗笨的手枪在十字路口站岗。常常会忘记自己已经五十多岁了，他不停地奔忙着，但忽而会一愣，害怕自由重新会被枪杀、扼死，会被皮鞭打死。他忧郁地望着士兵们，紧咬着牙关。只是广场上武装部队的宣誓，才融解了他心中的冰块。

他从潘诺夫家里拿出了脚镣，公开地拿着在街上走，让大家看，拿到家里挂在一个大胡子学者的肖像下面，快活地对家里人说：

“看样子，我们的小牛也会有制服狼的一天……”

从这天起，熟识的和不熟识的人都到阿尼堪诺夫家里来探望。成年人是单独地来，年轻人是一群一群地来。

“可以吗？”

“可以，可以……”

人们沉思地望着脚镣，好像是在咂摸因它而产生的痛苦，并尽力把它记住。

在工作的时间，孩子们跑来了，在门口吵嚷着：

“伯母，让我们瞧瞧……”

孩子们成群结队地涌进门来，用火热的眼睛盯住脚镣，叽叽喳喳地交谈着。大起胆子伸出手来，摸摸铁箍，动动锁链。

妈妈喝住他们：

“嘿！淘气鬼们，你们找到耍子啦！”说着便把门打开。“得啦，走吧……”

邻人们跟她和马特维依开玩笑说：

“你们家这会儿倒像个小礼拜堂了……”

十二

阿列克塞是在节日回来的。好一表人物！比马特维依高出半个头，肩膀宽阔，样子非常机智，两眼蓝澄澄的。马特维依激动得呼吸迫促，而从心中的喜悦里浮起了一丝难过的感觉：这样的小伙子，你再也不能抱在手里了，不能任你怎样怜爱了。当初那个伶俐的少年哪里去了？长成成人了……脚镣也阻挡不住。他自己都可以抱随便什么人，安慰随便什么人。

阿列克塞在喝茶的时候，望见了墙上挂的脚镣，用头点了点它，说：

"还在呀？"

"在，是藏在很多顶棚上躲过来的……"

马特维依和阿列克塞互相望了一眼，笑了好一会儿。马特维依便叙述：谁保存过脚镣，保存了多久，宪兵怎样寻找。他们这次见面到此便结束。苏维埃有同志们来邀阿列克塞，城郊的人都传说起来：晚上他要在大会上讲话。

阿尼堪诺夫全家都去听他讲话。人民宫旁边的空地上挤满了人。阿列克塞在新搭的讲台上一出现，便有一阵叫喊声欢迎他。他的话语不是向下落，而是好像在人群上空飞，在人们头上盘旋——第一，第二，第三——声音在高涨，进入人的心里激起喜悦和沉痛，变成号召。连华西里有时也激动得忘记了一切。马特维依很想向全场大喊：这讲话的是他的儿子，是阿辽士卡，他老头子什么都同意他。

回家的路上，他对妻子、已经安静下来的华西里和儿媳絮絮不休地谈着，说，现在喜悦也来到了他家，说，要是早些来，华西里也不会在锅炉房里变成聋子，他老头子的背脊也不会酸痛，妈妈也不会这样没精神，这样愁苦……

在家里几乎看不到阿列克塞的面：到处都等待着他，大家都需要他，他各处都去，也不感到疲乏，因为应该这样。由于紧张，他的脸变得瘦了，眼睛更明亮了，声音更洪亮了。

三月底，组织上派阿列克塞去首都，火车开行之前，他跑回来看看自己家里人。马特维依和华西里都去给他送行。他好容易挤进了装得满满的车厢，在那里点了个头，就不见了——阿尼堪诺夫一家人再也没有见过他。

在春光明媚的时候，传来了一个消息，似乎是阿列克塞在首都憎恨新政权，并且志愿到前线去了。秋初，却又传来另一个令人寒栗的消息：阿列克塞在战壕里号召士兵带着枪回家去，因此被枪杀了……

马特维依头上最后几块黑点也变白了。痛苦的微绿色的星花进入了他的两眼，并且在眼里凝结下来。他瘦削了，消沉了。甚至当秋天工人和士兵们夺取了政权的时候，他依然对一切无动于衷。由于习惯他间或去参加群众大会，听讲话，向周围望望，好像是寻找谁，然后就走开了。

战争的结局使他感到可怕。在他看来，俄罗斯变得很小了，被宰割光了，而那些从战场上回来的士兵都十分沮丧，受尽屈辱。在他的想象中，战场是一片宽阔的布满沟壕的土地。从沟壕里飞出讥讽、奚落、嘲笑，向沮丧的士兵背上飞。他胸中感到沉闷。

冬初,俱乐部里决定召开纪念阿列克塞的大会。这使马特维依又有了生气。他走进俱乐部,望了望从照片上描下来的儿子的像,听说会上要宣读儿子牺牲前写的一封信,他笑了:

"这很好,很好,我一定来,一定来,当然来……"

但是,当大家请他把阿列克塞的脚镣赠给俱乐部时,他感到不安,心痛,他拒绝了:

"不给。"

"为什么?"

"就是不给!我家里也放得下。"

再也没有从他口里听到第二句话。他打发华西里替他去出席大会。他自己有两次走近了俱乐部,但是不进去。他把放在口袋里的手捏紧了,低声说:

"并不能用话语叫阿辽士卡回来,不能叫他回来,不……"

华西里在大会上坐在第一排,听着,并感到惊讶。原来,弟弟的死,是全体工人的悲痛;原来,他的弟弟并不是华西里所知道的阿辽士卡,而是一个不能缺少的、令人永远不能忘记的人。但是,最使华西里感到吃惊的是关于弟弟的脚镣的那番话。原来,脚镣并不是用铁做的锁链,不是,它包含着最大的虚伪,包含着世界上最阴险毒辣的东西……

十三

房屋、商店、仓库、工厂都归于苏维埃。大小工厂、铁路,都要在监督下让经理管理，而那些不乐意这样做的人都躲藏起来或者跑掉了。现在更自由了，更纯洁了。真理来到了工人身旁，进入了他们的生活。至于郊区，好像还需要再加一些努力和忍耐，不久也就会好的。

但是，木柴、煤、粮食和煤油渐渐不见了。这些东西到城里来得越来越少了。这时在郊区开始发现：商品、食物和财物纷纷埋进坑洞和地窖；发现周围角落里隐藏着被打倒的敌人，他们拿着谣言的沙子来迷人眼睛，在悄悄地说："好吧，……没有我们，你们建设，你们做做看……"敌人在笑："嘿——嘿——嘿——嘿！……"从各处传来流言蜚语：某某扣住或是破坏了最急需、最值钱的东西，某某仗工人威胁农村，又以饥饿和伤寒威胁工人。

工资已经不够工人买面包吃了。车间里产生了惊惶不安，人们心里发生了困惑。人们工作越来越消沉了。春天，正在工作的时候，工厂的汽笛例外地叫了起来——车床停了下来，小锤底下的钢铁沉默下来。工人们跑向演讲者平常讲话的高台，向工厂的领导人和苏维埃的领导人提出要求：

"你们要怎么办？我们工作为了什么！？"

"粮食在哪里！？往后怎么办！？"

"你们所保证的到哪里去了！？"

"你们一切都要干，可是什么也干不成！"

眼睛里冒出气愤和痛苦，闪动着紧握的拳头，恼怒使话语变得十分激烈，使喉咙喊得嘶哑。大家都在互相漫骂，彼此责怪，寻找罪人，找不到罪人，便叫得更响……

马特维依在人群里十分难受，不解地向四面望着：工厂不是工厂了，工厂里人们不和睦了。去年春天，工厂曾经是：几千个心，但是合为一条，几千个意志，但是合为一个——是的，是的，一个，一个强大的意志……

阿辽士卡在哪里，他说的话，他的声音呢？他的话使大家都充满了极高的信心，给大家生长了翅膀……“它们在哪里？没有便会怎样？没有它们，便是死亡，我们便要赤手空拳地被关进铁栏，锁进铁链，就……”

马特维依感到呼吸迫促，好像火焰在燃烧他的全身，他急急向家里跑去。心像鼓一样咚咚地响着。他火急地从墙上摘下脚镣，揣到上衣里，怕耽误了，便跑步回厂。他相信，胸中不是白白地咚咚地跳的，他喊道：

“我说话！让我说两句话！”他钻进了汹涌的人群。

“你有什么话说！?”

“我要说！”

“让阿尼堪诺夫讲话！”

“让他说！去说吧，马特维依！”

“嘶，嘶……”

马特维依什么也听不见了，什么也辨不清了……像做梦一样跑上台阶，他嘘了一声：

“嘘！”一面从衣襟里面掏出脚镣。

锁链的响声盖没了所有的声音。肃静紧罩住整个工厂院子，也使马特维依心里安定下来，他把脚镣一面向脚上套，一面力竭声嘶地打破静寂：

“见过这东西吧！?”

人群哑然无声。刹那之间马特维依觉得他胸中是白白地咚咚地跳了，但是他直起身来，重新问道：

“现在都看得见吧！?”

后面几排有人喊起来：

“看得见……”接着是响应的声音在人群里滚动：“看得见……看得见……”

马特维依向前跨了一步，好像要从台上冲向人们的头上，喊道：

“瞧！你们吵起嘴来了！你们想再戴戴这玩意儿！它会叫你们吵过够！要吵要骂，就会再戴上脚镣！把我们推翻！叫我们一个个戴上脚镣！难道你们忘了吗？要记住我的话！会再戴上脚镣！”

马特维依抖动着脚镣，喊声越来越激昂了：

“再戴上脚镣，再被锁起来……”

他喉咙喊哑了，突然中止了，走下台去。他喊过之后，脚镣的叮当声使人皮肤发冷，好像是在拭去心中的牢骚和混乱。人群里很多人感到身上戴了冰冷的铁箍，哆嗦了一下：

“是呀，我们这是怎么回事，真是……”

这种哆嗦，使一个刚才叫得最厉害的人跑上了台去。他和马特维依一样，用全力打破静寂：

“我承认：阿尼堪诺夫说得对！我们不应当互相见怪，应当干起来，要不，敌人真会把我们锁上脚镣……”

马特维依讲过话了，脚镣响过了，再也不要说什么了。人们散开，向各个车间走去，钢铁又重新在他们手下歌唱起来。

这一天，被给予了一个在厂内、在全城、也许是在全世界都没听到过的名字——脚镣说话日。

十四

一阵阵的炮声从静悄悄的野外滚向城市的街道——白匪军在进攻。工厂的汽笛号在叫着，狂啸着，扰乱了天空，淹没了以奴役威胁着人们的枪炮声。在汽笛高亢的吼声中，工人们来来去去地跑着。武装的去参加战斗了，没有武装的人下了岗哨，布置自己的巡逻队，并开始掩埋尚未制成的炮弹、铜、钢、工具和机器零件。

马特维依在家里被疟疾折磨着。他好像觉得汽笛的叫声是受伤者的呻吟。他几次要奔向汽笛的呼号，但是不能起来，于是催促华西里：

“去，去，华斯[1]，虽说你……别磨蹭，不是去参加婚礼！啊，天哪……不要生气，也许，我们再也见不到了……”

汽笛最后的叫声、一排排的步枪声、爆炸声、人喊声和马蹄声，他都没有听到。当他从昏迷中醒来时，他望见地上有两条日光织成的金黄色草席，他想：“看样子，轻一些了。”便动了动身子。紧盯着窗外的老伴和儿媳，都转过身来。

“白匪占了城市，所有的街道和工厂都封锁了，”儿媳低声说。“正在挨户搜查，按名单逮捕我们的人，带到市场上……布尔什维克看样子要被绞杀，没看见华斯回来……”

---

①华西里的爱称。

“别说了，不要叫他难受，”婆婆打断了她的话。“顶好我们来把他藏起来。起来吧！”

“把谁藏起来？我？”马特维依很吃惊。

“因为太怕人了，马特维依……你别让我担心吧……”

“你不要怕。何必那么想呢。他们这些罪该万死的狗东西！”

“大家都躲起来了！”

十分惊慌的孙女从穿堂跑进来：

“往这里来了……那个店掌柜指着我们……对他们讲着呢。军官手里拿着一张纸……跟着三个兵……”

老伴坐在马特维依脚跟前，对孙女指着身旁一个座位：

“坐下，别作声……天哪，可不要让他们碰着我们的心肝……别作声……”

“妈，脚镣怎么办？要藏起来，他们会拿去的……”

孙女奔向脚镣，但是，白匪的军官和兵士已经到了门口：

“这是谁的房子？哼！是你戴着脚镣常去开会？你是阿尼堪诺夫吗？”

马特维依动了动干透的嘴里的舌头，声音嘶哑地说：

“是我……”

“哼，好……搜查！”

匪兵把妇女从床上赶下来，开始翻箱倒柜，搜查橱柜。白匪军官看到脚镣在墙上，得意了：

“啊，在这里！”于是把脚镣摘了下来。

链条的响声好像在烧灼着马特维依。

“挂回去！”他喊道。

“什么!?住嘴!不把你自己吊起来就算客气了!”

“吊吧!可别动它!不是给你保存的!”

白匪军官的眼睛望了一下马特维依憔悴的脸,眯成一条缝。他把脚镣向桌上一扔,走到床前:

“老东西,你为什么戴这副脚镣?是为政治问题吗?喂,说……”

马特维依的妻子吓得给匪官跪下了:

“不是他带的,这不是他的,这是小儿子的脚镣……”

“那么你儿子在哪里?”

“死了,在战争中死了……不要听老头子的话……他有病,神志不清……害疟疾已经有三天了……”

“又要和原来一样了,”马特维依脑子里闪过这句话。他困惑地望了望妻子,对她说:

“你去舐这些老爷的脚跟吧,你这个不中用的东西!……”

白匪军官扭动了一下身子,不屑地走向窗前,当匪兵在搜查时,他用手指敲打着枪匣子。

“报告长官,全搜过了。”

“没有什么?”

“什么也没有。”

“开步走!”

白匪军官从桌上拿起脚镣,不顾马特维依的喊声和儿媳对于抢走花布和披巾的咒骂声,走了出去。

马特维依从妻子和儿媳手里向外挣了很久,安静下来以后,他骗过妻子和儿媳,跑向大街,狂奔起来。他跑到司令部去见一

个白匪的上校,向所有的人打听:怎样才能找到拿走脚镣的军官,他骂着,喊叫着:

“它是我的!它是我儿子的!……我的儿子不像你们!他……”

晚上,人们发现他失去知觉,躺在地上,从颧骨到耳朵有一条被枪托打了的青紫色的伤痕,便扶起来送他回家。

十五

寒霜初降的时候,巡逻队里的一位红军战士在城郊的草地上走着,他的脚被一件铁东西绊了一下。铁东西在靴子底下发出重浊的哗啦声。红军战士俯下身去,捡起盖满枯草的阿列克塞·阿尼堪诺夫的脚镣。铁锈使它的锁链变成了金黄色,铁箍被泥土染成黑色。红军战士把脚镣抖动了一下,愤怒地说:

“瞧,那些鬼东西,想出这东西来锁我们的脚……”

风夹带着尘土、枯草和脱落的铁锈应和着脚镣的响声,把这声音在田野里传播开来,提醒人们:在走向幸福的道路上,在人们面前,敌人还要不止一次地起来,还要残酷地将手铐脚镣套在人们自由的手上和脚上……

1920年

第一面红旗

一

机械工场正在发工资。太阳从野外照进窗来。滑轮、皮带、机座在阳光里清晰地发出黑色;排成长列慢慢向出纳员移动着工人们的脸,在不断变化着。领到工资的人在金色的阳光里乱纷纷的,绕过铸成品和机器,跨过门槛,便消失在傍晚蓝色的阴影里。

在院子里,生了锈的齿轮上,坐着强健而温和的巴拉蒙。

"怎么,你要把齿轮压平?"

"也许吧,我身子还有点分量。"他沙着嗓子说。"我在收债。"

"噢,成了富翁啦?"

"我? 我本来就很富么。"

有些工人把几个铜币放在他那宽大的手掌里,用眼睛对他示意。他也使了个眼色,把钱扔进旁边的口袋,铜币在口袋里碰到钢尺和伸着发亮的脚的皮转尺,发出当啷的响声。他把每一个十戈比银币和收到的钱归到一起,他幻想着:“哎嘿,要是全工场都懂得这意思就好了。”

他是最后一个走到街上。微紫的、湿润的、被踏得平平的春天的道路,在他脚下蜿蜒着。女小贩从工厂里散了出来,小铺里人声嘈杂,啤酒店里手风琴声音很响。在角落里有一个女人正在为了丈夫的工资哭着:

“狠心的,跑了……不会去做好事……一夜就会花光的。”

二

“敬爱的顾客,请吧!百货俱全:要做衬衣就衬衣,要做长衫就长衫!……”

“我要给妹妹做裙子。”

“有的是……刚开市可以便宜,请您瞧……”

“不,我不要这样的:我妹妹爱红的……”

“红的?可以,请瞧……请瞧……”

从架子上飞下一块块的布料:深红的、粉红的、红里带黑点的,红里带条纹的,带花的。

巴拉蒙从小铺里望见小布贩的筐子里火红的一块,便急忙向他奔去:

“大叔,停一停!……你这是什么?”

“头巾。”

按颜色说,头巾是很适合的,可是一打开——上面有绿花。

“唉……”巴拉蒙感到遗憾。“就像这个样子，不带花的没有吗？……”

“不带花的？要是不带花的做头巾，娘儿们怎么会喜欢？你瞧：多么好看……”

“是呀，可是我的老婆很特别：她就爱一抹色的……”

“一抹色的也有……可是白的。”

“白的，白送给我都不要……”

小贩们大笑起来，巴拉蒙也禁不住要笑：这些人真怪。他问了问绸子的价钱，用头指了指一块鲜红色的人造绸：

“剪五尺[①]……”

“五尺？您怎么？要是做两条裙子，需要六尺，做两件衬衫——要八尺，可是您要五尺。您还是让我给您加一尺或是三尺……要不，是什么也做不成的。”

“做得成，我什么都做得成。剪吧！”

三

在女包装工安努什卡家里正有几个女伴，于是巴拉蒙不得不坐下来喝茶。他曾谈起，在某一城市里卷烟女工，因为罢工被发给了黄护照，但是没谈起劲来。

“好，那么，你们唱个歌吧！”

姑娘们哼了一声，便急忙跑了。

“她们一定会认为你在追求我。”安努什卡说，接着便换了口

①指俄尺，1俄尺等于0.72米。

吻正色说:“你们那里情况怎么样?”

“我们那里没什么。你们这里呢?”

“还是那样。我找到一些合适的女朋友,刚才就是准备和这些姑娘谈谈。我想,在夏天以前就进行准备。”

“好,努力吧。我来找你和谢拉菲玛有一件小小的工作。很遗憾,我自己不会。要不,早做好啦!你来看。”

巴拉蒙打开小包,展平红绸,并把一束饰绦放在上面:

“喏,懂吗,要做什么?做旗。请你们做两面:要是哥萨克打坏一面,把另一面拿出去。要动动脑筋,做得漂亮些……把这几个字绣在上面……”

巴拉蒙从帽子里拿出写好的字:

“喏!绣在当中……三面要镶边,每一边镶两条绦子。你要注意:这还是第一次,这里从来没见过旗……要尽心做,让它显眼些……好,藏起来吧……大概,同志们在等我了。”

四

城市的教堂屋顶闪了几下,便隐藏到土堤后面了。树林里草芽已经绿了,脚下发出唰唰沙沙的声音。巴拉蒙跑下一个杂草丛生的深谷,向一片林子走去,在林边看到了自己的同志们,他要吓他们一下:

“我抓住你们了!……哈——哈——哈——哈……”

谷里传来了回声。二十五张嘴都咧开笑了。钢筋工沙尔柯夫举起手来:

“嘘……”

话正谈得起劲。巴拉蒙点了个头，便坐在一堆晒热了的褐色树叶上，凝神望着说话的人……

五

“正等着你呢。我让妈妈到姐姐家去睡了。我马上来收拾好。”

谢拉菲玛打开窗子，抓起一把锁，走了出去。朝街上望了望，把锁扣进门环——叭的一声锁了。又向周围望了望，便从窗子里爬进房来。

“现在谁也不会进来了。”

“我们得悄悄地做了。”安努什卡低声说。

“干什么要悄悄地？管它呢！要是有人来，我们说：睡了，妈妈出去了，把钥匙带走了。我们快来！”

她们遮起窗子，把被子铺在地上，把巴拉蒙买的绸子摊在上面，跪下身来。量过，裁好，又压好了边。

她们低声谈好：要绣上什么，字安在哪里。用白粉都描好。锈针闪闪地动起来，剪刀咔嚓咔嚓地响起来，她俩不知不觉地唱起歌子。

六

吃午饭的时候，巴拉蒙到模型工场里悄悄拿了他定做的旗杆，轻轻走到机械工场旁边，向窗洞里喊了一声。正在等着他的沙尔柯夫把旗杆藏到墙边小轴下面，用碎麻盖好，便向锅炉房后面走去……

在那里，在绿油油的草地上，有的在睡觉，有的下跳棋，有的看书，有的在争论。栅墙旁边，一个工具制造工像路碑似的站在那里。他后面，大约有三十个人头靠头地躺了一圈。在许多头中间，一个彼得格勒的铣工盘腿坐着，大声地读着一本小册子，把手指印留在一页一页的书角上。

栅墙外，从蔚蓝的天空里传来了百灵鸟的鸣声，鸣声飘过栅墙，在人们头上飞扬着。巴拉蒙和沙尔柯夫早就读过这本小册子了，但仍在听着。朗读声和鸟鸣声与温暖的阳光融合在一起。

七

巴拉蒙从木头上挖的一个孔里拿到一个小卷，便沿着阳光灿烂行人稀少的街道向食品工厂走去。急急按了一下门铃，便和安努什卡走了出来。他在路上把林中开会的情形告诉她，并暗示安努什卡不要落后。

“我落后？”她激动地说。“难道你们不让我们插手，也是我的错？你们总说，女人哪里成……胆小……”

“嗯，你别说这话了……也有些人这样想，你不要理会。这没什么。记住，加劲干。”

安努什卡仰头望着巴拉蒙，脸上放出光彩。到了院子里让巴拉蒙坐在凳子上，自己进房去，拿了个小包跑出来。他把小包藏好，把小卷交给她：

“这些传单你拿着，明天在你们那里散完，给那些会叽叽喳喳的女人。你说，虽然你们像喜鹊一样，可是今天是节日……明天也许会发生什么事情，你是个好同志，应当把实话告诉你……来，让我握握你的手吧。”

安努什卡把右手伸给他，把左手伸到他的肩上，但是右手指头被握得咯吱咯吱响起来，她坐了下来：

“哎哟！”

当苍茫的暮色吞没了巴拉蒙的时候，安努什卡感到夜寒袭人。

八

天色微明，巴拉蒙蓝色的工作服便在街上闪动了。他敲敲窗子，对着睡意蒙眬的面孔低声说几句话。要去找的最后一个是沙尔柯夫：

“喂，我们走吧，老兄……要紧的，没忘了吧？就这样……在时间没有来到之前，工厂里什么事不要参与……我要是发生什么情况，你不要坐着发愣。”

“好啦，我知道了。”

两个人讲着话来消除紧张心情。走过栏路杆时，沙尔柯夫说：

“巴拉蒙，知道吧，等我们胜利了，我就让这个姓去他妈的了……”

“姓？”

“是的。我的爷爷是农民，爸爸是钳工，叔叔是铸工，却是姓沙尔柯夫[1]……奴性十足……让它快见鬼去！”

“算了吧，瞎操心。”巴拉蒙不以为然地说，“现在不是想这个的时候。”

他们坐到工厂对面那小铺的踏磴上，凝神望着大路。汽笛响过后，其他工人都渐渐来坐到他们身旁……

“来了。”

“在哪里？”

“瞧，戴小帽的……”

来的便是林中讲话的那个同志。他穿着蓝色工作衣和靴子。大家都站起来，一面走一面把他围起来，经过工厂警卫室，差不多是把他带过去的。

“是，事情完成了！……”

九

皮带唰唰响了，传动轮转起来，齿轮轧轧响了起来。车刀底下飞溅起铜屑，铣铁像黑色的雪花似地一团一团往下落，钢铁不安定地动着，唰唰地变成刨屑。纵式起重机闪着光，在重浊的声响中移动着。

巴拉蒙在车床上注视着工人们俯首工作。而当工场里人声都安定了时，突然又响起高昂而激烈的呼啸般的声音，接着各处

①其意为皇族。

都喊起来：

“放下来！停下来！”

巴拉蒙从小轴下面抽出旗杆，顺着车床奔跑着。叫着，止住传动装置的小链条，对着面孔喝道：

“停下吧，今天是五一！”

蓝色的工作服在门口闪动着，人群中间响起巨大的呼应：

“放下吧，同志们！”

“到院子里去！”

“到机械工场里去！参加示威游行！”

但是锅炉房里的锅炉，在大棰下不停地吼叫着。锻工间里，大地在锤子下一霎不停地呻吟着。从工场到警卫室，从警卫室往城里，沿着电话线，急急忙忙地传送着报警的声音。工长、卫兵、管工员都奔忙起来。这时才晓得：动起来的只有一个机械工场，看样子就要泄气地回到车床上。人们脸上好像蒙上了一层白灰。

“回工场去！”

大门还未来得及完全吞没脚步声，就听到喊声：

“把所有的门都锁上！谁也不放进来！”

在一座刨床上，一面红旗闪起光芒，射到八百只眼睛里。红旗上安努什卡和谢拉菲玛绣的太阳光彩夺目，太阳上迸射出赞美五一节、赞美革命风暴和未来的话语。十来只手把在林中讲话的那位同志抛向红旗。

他直起身子，摘下小帽，指着红旗：

“第一次在我们头上飘扬起红旗……”

……绣的太阳上迸发出的话语活跃了，推倒了墙，整个劳动世界从平原、高山和大海那边,涌到机械工场的穹顶之下。

十

哥萨克坐车来了,军队进了工厂。在许多军帽中间,闪动着厂长的小礼帽。机械工场的门很轻易地就开了,厂长看到工场一如平常,而且有条不紊:皮带唰唰响着,传导机轮轴在角落里呜呜叫着,铜在车刀下轧轧地响,铁像一团团黑雪似的往下落。只是许多眼睛不时地从眉毛下闪闪斜视着。

厂长和戴彩色军帽的人们互相望了一眼,撇了撇嘴:

“没什么,一场虚惊。”

刺刀是刺不透,子弹和皮鞭是打不破的。红旗在蓝色工装底下。工人们的心正碰动着女工们绣的太阳,碰动着太阳上射出的号召,号召人们战斗和前进。

1923 年

“第十名”之墙

一

大雾好像把工厂移开了工人村，截断烟囱的顶部，然后凝定下来。原野上传来的沙沙声塞满巡逻队的耳朵，太阳白色的光团耀眼欲花，工人村和呆然而立的车间令人愁闷。只有机械厂里迸出工作的声响——那里钳工们正在修理从白匪手里夺过来的武器和替北方制造机器零件。

这批零件的订单早就来了——是代表们从代表大会上带来的——可是钳工们却老是磨蹭，磨蹭。工作的领导者——大眼睛的伊里亚·萨莫垠曾经代表工厂，向工人村苏维埃保证如期完成定货。现在这话他觉得成了丢给大风的一张纸片。唉！你瞧——这哪里像诚实的工人的保证！用脚踩它，用脚抹掉它吧。而最气人的是：全厂保证，却要他伊里亚一个人负责。要是叫他去，问他：

“喂，萨莫根，同志，你的保证呢？”

他以后怎么去见人呢？就眨着眼，当然也成，但是这难道与心无愧吗？

“唉，唉，真糟糕！……”

钳工们真把伊里亚气死：给北方做订货都不上紧，可是一运来武器，又都活跃起来了；无论年轻人、中年人，还是老头子都加劲地干，用最蹩脚的工具也能干出奇迹……

伊里亚在嘟囔着，等武器修理好以后，他发作起来：

“见鬼！你们要像昨天和今天这个劲头来制造订货，全部订货早就打包运走了！他们也是同志，都是无产阶级！他们那里，也许没有这些零件不能工作呢，可是你们不痛不痒地慢慢磨……”

钳工们用笑骂来搪塞，然后把古吉莫夫老头子推到伊里亚跟前：

“给他见识见识！”

古吉莫夫茫然失措，但是伊里亚抓住他的手臂，把他拉到自己跟前：

“那么，好吧，你拿什么东西给我见识见识？”

“并不是拿不拿什么东西！”古吉莫夫摔开他的手说。“应当照实地谈谈。我们替莫斯科做这份订货很欠考虑……是这么回事，你听我说，别着急……把订单一拿来，我们就马上准备，旋啦，刨啦。为什么呢？那时候到莫斯科的道路是通的。可是现在道路在哪里？没有了吧！这么结果就会是：等我们做好了，让敌人拿了去。就是这么回事……关于这，我对我的伏洛奇卡讲过，可是有什么用？他也会说他的，他说：我们的谢尔巴克已经带领军队占领了车站，我们要给他们弄机车、车厢，把弟兄们和机枪装上火车，向莫斯科冲。可是这是荒谬的！所以，这才干不起劲来……”

伊里亚听着，吃惊地把两脚换来换去：这么说，不是他一个，而是全厂人的思想都在原野上奔驰着，向着莫斯科，飞过伏尔加河，飞向西伯利亚，大家都在想着，小锤儿敲来敲去是没有用的，当工厂周围遍地都是敌人的兵团，黑帮和匪群的时候，是不能正经干活的。伊里亚过去以为只有他为革命操心。原来……他抓住古吉莫夫的袖子，激动地说：

“对的，我也看到了，既然这样，我们干什么要捉迷藏玩儿？我们到苏维埃，把实际情况谈一下……”

“你怎么啦？”古吉莫夫一摆手说。“那我们会叫工厂丢人，不会放过我们的……”

“可是我们拖着不干，就不丢人？你站到我位子上瞧瞧：你们都好像与己无关，可是我急得睡不着觉。你们把缰绳套在我头上，可是现在你们想不管？……”

古吉莫夫向周围望了望，低声说：

“别急，我们来把做好的零件擦上油，包装好，暂时埋到地下。大家看到我们不会倒霉，就会加劲了。你瞧着，等那里道路一打开，我们就马上把它运走。好吗？只不过要悄悄地……”

这使伊里亚很高兴，的确应该这样。他和古吉莫夫一起开始研究在哪里掘坑，可是谢马来到他跟前，来惊动他：

“爸爸,白匪正规部队已经来到郊外了……”

“别说废话。”伊里亚不高兴地说。“怎么回事?不要妨碍我……啊?”

“别‘啊’了,有千把白军已经从旁边过去了。都穿着外国靴子,哥萨克骑着很神气的马,有大炮、汽车。我们的电线都被割断了。看样子,我们得离开……”

伊里亚向周围望了望,打断谢马的话:

“嘘,别哼声,暂且别惊动人。听见吗?我们得把工作干完。走吧,别哼声……”

二

伊里亚黄昏时候离开工厂,遇到谢马的未婚妻任卡。

“谢马在哪里?”

“我们一块找去,只不过请你行行好,不要叫,要不,我们就糟糕透了:一个去打仗,留在家里的人哭他。”

伊里亚的两个儿子——谢马和小维齐卡——已经吃罢了晚饭。妻子坐在橱影里,透过微弱的灯光望着谢马。伊里亚明白:她已经痛苦极了,于是轻快地问:

“喂,怎么样了?”

“我们所有的部队都准备好了,巡逻队加强了。听说,白匪很疯狂,我们援军就要到了……”

“早就该来了。应当四面八方一齐打,要不,我们会被敌人暗杀掉的……”

谢马望了望任卡，匆匆走了。妻子给伊里亚盛了一碗汤，切了块小米和玉米做的松脆的面包，又哑着喉咙说：

“谢穆[①]，你顶好暂且睡会儿……”

大家望着谢马穿上带袖的棉背心，配上行囊和子弹带。这好像使他行动不自如了，他比平常更急躁地行动起来，从钉子上摘下步枪，跑到门口点了点头：

“我还回来一下的，要是情况紧急，就去集合站了。我们走，任妮[②]！”

妈妈把他们送出门外，回房来躺到床上叹了一口气。伊里亚让维齐卡也躺下，生气地对妻子说：“瞧，甚至不能好好地把儿子打扮打扮，更不用提我了……”可是，一切都很简单：部队一走，工厂停下来，他伊里亚也就无所事事，但妻子能了解这一点吗？

“阿琳卡，你别难过，不必放在心上！”他一面收拾饭桌，一面说着。“这是什么时候，你自己也知道。你带着维齐卡和同你一样的人一块撑住，要是害怕了，你就假想：我和谢马到顿河弄面包去了……”

他从箱子里拿出一套衬衣、毛袜、一件和谢马一样的棉背心。从盐罐里倒出一些食盐，倒在一块布上，包起来，放到杯子里。从袋子里掏出一些面包干，加上几根葱。把这一切在桌子上堆成一堆，打量打量是不是多，然后从镜子后面拿出向逃兵买来的行囊。行囊里有把掘土用的小锹、一件旧雨衣、铁盒，铁盒里有粗线、蜡线和白细布的绷带。

①谢马的昵称。

②任卡的昵称。

妻子明白他准备要走了,于是跳起来说:

“你要趁早偷偷离开我走掉?唉,你还往哪里跑呀?难道说你这一辈子流浪得还不够吗?”

伊里亚晓得,应当轻轻骂几句,直到她哭起来:哭一阵她会轻松些,会平静下来,到分别的时候就会求他不要骂她。她是善良的,很好的,只不过……伊里亚搓了搓小帽,说:

“你四十岁的人了,埋葬过两个孩子,还那么爱抹眼泪。你说,我留在家里,白匪来了(伊里亚知道妻子最怕白匪),要是问:‘谁在机械厂给红军修理过武器?’怎么,依你看,就找不到一个肯说实话的人?会有这种人,说:‘萨莫埌·伊里亚’。到那时候,你会落到什么?我会被绞杀,你还不是永远痛苦?可是到部队里,我是和自己人在一起。他们怎么样,我就怎么样。你想一想吧:还是别叫,我并没发疯。你知道,我平常不敢杀一只鸡,可是现在我能放枪,不比谢穆卡[①]差。这为什么?唔,我们还要告别,还是就这么走?别哭啦,我说了很多,我很懂得。你也不难懂,因为你在为我们痛苦。不要出来送我了,你会更难受的……”

伊里亚吻过妻子,推开了门。妻子随后奔出。但是他匆匆穿过街道,转过街角不见了。

苏维埃门前沉沉的暗影里充满了人群,飞舞着火光、谈话声、人喊与马嘶。伊里亚听说有一个队要去车站,其余的去同矿工队伍联合。机械厂的队伍已经集合齐了。领队——大头的基尔加——催促大家:

“战士们!你们要用一百年的时间来告别?还看得不够?”

---

①谢马的爱称。

伊里亚拍了拍他的肩膀:

"阿丰尼[1],我参加你的队伍,给我支枪……"

基尔加十分高兴地把一只手搭在他的肩上:

"萨莫艮,老哥!会打马枪吧?好,把我的拿去,上着子弹的。我自己再想办法,别管我……站到这里来……"

伊里亚站到指定的地方,轻松地舒了口气,但是苏维埃主席列舍道夫从一旁走到他面前:

"萨莫艮,你想出了什么花样?跟队伍走?你是忘了吧?还怪年轻啊?"

伊里亚有点不好意思,也叫起来:

"怎么!?你别叫!都走了,我也……"

"不能都走!你得留下,没什么可说的!基尔加,把他的马枪拿过来。听我说:要是看到他在你的队伍里,你要负责任!还要去告诉别的队伍,都不能要他。我们走吧……"

列舍道夫抓住伊里亚的手臂就走,走到台阶上把他逼到墙跟前,冲着面厉声问道:

"订货呢,给莫斯科做的订货做好了没有?没有?啊哈,要个保姆照顾你?你不害天下之大臊!你别开玩笑吧。年轻人都走,你得和老头子们留在厂里干活。要把活干完,听见吗?苏维埃要求这样,莫斯科要求这样。明天就把人员补充齐,你要督促,督促……"

伊里亚在火炬的亮光里看到了在一旁闪动着的妻子的头巾,赶上她,把行囊交给她:

①基尔加的名字。

“拿着,他们不放我走。你回家吧,我去瞧瞧谢穆卡……”

三

半夜过后,骑兵驰过了小河。步兵跟在后面移动。维齐卡坐在谢马肩上,抓着他的枪口,一遍一遍地重复着:

“谢穆,你别忘了钢盔,给我带回来,听见吗?”

“我怎么会忘呢?瞧你这个孩子多怪!”

谢马的同志们给维齐卡提出一系列的问题,在队伍里互相传说着他那口齿不清的回答,笑着。谢马把弟弟穿着棉织鞋的一只小脚紧贴在胸前,吞吸着令人振奋的冷气。因为他听着弟弟天真的想法和简单的语调,还因为他可以不与妈妈和任卡讲话,感到又高兴又清爽。

“走啦,走啦,同志们!”前面传来了声音。

谢马听到这几句话,跑出队伍,把维齐卡放到地上,正经地说:

“爸爸,把他们领回去吧,多站一会也没意思!妈妈,你别哭了,有爸爸和你在一起。好啦……”

他匆匆吻别家人,跑步跟上队伍。伊里亚把维齐卡的两只手放到阿琳娜[①]和任卡手里,推他们转过身子来向着村子:

“你们走吧,我马上就回去……”

妻子走了几步,但是忽然明白过来,推开维齐卡,喊道:

“你自己来领他吧,我很恶心!”

①伊里亚妻子的名字。

“她怕我偷着走了。”伊里亚想道，于是，他把手一挥，向着村子走去。他走得很快，而当妻子离远了时，他敏捷地撇开大路，从旁边几乎是跑着回来——他要赶上队伍，告诉谢马：他留在家里是因为别人不让他走……

越来越近的脚步声使他清醒过来。他猛地把手出劲一甩："唉，我跑什么？我不说，谢穆卡也会全晓得。"——于是脚步慢了下来。队伍里有人高声地笑着。伊里亚辨出儿子开朗的笑声，停下步来："很好，让他们尽量笑吧。"

大地在队伍的脚下发出的隆隆声低沉下来，变成唰唰的声音，慢慢消失了。伊里亚眼前还站着基尔加和谢马，耳朵里还响着维齐卡要钢盔的话语，记忆中浮起了这一天中发生的详情细节，浮现出列舍道大生气的面孔……于是，周围一切都变了。伊里亚用手揉揉眼睛，叹了一口气。村子后面，大雾之中出现了清晨的霞光，工厂的烟囱清晰可辨了……

四

大家所害怕的事，突然之间就发生了：匪兵和哥萨克，从渐渐稀薄的雾中冲进村子。机械厂里知道情况时，机枪已经到院子里，四面八方喊着：

“喂，出来！”

车间里人们想跑，但是眼睛一碰到许多步枪，便安静下来。匪兵敲着沉重的靴子，顺着工作台向前移动：

“出来！对你们讲话哪！快！”

匪兵从窗子望见正悄悄地溜向工厂后院的伊里亚和瓦洛奇卡·古吉莫夫，便用枪托砸破玻璃，打起枪来。伊里亚和瓦洛奇卡俯下身子跑起来。只要到达拐角，然后就可以顺着沟里的草丛跑向栅墙，跑到野外去。但是匪兵却从旁边的车间里赶着一些同志拐弯过来。伊里亚和瓦洛奇卡骤然停住，装作是急急向人群靠拢的样子，向前院移动。

"唉，只好装傻了。"瓦洛奇卡叹了一声气。"真是鬼把我拉到工厂里来……"

在大院子里，伊里亚望到在机枪下被赶出来的同志们，领会到老头子们斜射过来的眼光，想道："唉，这一下子完了。"

匪兵后面走出一个大胡子军官，指着栅门喊道：

"喂，无产阶级先生们，一个一个地走，开会去！走么，走么，别客气！我们有出名的报告员！……"

大门外，被搜查过的工人们又给穿外套的人接住了。他们向每个工人追问武器和苏维埃的领导人，把工人往一片空地上赶，空地两边许多匪兵面对面地站成两行。

"快，快！两个两个地排起来！"

一个白发的、表面看起来十分和善的大尉，沿着匪兵行列来回走着。他的一只手插在袋里，另一只手戴着半褪的手套搭拉着。当工人们被排列好了后，他停下步来，装腔作势地叫道：

"你们听着！是回头的时候了！到处是饥饿，混乱，伤寒！你们快指出来：武器在哪里？谁是大家的头脑？布尔什维克在哪里？我以军官的身份向你们保证：你们没有关系……"

这位大尉停下来，直等到紧张的红潮从脸上消失，他听了听毫无声音，看样子，他感到了自己言语的无力，从袋里掏出扣在链子上的表，一个字一个字地说：

“让你们考虑五分钟！”他重新踱起步子。

雾已经完全消散了。工人们向村子那边望着。女人们越过铁路路基向工厂走来，哥萨克在赶着她们，挥舞着皮鞭，尖叫声在空中震荡着。匪兵们像是一群瞎子、聋子、死人。伊里亚胸中燃起了怒火：“哼，鬼东西，你们的理智到哪里去了？”

大尉抓起在摆动着的表，停下步来：

“嗯！？还要等我来请你们？”

工人们的沉默激怒了他，他尖叫起来：

“啊……你们以为我是来和你们开玩笑的！？把每个第十名拉出来！哼，你们，瞧——吧！”

排尾走出几个戴臂章的匪兵，那些穿外套的家伙们也凑上前去，他们沿工人行列走着：

“一，二，三，四，……九……出来!”

匪兵把许多第十名推到行列后面，由另外的人接着，拉到骑兵跟前：

“站好，别动！”

一个穿外套的人死盯住伊里亚的一对大眼睛，打量他是不是第十名，他请求：

“大尉先生，可以允许多少换一换吗？谢谢您。把这个调到后面！”

匪兵从行列中拉出伊里亚，把他放到前面：

“……八……九……走！”

伊里亚在行列后面快步走向骑兵，挨近歌唱能手瓦萨·克拉马林柯的肩膀。他很清楚为什么他被调换成第十名，也不争辩，但是死亡临近的感觉压在他的肩上，紧压着他的心。马在后面向他背上喷气。伊里亚用眼睛数着，比点数的匪兵快——“五，六，七，八，九”——他好像用眼睛抓住每一个第十名，怕他喊起来，小心地把他拉到自己跟前。每当一个第十名沉默地走过行列与骑兵之间的空间时，他轻松地动动嘴唇：

“对，就这样，对……”

工厂后面突然响起枪声。工人行列里奔腾起喜悦的火花，使他们紧张起来：“难道我们的人回来了？”但是枪声忽然停了，眼前又是一片黑暗。

伊里亚骂自己夜里没有跟了队伍走。他心里很清楚他伊里亚应该怎样做，但是他却依从了列舍道夫，现在就要糊里糊涂赤手空拳地死去。他喘口气，斜过眼去打量每个第十名。

他们有些人的错误是：他们曾经咒骂饥饿和无休无止的斗争，不明白国内发生了什么事。旁边站着的儿女成行的老汉萨莫连柯的错误是：他满足于自己对上帝的无限忠诚，他嘲笑一切新事物，吓唬年轻人说他还要活三十年。为什么他也站在第十名的行列中，并且一言不发呢？他的下面，是赫鲁吉柯夫和库兹柯——他们也在数！——他们的错误是：表面上装作很积极的工人，实际上却偷偷地在工厂里做小锅、铁叉，拿他们去换臭烧酒。赫鲁吉柯夫、库兹柯、萨莫连柯和挨打的、呆头呆脑的赫什尼亚克最使伊里亚害怕，他很感谢那位大尉没有马上说明为什么挑出第十名，他希望大家都能不屈地迎接死亡……

斯坦尼斯拉夫被推出了行列中。伊里亚想起了黎明时和他在桥边见面的情形：斯坦尼斯拉夫举出理由说武装队伍离开村子是无用的。随即又想起了今天早晨斯坦尼斯拉夫和瓦洛奇卡·古吉莫夫从苏维埃到工厂来的情形。伊里亚用眼睛来寻找瓦洛奇卡，在第十名中没有找到他，很自豪地想："有办法的小伙子，他始终站在岗位上……"

"喂，那里快好了吧！?"大尉叫着，把踢马刺碰得喀喀响，好像要踏破大地。

点数的匪兵推出最后一个第十名：

"好了！"

"我最后一次对你们讲！你们要不说，就不妙了！……"

接着而来的一片沉默看样子惹火了大尉。他很快得像有弹簧一样地转过身子，走近这许多第十名，叫道：

"准备开枪！谁要不愿意死，走出来，给我说！"

他的破裂的叫声好像把伊里亚的衣服脱光了，伊里亚感到冷起来。他觉得：赫鲁吉柯夫和库兹柯就要求饶了，就要招供了。但是，一分钟过去了，又是一分钟过去了。沉默像被咬紧的牙关一样更结实更顽强了。由于同志们的爱怜，伊里亚的喉头哽住了，而在胸中却响起了一支难以表达的喜悦而豪放的歌子。他责备自己不应该把很多第十名想得那么坏……而他们却是这样，他们都是好样的……甚至萨莫连柯，甚至赫鲁吉柯夫、库兹柯、赫什尼亚克都能这样。他从鼻孔里嘘了一口气，他肩膀感觉出萨莫连柯和瓦萨也都嘘了一口气，感觉出他们也和他一样，很激动，很高兴……

大尉抚摸着军大衣的边缘，用眼睛向第十名下着命令，引诱他们，保证他们生命安全，同时用冰冷的坟墓进行威胁。伊里亚觉得：软弱的人已经在这种眼光下发抖，抛开身上阻止自己向前的东西。因为害怕马上就可能发生的事情，因为对大尉、匪兵和哥萨克的无比愤怒，伊里亚感到全身发冷，于是嚷道：

“喂，还拖延什么！？”

“什么？你说什么？”大尉向他走去。

“我说，我们不是小孩子，什么也吓不倒！”伊里亚说得很清楚。他的话起了作用：每个第十名都挺起腰来，有人喊：

“对，伊里亚！”

大尉脸色灰白，飞起一拳打在伊里亚的颚上。他咬得牙咯吱咯吱地响，狂叫道：

“打死他，畜生！”

大尉向他膝下踢了一脚，脸色发紫，叫道：

“行动！快！”

大胡子军官后退几步，喊叫起来。匪兵的行列散开了，骑兵团团包围住这些第十名，把他们往前赶。

“立正，不准东张西望！不准讲话！”

在一块场地中间，骑兵转向一座灰色矮房，匪兵把每个第十名挨着一堵棚屋的长长的水泥墙壁排列起来：

“向后转！”

伊里亚被排在节俭的萨瓦里申和瓦萨之间。从长列的一端传来好像哽咽的声音。瓦萨朝那边瞥了一眼，抓住伊里亚的手。伊里亚懂得他的意思，把萨瓦里申拉近自己，但是萨瓦里申把他推开，奔向匪兵：

“老总，我……我……我……我全说出来，看上帝的面，我不……”

伊里亚举起手：

“伊果尔[①]！我们牺牲，你不要破坏！伊果尔，听见没有？”

“闭嘴！”

“我也，我也……”行列中又有人喊。大家看到是赫什尼亚克：他走出行列，牙齿格格地响，由于无力克制哽塞在喉中的话语，面孔发青。

“呸，狗虱子！”斯坦尼斯拉夫愤怒地啐他一口。

大胡子军官大喝一声，再一次引诱那些想活着的人，把萨瓦里中和赫什尼亚克领到大尉面前。

“你们不想死吧？没必要么！”

“把他们带走吧，带走这两块狗骨头！”第十名队伍里齐声叫着，一面彼此手挽起手。

“不要骂，用不着。”伊里亚说，他再一次喊道。“伊果尔！赫什尼亚克！这不是正大光明的事，是耻辱，咱们都是弟兄们！……”

“瞧他们，算个人，唉！”萨莫连柯厌倦地说。

伊里亚望了望他，好容易忍住涌上来的眼泪，他感觉到斯坦尼斯拉夫不妙。斯坦尼斯拉夫没有准备平静地迎接死亡；他也并没有盲目的恐惧，但是他不能抑制全身的颤抖，全身血管都在跳动着。这使斯坦尼斯拉夫很难堪，他望着地上，好像因为害臊而

①萨瓦里中的名字。

伸直身子。伊里亚把他的手紧贴在自己腰侧,好像在分担他的痛苦,为了掩饰这一点,他把眼睛转向一旁。

路基后面有一个妇女在走着。只看得见她半个身子,有一个小孩子的头,好像是拴在她的手上似的,在她旁边晃动着。伊里亚觉得那就是阿琳娜,又觉得那小孩子是维齐卡,一双蓝眼睛在闪动着。伊里亚垂下眼睛,他听到:

"让我们告一下别吧!"

匪兵突然一惊,举起枪托:

"不准! 站住!"

"怎么样? 你们怕吗? 没有你们,我们也撑得住……"

靠边一个第十名拥抱了身旁的一个人,吻了他,他又拥抱下一个,下一个又拥抱下一个,——一个个地拥抱,一个个地接吻,这使他们用激情与热血加强了自己的队伍。瓦萨抱住伊里亚:

"好,分别了,好老哥。"一连吻别他三下。

眼泪从斯坦尼斯拉夫的眼里滚到伊里亚的颊上。赫鲁吉柯夫忽然哭了起来,抽噎着说:

"完了,弟兄们,况且这是死在谁手里!? 一群坏蛋……"

还有人哭了,但究竟是谁,伊里亚分辨不出了。匪兵们向旁边望着,一动也不动。骑兵一个劲地抚摸着马匹。一个短腿的、装束整齐的上等兵,对这些第十名望得最出神。他盯着这些第十名,好像相信一点什么,脖子弯下来,嘴唇扭歪了,嘴上显出很难过的样子,像个孩子……

一种像是痛苦的感情,从匪兵的眉毛下跑上他们风霜吹打的脸。他们斜视着这些第十名,好像听不见他们的话语,由于令人迷惘的难耐而显出焦躁:“快些吧……”

匪兵把被赫什尼亚克和萨瓦里申出卖的人们赶了过来,瓦洛奇卡·古吉莫夫也在其中。大胡子军官一面走着一面喊道:

“干什么把手挽着！手放下！……”

被出卖的人们挽起手,加入第十名的行列——力量更大了,沉郁的谢尔加契打断大胡子军官的话:

“别把喉咙喊破了！吓不住谁!”

“把他们分开!”

枪托打进肩膀中间,要把手臂分开。

“别麻烦!你们枪杀我们,怎么着还不是一样!?”大家喊着。

大胡子怒气填胸,但是大尉的叫声压住了他,他拖长声音喊:

“站队……”

第十名的行列中掠过一阵风:死神到了！瓦萨挺直了腰,向夹在匪兵行列之间的同志们叫喊起来,要他们不要把这些第十名忘掉……伊里亚、斯坦尼斯拉夫和其他的人也都应和着他的叫声。不同的声音在喊着,不同的话语把那些不同的声音打散了,但是所有这些声音都以最后的一线生命和留下的同志们交织在一起,而且当这些声音被“开枪”的口令打断时,依然在排射的枪声里响着……

五

伊里亚的肘部感到剧疼。疼痛像一团火似的从肘上跑到脖子上,又从脖子上跑到耳朵里。本想弄清楚为什么眼里发黑,但被枪声、骂声和呻吟声扰乱了。工厂的屋顶在眼里歪斜了，散裂了，塌落了。伊里亚抬起手，但是斯坦尼斯拉夫和瓦萨倒了下来，把他压在底下，他们一面挣扎着要起来，一面在他身上慢慢挺直了身子，更沉重了。他极力想从他们底下挣脱出来，用尽了最后的力气，便不动了。血一股股地从头上流过脸颊，流到嘴里发出咸味。“从耳朵里，为什么从耳朵里流出来的？”他吃惊地想。“莫不是我的头被打伤了？……”乏力和迷惘使他的猜测模糊了。

黄昏时他醒来了。瓦隆的头枕在他的肩上，冷风吹散了头上的长发，吹冷了面颊。伊里亚张开凝住的嘴唇，嘴的下角冒起血泡。一只耳朵被冷东西堵住了，底下一只耳朵好像长进了土里。他很想抬起头来了解一下：这只耳朵是不是被削去了，但害怕附近有哨兵，他控制住了。他面前高耸着棚屋的墙壁，上面添了弹坑和子弹擦过的新痕。房顶后面，露出渐渐暗下来的天空。

伊里亚等了一会儿，便动了一动。麻木的腿上好像有蚂蚁一节一节地在奔跑，被打穿的一只手臂忽然变得很长很长的，好像所有的第十名都压在上面，把它压扁了。伊里亚慢慢从瓦隆的头底下抽出那只健全的手臂，用肘支起身子。下面的一只耳朵痒得很，接着听出了大地在人的脚下发出的唰唰声。脚步声渐近了，清晰可辨，是军队的步伐。伊里亚立刻想象到：如果是敌人提起步枪，枪托直落在他的头盖骨上，那就完了！他的心剧烈地跳动，一只腿抽筋起来，不知是谁的说话声传了过来：

“啊嘿，你看到吗？现在才到……”

“真见鬼！太客气了，十个挑一个。全部算上，用机枪一扫，再也不会要政权了……”

说话声渐远了，大地在脚下发出的唰唰声越来越低，越来越模糊了。伊里亚转过头来，抬起眼睑。高耸的墙壁已经模糊不清了。“机枪一扫，你们试试看吧，”——伊里亚翕动着嘴唇，把瓦萨的头推开，又被斯坦尼斯拉夫压得翻倒了。他的膝部感到难忍的刺疼，剧疼从受伤的臂上跑到肩上。伊里亚克制住疼痛，吸了一口同志们身上发出的工厂的气味、血的气味，动动自己的头。耳朵里已经凝固的血碰到手指又流动起来，从耳朵里流出，流到脖子上。脑海里突然浮起两句歌词，这是现在已经不动的瓦萨·克拉马连柯平常爱唱的一支歌中的：

当我是自由自在的孩子时，

不知道痛苦与贫困……

伊里亚斜过眼睛望了一下瓦萨，用那只健全的手臂撑起身子。斯坦尼斯拉夫从他背上滑下去，压住膝盖。伊里亚从他身子底下把两腿抽了出来，又侧着身子躺下。

工厂里和工人村里一片漆黑。路基后面，打斜里闪动着微弱的灯光，马匹的喷鼻声传了过来。灯光忽明忽灭，好像许多眼睛在一起：维齐卡，阿琳娜，基尔加，谢马，斯坦尼斯拉夫……

伊里亚痛苦地赶开这些眼睛：“不要这样，干吗呢？还不如当我失去知觉的时候，把我扔进坑里活埋掉。”当眼睛不再出现时，他用颤动的两膝跪着，把斯坦尼斯拉夫的头放正，把瓦萨的头发从眼睛上拂开，然后完全站了起来，肩膀擦着墙壁，跨过许多头、身体、腿和手臂向前走去。

墙壁好像在他的手掌下跳跃，把他推向地上，但是力气在增强着，他嘴上浮起微笑："胡说，要我萨莫根躺到土里的时候还没有到呢，还没有到！"他已经在想象着：他怎样绕过棚屋，在栅栏上找到一个窟窿，穿过空地爬到小河边，喝一顿水，更要紧的是把头浸到水里，让它放在里面，直到疼痛止住，疼痛会在水里止住的，一定会止住的。然后他涉水到那边，到原野里，那里……

忽然在他准备从那里绕向栅栏的拐角上，有一个灰色的穿大衣的东西在动着。伊里亚弯下膝来，伏在地上，伸长脖子，恐惧地望着灰东西越来越大，向他很快地走来。他已经准备假装死人，接着轻松地吁了一口气：原来不是匪兵，而是几个妇女贴着墙悄悄走来。怕她们害怕而叫起来，伊里亚很着急，于是哑着嗓子说：

"别害怕，是我，萨莫根，伊里亚，自己人……"

几个妇女都紧贴到墙上，开始向后退，但是其中有一个却奔向伊里亚，放开孩子的手，跪下身来。她的眼睛睁得很大，但她不相信眼睛，开始抚摸伊里亚的肩膀、脸、手臂……

"是你，伊留希[①]？……是你……你？……"

等到相信这是他，是他在向她望着，在说着话，她很有权力似地像扶小孩子那样扶他站起来，让他紧偎住自己身子，领他走：

"靠住我，靠紧，忍住，用最大的劲忍住……嘘……要快点……维捷克[②]，跟着走！嘘……"

①伊里亚的爱称。

②维齐卡的爱称。

六

工厂里早已不再是沉寂无声了。“第十名”烈士的临时纪念牌已变成灰色，有些地方已经裂开了——维齐卡·萨莫根等待已久的幸福，这时终于来到了。不错，谢马给他带来的不是钢盔，而是有红星的盔形帽，而附带却送给他一个上等的带罂粟籽的圆面包，一些有图画的小书和三枚崭新的苏维埃银币。维齐卡高兴得甚至都没有发觉谢马脸上的雀斑已经没有了。唉，那些雀斑可大着哩！维齐卡把帽子戴上，抓起礼物，奔进穿堂：

“我跑去告诉爸爸！”

他把小书放到穿堂里的架子上，便像一阵风似的窜出大门。他很想叫起来，但是面包呀——哈，多好吃啊！香喷喷的！皮多脆！因为罂粟籽好吃，因为馅太香，因为想到他戴着盔形帽，袋里有银币，架子上有书，书里又有图画，维齐卡乐得有些飘飘然了……瞧，他马上就飞过工厂大门，跑进车间！人们就要来围住他……

他跑上路基，看到了伙伴们，举起手，挥动面包，叫喊着，把面包分开。每人都分到一小块，面包完了。孩子们舐嘴咂舌——唉，太少了！！——然后，都争着看帽子。每个人都认真试了试，有的戴着帽子摆出很神气的样子，像大会上演说的人一样，举起一只手：

“同志们！……”

维齐卡悄悄从袋里摸出银币，合起两个手掌摇得当啷当唧响：

“瞧，还有这个！瞧这个！”

他蹦跳着，把小伙伴逗了一会儿，然后放开手掌：

“瞧，新的……”

“噢？上面没有鹰？”

“瞧么，有镰刀锤子，有‘无产阶级’……”

孩子们用牙齿试一试银币，它的光泽和响声使孩子们陶醉了，后来不知是谁突然叫道：

“维齐[1]，我们来玩！”

维齐卡高兴得好像飞了起来。他忘掉了盔形帽，忘掉了爸爸，挺直身子说：

“来就来！”

大家跑到空场上。维齐卡的朋友加夫里克·列舍道夫用石片在棚屋旁边划了一个方块：

“来吧，谁有钱！放钱！”

一个五戈比的大铜币碰到墙上，然后飞了回来，落到方块外面。

“啊嘿，没打着!”

第二个、第三个孩子都不走运。第四个轮到维齐卡。他激动地在裤子上擦擦大铜币，向它吹口“运气”，把手一抡。大铜币划了一个圆弧，哨的一声落到方块里面的铜币上。

“好！”

“走运！”

---

①维齐卡的昵称。

孩子们热烈地发表着意见，好像彼此帮忙似的，弯下身子。

“我说过，向右边打！”

“你们在这里干什么？”不料他们头上响起了声音。

他们从场上抓起了铜币，怔怔地望着白发苍苍的古吉莫夫。古吉莫夫望了望维齐卡，指一指盔形帽：

“你这个是从哪里来的？啊哈，谢穆卡回来了？所以你高兴得跑到这里来玩钱儿？”

“怎么？”

老头跑上前来，抓住维齐卡的胳臂：

“你说怎么，小东西！我们找谢穆卡去，他会和你算这个账。你爸爸在哪里被打穿了胳臂？他一只耳朵在哪里被打聋的？不是在这里？我们的四十个人死在什么地方？我的瓦洛奇卡在哪里死的？啊？混账，我问的是谁！？走……”

维齐卡想象到：古吉莫夫怎样把他交给谢穆卡，谢穆卡会怎样看着他。他软了下来，祈求说：

“古吉莫夫伯伯，不要去……饶了我吧，不要对谢穆卡讲。你不如打我一顿，可不要告诉谢穆卡……这我已经知道，伯伯……”

古吉莫夫动了动他的盔形帽，挤了挤已经涌上来的眼泪，说：

“下次不要这样了。这里有纪念牌，节日里我们拿着旗到这里来，我们在这里说感激的话，可是你们……还是说，我们的话与你们毫无关系？你们以为我们把所有的事情都做完了？你们已经没事可做了？没有敌人可打了？你们的敌人已经没有了？你们还需要战斗，不消说得……你们从小时候就应当知道为什么战斗……这堵墙壁可了不起，它能够教训我们，它……”

孩子们把眼睛从古吉莫夫满是皱纹的脸上移到他粗大的手指上，从手指上移到墙壁上。墙壁渐渐变得不再是灰色的、普通的墙壁了。在被子弹打击过的水门汀上的伤痕活跃起来了……

维齐卡感到他仍坐在谢穆卡的肩上，手里感到他的步枪的凉意，看到了队伍中在大雾里晃动着的许多人头，看到了那个夜晚里的这些棚屋、这堵墙壁。他背上感到发冷，便匆匆向工厂走去……

1926—1927年

羱 羊

当我还是很小的时候，我们住在村边里果园深处，我很爱睡在房顶上，因为我觉得在房顶上夜里野兽不会来抓我，在这里什么都可以听见，可以看得很远。

左边一片光秃的沙漠，像尖尖的楔子似的从山石背后伸到我们的土墙跟前，右边和后面是果园，正面是深谷，深谷后面高山层层叠叠伸向天空。在我家旁边，有一条溪水奔入谷底。在我家对面，溪水冲击在一块岩石上，又飞溅着泡沫从两旁跃出去，急急地向沙漠奔去，好像它在山上早就看到沙漠上有什么东西在等待它似的，它高唱着，给自己的急驰增添声色。

我每天在溪水的奔流声里睡去，又在溪水奔流声与晨光中醒来。有一天，当母亲离开我进了村子的时候，流水声在黎明之前就把我叫醒了。

屋子里、院子里和果园里都悄无动静。曙光微微触动了沙漠遥远的边缘，又像流水一样，顺着沙漠，慢慢向我们的土墙漫过来。

高山之上，星星在闪烁着，并且像沙地里的水滴一样，一个一个地沉没在天空里。天色一分钟比一分钟亮。我不晓得是什么东西把我弄醒的。深谷后面，山坡上凸出的地方，忽然一个什么东西闪了一下。我踮起脚，看到一只大豹。

我断定，它是在向我们这个山与邻山之间的峡谷里走去——羊群常常在那里过夜——但是它不走运，于是它匆匆向深谷走去，因为深谷里每天夜尽时经常有羱羊、山羊、羚羊在那里喝水。喝水的地方在房顶上可以望得见。

豹好像在空中飞行，它的斑斓的胁部在灌木丛中闪动着。它间或仰起头来，吸一口气。苦艾和野苹果的气味未必叫它高兴。它一直朝下面溪边走去，突然好像有一只无形的手把它按住了，它伏到地上。

我伸长了脖子，我的心咚咚地跳起来，因为在离豹稍远的地方，一块岩石旁边，站着一只羱羊，它从一些灌木丛上面望着沙漠里的曙光。

豹看样子只望见了羱羊的一双圆的、螺旋形的大角，就不动了。我理解它的意思是：羱羊很有力气，它的腿跑得很快，角比石头还硬——因此需要等一等。羱羊会走到饮水的地方去喝一肚子水，变得笨重起来，那时追赶它、制服它就比较容易。

我恨豹狡猾，而羱羊竟没有看见、也没有听见危险的来临，这使我很惊讶。黎明前的风大约不是从豹的那一面吹来的，所以羱羊离开原来的地方，缓缓地向溪水走去。我甚至觉得，它一面走一面还在欣赏溪水那边行将凋谢的丽春花。豹低下身子，跟在它后面移动着,它的尾巴向长蛇一样弯弯曲曲地把爪印扫掉。

羱羊绕过岩石,一分钟之后,豹出现在它原来的地方,伸了伸脖子,伏到石头上。我看见羱羊在饮水的地方。它没有马上就喝水;它抬起头来,望着溪水,倾听着。它并没有听出敌人的临近,而是嗅到了香气……黎明时候我们溪里的水真是怪迷人的,周围都是溪水的气息。羱羊向溪水俯下身去。这叫我很着急,我于是叫起来:

“别喝了!有豹子!”

但是在溪水奔流声里,我的喊声算得了什么呢?羱羊没有听见。

“你真是聋子,你真是瞎子!”我着急地低声说。

喝饱了水,羱羊直一直身子,看样子它充满了满足与喜悦的感觉,因为,山上流下来的泉水的甜蜜的凉气,正在它火热的身上扩散开来。水是很多的,它在一旁滚滚奔流着。羱羊可以喝了再喝。羱羊是多么幸福,多么富有啊!从它嘴上的细毛中,滴下被它暖热了的水滴;溪水接住水滴,急急向沙漠奔去。

我和豹都在望着羱羊。愤恨和沮丧使我十分激动,我焦急不安。豹拱起背脊,从山石后面望着。曙光已变成朝霞。

啊,我是多么希望羱羊越过溪水,跑进沙漠!那时,它的四只腿就可以救它了。而豹却希望羱羊回头朝山脚走。愚蠢的羱羊正就是照豹所希望的做了:它转过身来,斜过那不幸正在等待着它的地方,向上走去。

豹慢慢移动着,大概风改变了方向,或者是豹的尾巴翘得太高了,把树枝打了一下。羱羊向旁边一窜,变高了,变乖巧了,顷刻之间做出一个在小时候妈妈教给它的动作：它伏在岩石角上，这样，它那淡褐色的背脊、浅色的颈下和黑色的角就和石头混而不分了。

这使我十分高兴，我跳起来，得意地向豹伸伸舌头："啊哈，叫你捉！"羱羊好像是没有了，但是我和它仍在一起。我慢慢清楚了：豹依然看得见它；于是我用尽力气喊：

"快跑！有豹子！"

这一次，它们两个都听见了。豹跳跃而上；羱羊跃过岩石用胸部和两角分开灌木，向山上窜去。豹跳到前面，截断它的去路。羱羊一面奔窜着，一面叫，好像求救似的，然后回身向饮水的地方跑去。尘土从它脚下团团飞起。它差不多是跃过了溪水，拼命向沙漠奔去，但是豹也跃过了溪水，向前跑去，慢慢把羱羊逼向饮水的地方旁边的一座山崖。羱羊转了一会儿，便朝着村子，向我跑来。

我很怕我会把它吓住，于是抑制住喉咙里忍不住要喊出来的叫声。我很高兴它这么有劲——它面前的一切都闪开了路。但是豹越赶越近，越赶越近了。我踮起脚，咬紧嘴唇。眼看着好像豹的爪子就要落到羱羊的背上。我闭上眼睛，接着我便轻松高兴了，好像是我自己挣脱了豹的利爪……

羱羊带跑带跳越过我们的土墙，落在院子里。我高喊一声，威胁地把手一扬。豹见了土墙，吓得退了回去，向深谷跑。

我从房顶上下来，叫醒了爸爸：

"一只羱羊跑到我们家里来了！羱羊是跑来躲豹子的！"我们便跑到院子里。

晨光照着桑树顶上，树叶摇动着，好像给我急促的话语点头作证似的。羱羊躺在桑树旁，一动不动。它的一双前爪往外渗着鲜血，鲜血慢慢成滴，在越来越亮的晨曦里放着光。

我和爸爸走近了羱羊。我屏住呼吸，低声讲完了我在房顶上所看到的一切。爸爸一声不响地从穿堂里舀来一瓢水，浇到羱羊的角上和后脖上。羱羊惊醒了，抬起头来，望望我们。它的眼睛好像被烟雾遮着的两个月亮。它似乎在用眼睛问我们：它是怎么回事。烟雾从眼睛里消失了，它猛然一窜。爸爸把一只手放到它水湿的一只角上，另一只手抚摸着它的前额。

“躺着，躺着，别害怕，我们不是豹子！”

爸爸的声音是友爱而温暖的，但是羱羊不相信他，挣开他的手。

“孩子，拿根绳子来。”爸爸说。“它要乱来会害了自己的。”

爸爸把绳子一头拴在羱羊两只角上，另一头拴到桑树干上。

“就这样好啦，给它喝些水。”

我拿出一个很大的葫芦瓢，从桶里盛满了水。太阳已经越过土墙射进我们的院子，瓢里的水变成了红色。羱羊望着水里，好像从水里认出了自己，也许它觉得面前就是那饮水的地方，而它不能理解：为什么这水没有从它身旁匆匆地流向沙漠。

最后，它的嘴巴触到水上，瓢里的水越来越少了。

“想喝水，就死不了。”爸爸爱抚地说。“再添点水，弄一点吃的东西放到它身旁。它是要走的。”

爸爸用手擦掉它爪上的湿泥，在受伤的地方厚厚地抹上一层油脂。

“好，就会好的，歇会儿吧，我们该到果园里去了。”

我又盛来满满的一瓢水，然后，我们一面频频地回头望着羱羊，带着水桶和锄头到果园里去了。我一面帮着爸爸工作，一面谈着羱羊，我问：

“它会住在我们这里吧？我们不放它吧？”

爸爸好像没有听见，但我一定要他回答，他于是沉思地说：

“不，它不会愿意住在我们这里。它会寂寞的。很小哪，皮很不坏。可惜呀，但得放走。它很勇敢，是跑来逃生的，像这样的，不能不放。”

“它以后会常到我们家来吧？对吗？”

“你要是它，来不来？”爸爸差不多是严厉地问我。

“我来。”我回答。

“不，孩子，不会来的。它爱自由自在。”

爸爸的话我不理解。我相信，天亮的时候，羱羊在小溪里喝饱了水，就会顺便到我们家来。因为我们是朋友么。我在想象着：它怎样走近土墙，用叫声报告它的到来，我又怎样从屋顶上看到它，跑去给它开门。

当太阳升到当头时，我们停止了工作，走下深谷，在小溪中洗掉汗水和果园的尘土，用手捧着喝一阵溪水。

爸爸盛了两桶水，我们便走出深谷。我很想快些看看羱羊是不是好一些了，我要给它盛一满瓢新鲜的溪水。我迫不及待地走进院子，“啊”地叫了一声。

羱羊好像准备跳过土墙——它耸直身子，扯紧绳子，就这样不动了。我在等着它跳。我没有立刻理解到：当我们在园里工作的时候，它在痛苦地用力挣扎，要把绳子挣断，最后在气恼中把自己勒死了。

爸爸拍拍我的肩膀：

“看见没有？它不相信我们！”

我们慢慢走近羱羊。爸爸用手摸摸它的背，吻了一下它的前额，像对活着的羱羊一样地说：

“你有你的主张：你觉得，死掉比被束缚强！”

我含泪望着为自由挣扎而死去的羱羊。

1945 年

五个画匠（童话）

城里一个富翁病了。家人、亲属、大小大夫、神甫和修道士，都围着他团团乱转。但是疾病一个劲地折磨着他，使他越来越瘦。他怕了，说：坏了，还是自己从被窝里探出身子来祈求上帝吧。

“哎呀，上帝。”他呻吟着。“我明白，用钱买的祈祷很不像话，可是我自己没有力气给你跪下呀！救救我吧，我会感谢你的……”

上帝好像没有听见。

“发发慈悲吧！”富翁哭道。“我愿意每天对全城所有的穷人布施一个月。”

上帝一声不响。

“少吗？好，我布施两个月。”富翁加了一倍。“另外，我出钱在所有的十个教堂做祈祷，在街上给行人和来往旅客准备饭食，就设在我家门前……”

上帝一声不响。

富翁气喘不已。从窗口里看过去,街上养老院破旧的墙壁叫人发愁的样子。富翁于是说:

“瞧,主啊,人们在多么破旧的房里做着你的好事。我来把这座房子粉饰得认不出来,你愿意吗?我的主,好吗?”

不是富翁眼里的光芒暗了下来,便是疾病更无情地刺痛了他的肋骨,不过他朦胧中觉得,似乎上帝高兴了,向他示意呢:好,就这样做吧!

“好,讲妥了。”富翁吁了一口气,满身淌着汗,然后闭上眼,睡去了。

睡了一小时,半天,一夜。大小大夫、修道士和穿长袜的家人,像猫一样地在家里转来转去,仆人把院子和街道都铺上稻草,家里不许有声音:

“嘘,主人在睡觉……”

富翁醒来,要吃要喝,然后又睡了。完全睡醒了,他感到自己好像完整无恙,于是点头赞美上帝:

“主啊,我和你都做了好事:我也没死,你也不吃亏。”

富翁开始起床了,他吩咐:

“叫一个最好的画匠来!”

给他找到了好画匠。这位画匠来了,但不是他一个,同他一起,还有四个弟弟,全都是画匠。

“你们五个人,这很好。”富翁说。“我想,为了我没有死掉,要做一点纪念。你们瞧这个养老院!破败得不像话了。在这样的房子里做上帝的事情,能够设想吗?我想把养老院弄得使路过的人一见就喜欢。你们能办到吗?”

年长的画匠望了望弟弟们,问道:

“怎么样,兄弟们,尽量做吧?”

“尽量做。”弟弟们回答,又争着说。“说不定,我们自己到了老年还要到这座房子里来呢。心思、力气,我们绝不吝惜。我们要做得不仅使人看了喜欢,鸟也会喜欢。不论暴热、不论严寒,不论大雨,都不能影响我们的劳动。只不过材料要尽量好一些的。”

“一切我都供应。”富翁说。“会给你们吃好喝好,至于衣服,我也不在乎。来谈谈价钱吧!”

画匠在价钱上并没有坚持不让。讲妥了,察看了养老院,告诉富翁:需要请木匠和泥瓦匠来修补粉刷。等木匠和泥瓦匠匆匆修补完之后,五个人便将养老院从里到外涂上一层油漆底子,然后,便在墙壁上挥舞起毛刷和大、小画笔。

房顶粉刷好了——房顶好像盖满了嫩草。粉成三种颜色的烟囱在房顶上闪耀着,排水沟好像裹上了一层天蓝色的薄冰;街旁的围栅弄得十分悦目,眼睛望过去好像是透过嫩绿的小林。在那柱子上、门窗与屋檐上,特别是墙壁上,各种色彩随着画匠的大、小画笔飞舞,然后落下来成为青草、鲜花——好像是花圃草地跑上了房屋,让太阳开心,让人们悦目。

当壁画干了时,画匠把房屋基部涂成有条纹的天蓝色大理石。然后,动手用有光泽的洋漆把壁画盖住,好像盖上一层云母。工作完了,拆了脚手架。一片朝露洗过的草地在光彩闪耀,好像在围栅包围那边,在宛如春日天空一般的蓝色基墙上轻轻飘动。

路过的人,不管有什么事情在等着他们,都要停下来看看;本城的人都走来欣赏画匠的妙工。甚至富翁自己都很吃惊,因为他没想到做得这样美,他用手摸了摸,坚信不疑地说:

"只有爱和努力才能完成这种工作!很明显,是上帝亲自给我们这个城市派来这样的能手!"

富翁让画匠大吃大喝一顿,如数付了钱,说:

"做完活,好好睡一觉吧,明天做个结束。"

"什么结束?"画匠们很吃惊。

"怎么什么?应当写上,这是谁做的。后天我要有客人来,我要给他们看一看。"

画匠很难为情。

"需要写吗?"他们问道。"我们是诚心诚意动脑筋,让画笔发挥才能,要是把谁做的,怎样怎样,都写上,好像是吹嘘。"

"这算什么吹嘘?你们怎么啦?"富翁把手一摆。"城里我有四座房子,每座房子我都写了,所以大家都知道,房子不是别人的,是我的。"

"好吧,"画匠们同意了。"就照你说的吧,明天我们用清醒的头脑做。"

画匠们早晨醒来,在养老院门口竖起梯子,在花和枝叶丛中画了一个悦目的框子,然后依次爬上去,用蓝颜色在金黄的底子上写一般的字母,用朱红色写大写字母,他们写:该所房屋于某时从里到外进行了粉饰、描画,粉饰、描画者是亡父——某某画匠所教出来的画匠某某、某某等,而为他们画匠五弟兄供应材料和食物,以及为画笔、工作服和其他等付钱的是幸免于病亡的某某富翁……

富翁走来,一看,十分恼火:

“你们这是做的什么!?”

“我们做应当做的。”画匠回答。

“应当做的?把我放在哪里?在最后?我难道这样无足轻重?这里面谁最重要?”

画匠们很吃惊,但仍然照实地说:

“我们做的,我们就重要。”

“你们重要!?你们是穷光蛋!这一切是谁开始的?”

“就算是你,或者是另外的人,但这是我们做的。没有我们,什么都不会有……”

“没有我就成吗!?”富翁涨红了脸。“是谁的智慧?谁的劳动!?”

“我们的劳动。”画匠们坚持自己的意见。

富翁也坚持自己的意见:

“粉刷一切,是我第一个开始的。应该把我的关怀、我的劳动都写上去!”

“不成。”画匠们说。“麻雀都会笑的。”

富翁急得跺脚,威胁着要打官司。

画匠们互相看了一眼:

“走吧,弟兄们,要不,主人的叫嚣会玷污我们美丽的墙壁。”

画匠们拿起小桶、画笔和其他工具。富翁不放他们,坚持自己的意见,但他不能对这样的人动手脚。画匠们走了。富翁急得乱转:这多么丢人——他在题名的最后!他叫来另外一个画匠,说:这么着,把这抹掉,把这写上……

画匠观赏了一会儿题名,两手一摊。

“怎么能把这抹掉?多好看,再说,一点也不错么!他们弟兄粉饰这墙壁,我自己跑来看过不是一次。”

富翁没有让他说完。

“我雇你来,”富翁叫道。“不是叫你说废话!照我说的做!我给钱!要多少?在这种事情上我什么都不吝惜。”

画匠心动了,要了四五倍的价钱。富翁同意,并催促他:

“做吧!快把耻辱洗掉!”

画匠拿起颜料、画笔,爬上梯子,刚刚准备涂抹五兄弟写好的字迹,画笔突然向上一冒,抹了他的左眼睛。颜料是和漆制的,十分稠,眼皮都黏在一起了。画匠扔掉一切,下来了。

“哎呀,都是因为你这该死的要冒名,我瞎了眼,这一辈子都得要人领着走路。”

画匠按紧糊住的眼睛,另外一只眼睛没有弄瞎,他很高兴,便急忙跑掉了。富翁大叫:

“啊,你玩花枪!这是画匠弟兄们教你故意这样的!可你骗不了我。我还可以另找画匠!”

又来了一个画匠,他听富翁说了一番。他看到富翁十分着急,便故意推说困难。

“这个事,”他说。“很严重,不简单。这种事干起来就叫人害怕。要是么,给我十倍的价钱,并且先付钱,我就干一下。”

“敲诈,好,你就干吧!在我当面干!”富翁喊叫着,不肯走开。

画匠爬到题名处，将笔蘸了蘸颜料，把笔一挥，画笔又是一冒，把他的两只眼睛都粘住了。

“噢呦，你和你的钱都滚吧！”

富翁害怕了，跑去找神甫们想办法，告诉他们如此如此。“说不定是鬼缠住我了吧？”神甫们听了，骂他，说：为什么现在才注意？

“你想做这种事，可不先求神的庇佑，不进行去除就动手！在你那墙上，也许不是颜料，是鬼气。”

“救救我吧，我的神甫们！”

神甫们穿上祭服，招来两个教堂的唱经人，拿起圣旗、圣像、十字架、圣经，便向养老院走来。在门口用锦缎铺了桌子，大碗里盛满了水，焚起香炉。其间富翁又用钱拉来一个画匠，领他直接去见神甫。

“把颜料、刷子、画笔拿来做祛除。”神甫对画匠说。

唱经人一唱，香炉一焚，人们都拥来了，画匠弟兄们也来了。神甫在祈祷着，五弟兄肩靠肩站着，望着自己亲手做的东西，低声说，本来可以弄得更好些：那里似乎不应该放那种颜色，那里的花应该画得更鲜艳些。

神甫做完了祈祷，把圣水倒进了一个小桶，走遍养老院里，又绕着养老院走。一面洒水，唱着，一面望着：墙上画匠弟兄们画的东西是不是暗淡无光了，颜色是不是从墙上往下掉。没有！洒水刷子上飞下水滴，花却更鲜艳了，草更绿了，白桦枝儿好似在风里摆动着，白杨枝上野蜂儿嗡嗡地叫着。

神甫们回到桌旁，给富翁用钱拉来的画匠洒了水，往他的刷子、颜料、画笔上洒了圣水,把走向梯子的路和梯子上都洒了圣水。

“开始吧!”

画匠爬上梯子,把刷子蘸了蘸颜料,举向五画匠写的字迹,但是刷子又是一冒!并且不仅是两只眼睛,连前额和头发都抹了颜料,最后忽然把他一推!画匠把刷子、颜料都掉了下来,他像笨重的草袋一样从梯子上摔到地上。

甚至神甫们也吓得“啊呀”叫起来,富翁抓住放十字架和圣经的桌子,把桌子翻倒在自己脚跟前,大叫一声,便跌倒在地上。

……画匠五弟兄久已不再人世了,而他们所绘画的房子,直到如今还叫做五匠之宫。养老院早就取消了,现在这座房子里,架子上、玻璃橱里、墙上,放着或悬着本城引以为荣的物品和本地美丽的景物。要是墙上哪里有一点裂缝,青草有一点变样,鲜花的色彩有一点模糊,就会有新的画匠到这里来,修整,刷新,盖上洋漆。它今天依然矗立着——这是万能的双手的妙工,光辉的智慧的彩虹,心灵的静静的呼吸,工匠们歌颂人类力量、智慧与欢乐的歌曲……

1945 年

萨哈尔·卡尔美柯夫的请柬

……快别啦,别跟我客气啦——喝不成了,这酒也太糟啦。我要撑不住啦——已经过量了——我来喝点好酒吧,这酒呀,做梦都不容易梦到。在哪里呀?哈哈!你们看到路上有一个鲜花包围的小房子吗?那就是我的营房,酒就在那里。

酒在地里保存了九年了,而我已经给朋友们下了请柬:打败了法西斯匪徒,就来吧。他们就会到这里来的:利亚桑站长尼基达·叶夫杜申柯、契利亚巴地方客车司机尼柯拉·库夫钦、加桑机务段组长尤苏普·穆哈米道夫,调度员沙尔瓦·木格拉杰也会从苏拉木高山跑来的——我就是要和他们喝这些酒!——酒是用果子酿的,用友谊酿的,而友谊已成为庄严的诗歌。让我们为所有牺牲的人们,为光荣地活着的人们,为我们人民委员会,而首先是为斯大林同志干一杯……

我很希望这一切在今年夏天就能实现,因为正是丰收时候,此外,应当让朋友们趁天暖的时候,吞吸一些我们森林之乡的气息，看看我怎样保养线路，我怎样做组长，也看看得过奖的克谢尼亚·鲍达鲍夫娜——我的妻子怎样做组长。

我要让朋友们看到我的一切，把我的心灵最深处都向他们打开，因为我和他们的友谊正是一个界石，从那时候起，我们的生命，正像司机们常说的一样，就开大了油门，沿着通行无阻的“绿街”奔驰起来……

这事发生在九年以前。在一个酷热的、雷电交加、大雨倾盆的日子里。哈，雨就像手指粗的线一样地往下倾注！大地像饿牛似的狂饮，森林和果园好像是快活得发了疯：周围的一切在震荡，呼啸，呻吟。妙极啦！我的亡故的祖父曾经把这样的天气叫作“降喜”，而这样的天气却往往使我心里不安。

暴雨对于我们的事业是最大的灾难。它会给你冲走路基上的石子，摇动枕木，把道钉、螺丝钉、螺丝帽弄松散，雨后让你拧螺丝弄得两手酸痛。

只是旁观者看来，铁路永远是一个样子，都说：什么灾害能碰伤铁轨和枕木呢？无可争辩，铁路并不是田野里的小花；风并不能把铁路吹跑，但是，一切都可以影响它，挫伤它，使它不安：机车、客货车，这一切的碰来碰去，以及雨、风，或是暴雨——这一切首先会晃动它，它于是摇动了。只是不明显罢了，但只要仔细观察，你就会看出来……

你走在铁路上，把所有的道钉都安安稳稳地钉在枕木上，但是，跑过十来辆火车，风一吹，太阳一晒，你再看，有些道钉好像被人拨动过，看来像不用劲就可以拔掉一样。至于螺丝钉和螺丝帽就更奇怪了。你拔拔它，结实得似乎是生了根，可是过一两天，你再看，就很松了。人们脑子里无意中就会出现一个怪诞的假想：这不知是谁每夜拿着钳子沿着线路走，在捣乱。事实上这都是由于震荡、刮风、下雨和气候的冷热所致。你应当知道这一点，用斧头让道钉、螺丝钉保持不松，要记住你所担负的是一种什么样的事业。

那一次暴雨我永远忘不了。那一天不是在七月十九日，便是在七月二十日。幸福已经到了我的袋里——这是一张到索契的休假证。懂吗？我的配手是我的妻子。当孩子们成年到外地去了，是我拉她参加铁路工作的。在我休假的时期中，女儿要从铁路枢纽站前来帮她的忙。可是你看，暴雨之后，线路还是湿的，这多么叫人不放心。真保不住会出什么事故！

我带着妻子花了四天的时间熟悉情况，看看路基有没有歪斜、凸出或冲陷的地方。应当修整的就修整，应当弄直的就弄直，然后再分头去检查。妻子拿了工具，我却用耳朵检查是不是都没毛病。一个不理解的人，他会觉得很可笑，但我经常用耳朵来检查：工作做的是否合格？

我走着，敲打着轨道接头：机车和客货车的每个轮子正是在这里使劲打击着钢轨，一面还喊着："着打，着打，着呀，着呀……"受到这样的照顾，就是钢块也会裂开大嘴的。要知道机车当中就有一些厉害家伙，在它们的轮子下，不仅是枕木，大地也会喊痛的。

我走着，敲打着，听听是不是哪里声音不正常，我身子差不多俯在路基上，我很高兴：没有裂缝。

正常的线路，正像风中之琴，只要好好听，什么都能听出来。

怎样好好听呢?的确马上也说不清楚,但是线路上的一切我都能听出来;也不会把铁路声音和电线声音或其他声音混杂。比方吹一点微风,线路会轻轻地说话;吹起平常的风,线路说话声就高些;森林中吹来大风,线路就呜呜呼啸起来;要是什么地方有汽车横越线路,线路就会呻吟,要是上面有车辆,那它在数公里外就把声音送进我的耳朵:咕、咕、咕、卜、卜、卜。根据它的声音,我可以知道:是机车单独行驶,还是载客;拖空车皮,还是载货……

我走着,很高兴:线路没毛病,就是说,妻子和女儿都不需要操心了。已是日落时候,这时候对于我,不管怎样,都是令人高兴的:右边是松林,左边是松林,而夹在松林中间,钢轨上光芒闪烁,好像是河床里闪闪流动的河水。一片寂静。可以感觉到:从炙热的线路上发出的热气正向森林流注,森林中的凉气向线路上弥漫……

“好,不用操心了。”我心里想。

刚这么一想,声音却从线路上传进了耳朵:的……的……的……。这是怎么回事?我停下步,声音不响了,而我那杜格拉斯——这是我那从莫斯科来的孩子们替狗取得名字——却狂吠起来……

我把一只手搭在眼上,一看:天哪,在我的小房子对面,一辆验道车停在暮色里显得黑沉沉的,上面有人在按喇叭,招呼我快去,而杜格拉斯却恼火得差点要跳上验道车。

我的心懊恼得却要失去知觉了:怎么我没有听到验道车的声音?我向妻子招了招手,就跑去了。跑到跟前,看到枢纽站党的小组长站在验道车上。

“把狗勒住，”他叫道：“快收拾去莫斯科！”

“为什么！？”我很惊异。

“因为，”他喊道。“你保养铁路最出色！别细问了，要不，会误车的。你的女儿我们会亲自把她送到这里来……”

我收拾起工具，洗了洗脸，穿了一身干净衣服，提起皮包，就上了验道车。车子载着我们飞奔着，风在腋下飕飕地叫。我们到了车站，开往莫斯科的火车已经在站上了。我领了车票、文件，而开车的铃声已当、当、当地响起来了！

我走进车厢，我现在的朋友：叶夫杜申柯、库夫钦和尤苏普，那时他们也正在车厢里。于是我们互相认识了。他们也是到莫斯科参加大会的，然后和我一样，再从莫斯科去南方。

他们晓得了我是什么人，为什么得到功勋奖章。我也晓得了他们是什么人。我听了一会，就参加了谈话——我一看，这几个是干什么都成的人，不是空谈家。

“哈，卡尔美柯夫，哈，萨哈尔，”我对自己说。“你这几位同伴真太好了。也许，你还可以和他们一起去索契疗养疗养……”

谈了这个谈那个，我们同去餐车，吃晚餐，喝啤酒——谈话越来越热火了。几乎谈到日出。他们使我那么喜欢，快要到达莫斯科的时候，我鼓起勇气说：

“虽然我不知道你们觉得我这个人怎么样，但是我觉得我们应当在一起，好吗？”

他们笑起来，我也笑了。说实话，好像我们早就感到事情会怎么样了！我们走进莫斯科一家旅馆，要求给我们四个人弄一间房间，只要四个人的，多一个我们也不要。可是结果怎样？房间大大小小都有：一个人的，三个人的，五个人的——但是，就像故意为难，四个人的就是没有。我们叹了两口气，要了个五人房间，还没来得及掏出手巾和肥皂，便走进来一个瘦瘦的、黑黑的、灵活得像灌满水银一样的人。

“你们好，”他说。“我也是铁路工作人员，调度员沙尔瓦·木格拉杰，给你们凑个第五名……”

他占了个铺位，匆匆洗完脸，穿上一条白裤子、新缝的衬衣，然后把一张桌子搬到房子中间。我们望着：“怎么回事？”他开始把一只只有纸包着的桃子摆在桌子上。一个劲地掏，掏出那么多，好像这不是旅行袋，是一辆冷藏车似的。

“好，”他说。“吃吧，告诉我：我们是开什么会。我在村子里休假，接到电报就从那里直接来了……”

吃桃子，当然我们都很开心，但要客气些，可是桃子真该死，到嘴里自己就化了。牙嚼，浆汁四溅，舌头稍微搅动搅动——桃子就没有了。我们谈着，详细询问沙尔瓦关于高加索的情况，我们用眼睛彼此示意：这位不会给我们煞风景的。桃子一挨嘴，话就来了，桃子进了口，话更多了，一看，该去开会了。我们就这样一块去了。开会之前我们在人群中挤着转了一会，紧挨着坐到位子上去，听着，鼓掌，可是为什么鼓掌呢……

晚上一同用晚餐，一同去看地下铁道，大家赞叹不已。我们越处越好，比同窗学友都亲热：互相关怀着，要是有一个烦恼或是对什么事情不明白，我们大家都安慰他、给他解释……

我甚至很吃惊，我想：为什么我这样对人恋恋不舍呢？这不是不好吧？我一向是孤独的人哪。多少年来我坐在森林之旁，听了多少风雪的吼声。不错,生了五个孩子,在他们帮助下我热心学习,入了党,好像什么事情都了解,可是对人没有十分依恋的感情。不错,年轻时候交过朋友,后来也许是没有时间,也许没有人真正使我心爱,我一直就是一个人。有时候我甚至想:友谊只是在人们年轻时才有,友谊却有些像一阵风……

可是,瞧,在四十八岁的年纪上结识了朋友!这又是什么样的朋友啊!我望着他们,就想到我们很快就要离开了,心里就浮起悲伤。可是事情结果完全不是这样。

大会结束,我们被引进克里姆林宫。那里是怎么个样子?就我现在过了九年,也不能详细叙述的。这因为接待我们的大厅,不止一次地仿佛处在云雾里,经常使我感到一会儿冷,一会儿热。我要说一点——就是在那里使我的生命变了样子。

我没想到有这么一天我能听到关于我们工作的真正的评语。问题当然不在于语言,而在于说这话的是最不轻言的人——斯大林同志,他是向来不无谓地说话的……这次正也不是无谓地!他好像也不是在说话,而是抓住我们大家和我们所有的劳动,放到手掌上,举起手掌显示给全体人民与全世界啊,说:就是这些人在铁路线的各个岗位上;在车站上、转辙点旁、水塔上、机务段里和机车上受着千辛万苦,他们担负的是什么样的事业,这就是我们为什么珍视他们……

我们感到又温暖、又高兴、又惊惶,因为这些话的要点感动了我的心。你在某地森林里铁路段上工作,自认为几乎是被遗忘了的人,可是某地我们人民正有着要紧的大事或者灾难:或是大水正在冲毁堤岸,或是大量粮食可能在霉烂,或者是进行战争……

那里正缺少的东西:车辆、机器,或是弹药将用尽了……人们迫切需要援助,而这种援助这时就有赖于你,有赖于养路工,有赖于司机。假使你不这样做,误了,耽搁了火车行驶——援助不能够及时地送给人们,那……这就证明:你不是被遗忘的人,而是伟大的、在国家的伟大事业中人民所迫切需要的人。

不只是我,很多人眼里都涌出眼泪。从克里姆林宫里走出来,我们都好像陶醉了。我们默默地走进旅馆,默默地走到桌旁,望着,而大家的眼睛都是那样的,好像我们现在就应当开始工作,这种工作好像我们过去都还没有做过。

首先清醒过来的是沙尔瓦。他咳嗽一声,好像喉咙里不舒服,然后站了起来。我们看到他的嘴张着,嘴唇颤动着,可是没有说话。他扬一扬手,似乎是催促自己,他说:

"嗯,懂吧,我父亲老是站在我眼前。他在旧社会做铁路工作。稍微有点什么,任何一个官吏都会训斥、责骂他:'像你这种人,铁路养活着你,你应该感激,可是,你这种人,这像什么话……'威胁着要撵走他,一次次减薪。可是我的父亲却对铁路十分关心,在天气不好的时候担心火车、担心旅客,因为我们那里有山,下雨天常常山洪暴发……父亲一霎也不休息,甚至死都要死在铁路上。他从来不懂得他是什么样的人……他一句好话都没有听到过。可是我们听到了……我们听到的不是话,而是歌颂我们、歌颂我们的工作的赞歌……响彻全国的赞歌,我觉得,我们应当响应这个歌颂……"

我们还不懂沙尔瓦指的是什么,但都站了起来,一个又一个地把手搭在他的肩上,好像用手说话:"嗯,嗯,沙尔瓦,你说得清楚些。”可是他的话是含糊的。

“我说的是，”他说。“关于在克里姆林宫的事，报纸上会登载，会议上会谈论……这是当然的。可我们该怎么样？我不愿意我们就这样分开。我们就是这样的人，要是愿意，那我们可以在异地共同唱起这支歌子，好吗？……”

他很兴奋，眼睛燃烧着，可是我们依然不理解他。尤苏普打破难堪局面，把一只手放到沙尔瓦肩上，问道：

“你说些什么？关于休假吗？对的！我已经休息够了！我从来没这样休息过。我们快回去吧！我不愿休息了！……”

“为什么不愿意？”沙尔瓦很吃惊。“尤苏普，这不对。需要休息，要是想更好地工作的话……我说的不是这个，是另外的……让我们每四年或五年轮流做主人互相会一次面，让我们就地瞧瞧我们的工作情况，让我们彼此督促不要停滞不前。我诚心诚意提出这个建议……你们同意吗？”

瞧这个沙尔瓦！他兴奋不已，热情熊熊地在燃烧，可是立刻有些难堪了，但当他晓得我们都同意之后，从袋里掏出小笔记本，从上面撕下五页纸，在其中一页上写道：“第一次聚会在你那里。”

“谁拿到这一张，”他说。“第一次就在他那里聚会。”

我们卷起纸片，放进帽子，每人拿了一个。最幸福的结果是我：第一次聚会应当在我那里！懂吗？我甚至愣住了。我拿了纸片站着，好像蒙眬中看到了自己的小工作房、森林、养蜂场，让朋友们坐在那里，用什么招待他们，他们怎样察看我的线路，我怎样领他们去集体农庄，到森林里采蘑菇——一切都呈现在眼前了。

“看吧，卡尔美柯夫，”我对自己说。“你以为你的劳动没有人重视，没有人对它尊敬，可现在这是什么？萨哈尔？真理已经放出了光芒，是多么灿烂的光芒……”

我在线路上习惯了自己同自己讲话，现在也是这样。我站着，讲着，库夫钦从背后给我把帽子戴上，催促说：

“走，走。遇到这样的事，难道能够坐在房间里……”

我们走上大街，挽起手臂，走着。到过红场，在陵墓旁站了一会，沿着克里姆林宫墙在河岸上散步，从石桥上眺望克里姆林宫，在果戈理纪念碑旁谈天……行人对我们发出不满：整个人行道都堵住了，——可是我们却在起劲地谈着、想着通信和聚会，似乎是最好我们大家坐上一辆火车都到南方去……我永远忘不了这一夜！

在房间里，沙尔瓦开始写一点什么东西，我们也没看到他什么时候睡觉。我们醒来——沙尔瓦不见了，床单下盖的是被子卷成的假样子，帽子靠在床上，帽子里不是他的头，是一个字条：“等着南下信号。”

我们笑了，但是在等着。你以为怎样？他兴高采烈地跑来了，在门口就叫：

“信号升起了！马上走，快收拾！……”

来到罗斯托夫之前，我们在车上仍好像在莫斯科一样。过了罗斯托夫，沙尔瓦发起愁来，过了济哈列兹卡，愁得更厉害了，并且开始暗示：如果我们是真正的同志，那首先该陪他回家，在他家做几天客，然后，各听随便，各自去干自己的事。我们想用玩笑岔开，谈到心脏病，谈到关节炎，他却听都不愿听。

“胡说，乱扯，”他说。“要是愿意，让我替你们治一治，让你们永远不再疼痛发炎。你们怎么啦，是饿死鬼呢，还是累死的马，干什么不愿走路？你们到南方去，但你们不会看到南方，‘南方’并不是躺在疗养院里休养，它是给大家治病的。你们就连茶是怎样生长的都没有看到过啊！茶多么美啊！……我会用所有的河流洗掉你们的疲劳，用所有的鲜花清爽你们的心胸，让你们看一些好东西，使你们梦寐难忘……”

他说着说着，两手在颤动，眼睛在燃烧。我望了望他，听了一会，心动了。“的确是么，”我想。更要紧的是，沙尔瓦太好了，他很想做成这件高兴的事。他指望的是什么呢，到后来我才猜到。

“好吧，同志们，”我说。“我们就尊重他的意见。也许，我们不会跟着他空跑的，剩下时间还多呢……沙尔瓦，多少天可以回来？”

他差点没狂吻我，接着马上算起来。嘿，真是个狡猾的家伙！他皱着眉头，屈着手指，动着嘴唇，说：两天去，两天回，一共要五天……我们同意了。他立即拟了份电报，从车站上预先把它拍回家去。

我们来到索契，他的一个朋友已经给我们准备了汽车。我们喝了些矿泉水，坐汽车走，我们想一定是把我们送到城外某个旅馆，可是一看——面前已是马采斯达，过了马采斯达是哈斯达……

“哎呀，”我想。“好一个沙尔瓦！”夜里到达卡戈尔，宿了一夜。醒了过来——周围一片翠绿，前面是大海，空气无比清爽，叫你永远吸不饱。吃了点心，又往前走。我们奔驰着，大海忽而隐没，忽而跃出，是那样的蔚蓝，简直使我的心都停止了跳动。到古达乌特，到新阿弗涅——到处都停一停，吃烤牛肉，甜葡萄酒当水喝，水果都吃腻了，在布即比河洗澡，还在其他河流和海里洗过澡……

来到了苏胡米，租了一间房间——天哪！——阳台面向着棕榈与含羞树丛，棕榈后面，就是瞩目可见的大海，海风熏面。我们洗掉身上尘土，吃过点心，沙尔瓦领我们去当地的花园和公园。他说用鲜花清爽我们身心，这话不是空的。真是这里的花多美啊！树多好啊，真使你永远不能忘记。

关于棕榈，我现在不谈。这里到处长着桂树，简直就像我们那里的栲树、枫树或白柳。山上一片片含羞树林。瞧那樟脑树、桃金娘树、拳蓼树、软木树！还有胡桃树、无花果、黄杨、梧桐、芭蕉。多么好的竹子！有金黄的、灰色的、黑色的，黑郁郁地好像是从烟雾中刚跃出来……

我们观赏、赞叹，日子过得飞快。第四天傍晚，我们坐上了轮船，坐到上层甲板上。城市渐渐远去，轮船上空的星星渐渐多了，大海也是星光灿烂的，像无数火花与萤火虫似地在变幻着。整夜我们没有进舱。我不止一次对自己说："瞧，卡尔美柯夫，你的祖国多么美啊！用眼睛尽量饱餐吧……"

到了鲍济，我们去里奥河洗澡，但是在这里洗澡，不是一件容易事：里奥河像一只猛虎在河里飞奔、翻腾着，泡沫腾腾飞起。

来到巴杜米，游览了绿岬、茶场、橘园，又由巴杜米来到柯布列济。这里才真是天堂！我们住在海边。周围寂静而清静，果园与鲜花真使人陶醉。

你走上海岸——到处是无比干净的小圆石，你会躺下来——大海在喧闹，你会感觉到：你的酸痛、你的疲乏，都从你身上向温暖的海边扩散了。我们在柯布列济度过了十天天堂般的日子。回到巴杜米会见了当地的铁路工人。向他们报告了克里姆林宫接待我们的情况,以及自己的工作,散了会又来到第比利斯。你以为马上就到了第比利斯?嘿,沙尔瓦可不这么好对付!

在撒木特列极,在库达依西我们都停留过;在沙尔瓦工作的车站上,大吃了一顿;在大会上讲过话;库夫钦表演怎样用机车毫不震动地拖动列车。叶夫杜申柯配合站上人员一同做过巧妙的表演,我也表演了怎样辨别线路上的故障……

另外,我们曾在山中游览,到过集体农庄,在阿拉格瓦河里洗澡,到过高里城,见过斯大林同志住过的房子。

来到第比利斯,我们的假期已所剩无几了:有的只剩下六天,有的七天,而沙尔瓦只剩一昼夜。但我们并不后悔,当然不!沙尔瓦真有办法!他教会了我们:怎样使朋友们喜欢!我现在近六十岁了,但并不示弱。就是说,当年在高加索河流中洗过澡,不是无益的!就现在,当我记起这一切的时候,仍是十分快活的!

好,我们收拾回家了,沙尔瓦帮着我们收拾,和我们一块坐上汽车,但是——这个好人哪!——不把我们送到火车站,却送到格鲁吉亚军事公路的汽车站。我们热烈吻了他,坐上车,关了车门,他交给我一个封得紧紧的箱子。

"呐,你带着。"他说。"至于箱子里是什么,这是秘密。到家里你打开,就晓得了。等我们到你那里去吃喝的时候,其他的人也就会知道的。你们哪,"他请求说。"不要叫我生气,不要在路上开箱子。答应吗?"

"好吧!"我们说着,向北驰去。

呀，我们走了多么美的地方啊！我们是多么怀念沙尔瓦呀！

销假前一昼夜我回到家里。把礼物交给妻子和女儿，详细询问她们的工作情况，而我自己却再也忍不住了。打开箱子，一看，箱子里塞满了胡桃。“嘿，”——我很惊奇，把一只手探到胡桃里面去。我感到手指碰着一点什么东西。“啊哈，”——我想。我把手往深处探，从胡桃里掏出一个焊得严严的小桶。桶上紧系着一张字条，上面指示我：桶里是苏拉木的酒精，浓度九十六，兑水各半，用果子做成果子酒，封入瓶中，深埋地下等待我们聚会。

瞧沙尔瓦多妙！我检查过线路，该修整的都修整了，带了篮子跑进林丛中——秋前这里总是有黑醋栗。拣最大的摘了一篮，放到几只瓶子里，把兑过的酒精倒进去，封好埋到地里。

“埋着吧，”我说。“埋到一九三九年。”

一九三九年，西乌克兰、西部白俄罗斯都同我们合并了，我们的聚会没有成功。一九四〇年夏天，我们的聚会又被叶夫杜申柯的病打断，于是我们把聚会移到一九四一年八月，但是，一九四一年六月，法西斯匪徒向我们进攻了。而现在，法西斯匪徒终于完蛋了，于是我给朋友们下了请柬！

妻子说我太性急了，我却觉得：不，不急。对于敌人，他们的世界已经一去不返了，而我的朋友们已为此做了很多贡献。我们一直在通信，我知道我们每个人做了些什么。报纸上不止一次登载我们五人的事迹，我们的名字不止一次出现在光荣榜上，我们一个也没有离开岗位，一个也没有忘记克里姆林宫的歌声……

1945 年

为了蔚蓝的大海

我准备到我自幼的同年的朋友尼基达·别特洛维奇·维尔鲍伏依工作的工厂去。他和他的妻子阿格拉菲娜·伊万诺夫娜都是那么有趣的人，和他们在一起，我常常忘掉我快到六十岁了：他们好像使我回到了青春时代，好像把我和他们一起走过的道路美化了。我正在预享着这次见面的快活，——不，每次和朋友见面我都是高兴的，——突然给我送来了他的短简：

“唉，老友，残酷的时刻来了，要你来。明天即来我们车站，等着：因为没有人领路你是找不到寒舍的。能抽身一天也好，唉，我求你……”

要是我不认识尼基达·别特洛维奇的笔迹，我真难相信这些字是他这样一个经受过长期地下工作锻炼、有着一颗奇妙的心和令人羡慕的健康的人写的。不是一次，而是千百次残酷的时刻，我和他都度过了，但是并未叫苦，而现在，在沉重的战争的日子里，喊出了痛苦……这说明，老友是无力忍受了……

离开车只剩几分钟了,我穿过池塘向车站跑去。池塘好像推开了城市,而灯火与我所离开的塘岸也渐渐远了。我听到工厂里的声音和某处试验炮弹的爆炸声。随后,迎面开始传来铁路交叉路口雄浑的大合唱:过路车辆的轧轧声越来越响,调动机车吼着,挂钩哗啦直响,小锤当当打在钢轮上,蒸汽喷着,扔向燃料车上的木柴轰隆作声,汽笛鸣起来,挂车员的喊声越来越响——大合唱越来越有劲,它在变幻不定的绿的、红的与黄澄澄的火焰中逼近前来了。

这一大合唱开始于火焰熊熊的高炉与马丁炉旁,开始于回转炉和碾压机旁,开始于铁锤叮当声、铆钉震动声和千万个大小齿轮的嘈杂声中——从那里,不论天晴或天雨,日日夜夜有列车、平板车往这里开,车上载着炸弹、迫击炮弹、炮弹、大炮、钢梁、钢轨、槽铁、钢板、各种金属铸型、一卷卷的铁丝、一捆捆的铁条与钢管……

这一切在这里,要是有必要,可以超载,客车可以变成军车。送货员们一跳上车,那粗壮的、斜烟囱的机车就开动了,它渐渐加足速度,用火花染黄碧空,用长鸣撼动严寒裹住的群山和森林,擦过工厂与城市,穿过隧道、大小村庄,驰过高高的路基和桥梁,向西方奔去。人们好像是用眼睛催促它,推它快跑,而人们自己,正像我一样,或是步行,或是挤在电车上,拥在半敞的载重汽车上、冰冷的近郊列车上,匆匆地赶去工作……

我挤到满是人的门廊里,这时车已经开动了。人们碰击着行囊、提篮,帮着我勉强把门关上,列车载着我们跑起来,——再过四小时左右,我就看到尼基达·别特洛维奇了。

窗子是用胶合板封住的，于是门廊里也是暗沉沉的。我们肩挨肩地站着，从脚下车板上冒起零下四十度严寒的气流。

“这样的车子，最好让我们的敌人乘坐。”一个男低音愤怒地叹了口气。

“我同意，可是你那个提篮却把我挤扁啦。”

“我难道不知道，可这你有什么办法？转身都转不动。”

“别吵啦，别吵啦……是啊，很挤，但这拥挤算得了什么？要是和前线或者炸弹底下的遭遇比起来，这还是福气呢。我有一次和全厂一块乘车，法西斯狗东西一个劲地炸了又炸……”

我们都在听着这些愤怒和痛苦的言语。

“没什么，”有人说。“让敌人尝滋味的时候已经来到了……”

大家都活跃起来了，我感觉到大家心里都开朗了。根据声音判断，门廊里我们是九个人：五个年纪大些的，三个小伙子，一个女人——都是工厂里的。我们之中最年长的要算那个男低音——就是他提起了这场艰难的旅行。看样子他很冷。他顿着脚，说：“在顿巴斯现在太阳已经有暖意了——二月就到了——他在那里还有小房子和园子，上工之前他要浇花，吊起苹果、樱桃和梨树枝子……”

“哈，简直是享福：战前电车直穿过我们工人村。起了身，园子里忙碌一会儿，苹果树或是杏树底下坐一会儿，坐上电车——‘呼，呼’——不一会工矿地便到了，那时你浑身都是劲。唉……”

“想回家呀？”

“回家当然好，可是回家我们得挨次序，要不然，就糟糕透了。只要一让我们回家，就会像水一样涌来，把火车全都塞满……”

“这话对……”

在这些声音里充满了深思与关怀。车辆在颤动，车门微微开了，带着一缕光亮的烟雾，歌唱蔚蓝色大海与黑色波浪的歌声冲进门廊来了。在我的印象中浮起了大海，还是我最后一次看到它的那个样子，但是车门碰上了，大海被抛远了。

歌声带着万里碧海不仅涌到了我的脑际，而我的旅伴们也争先恐后地谈起大海，谈起第聂伯尔、顿涅茨和大原野，好像列车已经是载着他们奔向那里，奔向南方……我倾听着他们的谈话声。

每个人走着的是什么样的道路啊！灾难和愤怒深沉地激动了人们的心。有些人咬响牙齿，沉重地呼吸着，好像他们的手已伸向敌人的咽喉，因为敌人要把他们，把钳工、锅炉工、矿工，把苏维埃委员们、矿山委员会的委员们、工厂委员会的委员们，把果园、村庄、城市的主人们无情地套进枷锁……

车门打了开来，我们的谈话被一个活泼的声音打断了：

“喂，同志们，咱们来公平交易，没有附带条件，换换地方！你们到车厢里来，我们马上要下车了……”

我们碰动着行囊和提篮，挤进唯一的一盏小电灯照亮的车厢，惊异地向四面张望：夹杂在穿便服的人们中间，站着和坐着许多坦克手；皮制的烟袋和白铁烟盒在手里传来传去——正在聊天。车厢正中，电灯底下，在拥挤的人群中站着一个高个子坦克手，拿着记事本，写着……

坦克手们的脸是生气勃勃的，是晒得黝黑的。在这严寒里，他们在哪里晒黑的呢？看来，他们是从斯大林格勒，经过达吉克斯坦、卡查赫斯坦，来到乌拉尔，在路上晒够了太阳……

“现在到哪里去？

坦克手们互相望了望：

“到养马的地方。”一个坦克手转弯抹角回答。

“养铁马。”另一个加以补充。

“哪里是什么铁马？钢马！”第三个嚷着说。

我们猜到了他们说的是什么马，便叫道：

“我们那里有马，哈！”

“再好不过了！”

曾经和我们一块在门廊里冻得发抖的女人，不懂得我们谈的是什么，很惊讶：

“马，什么马？我们那里全都是工厂，我从来没想到那里有什么马……”

我们笑了，但是灯下那个坦克手却一个劲地写了又写。我看到的是他的侧面。他有着端正的鼻子、尖尖的下巴，嘴唇咬得那么紧，好像是在克制疼痛。他间或扬扬铅笔，然后却更急促地写起来。我感到，似乎他的字迹是很大的、直的、不连贯的。

人们拥挤着他，他不断换着脚，于是他的脸我看得更清楚了。转向我的一只眼睛是凝定不动的，这使我相信坦克手不能不写，使我相信谈话声与拥挤都不能妨碍他。

但是他写的是什么呢？给亲人写信在乌拉尔之前他也来得及写的。写回忆？但是在这样的拥挤中，谁还能写回忆呀？日记？不，写日记不这么着急……

我确定一种猜想：坦克手是写给路上认识的朋友的……可能

是给一个姑娘——当然,是给姑娘!我安心不想了,但我马上又慢慢觉得:信——甚至是给姑娘的信——不可能这么长……操心折磨着我……我掏出记事本,在上面大大地写道:“同志,这么拥挤,您写的是什么?可能的话,请回答我,我靠近车门,在你的右边。”

我清清楚楚地写好字条,递给身旁一个人:

“请传给正在写字的那位同志……”

字条一个接一个地传过去,那位坦克手没有看字条,便不耐烦地把它塞进衣袋,又继续写。这终于使我相信他是十分激动的。我因为自己的好奇,感到不好意思。我从坦克手那一边转过身子,倾听几个座椅之间的谈话。

谈话开头的是一个上了年纪的、有着愁苦而有些发炎的眼睛的工人,看样子,是个炼钢工人。他问坦克手们,他们是否在俘虏的德寇中遇到这样的人——他们能够理解到:他们以野兽般的态度对待我们的俘虏和妇孺老幼,这种行为不单对他们当兵的不利,而对所有的德国人都没有好处。……

我怀着好奇心望着炼钢工人。像他这样的人,我已经遇到过的:大地恐怖得在沉吟,但是这种恐怖却撞不进他们那受到震动的心灵——他们总是觉得,干兽行的不是士兵,而是一些青面獠牙的鬼怪……

这个问题,炼钢工人几乎是结结巴巴地说出来的,最初我觉得坦克手们不理解他的意思。但是,后来却使我十分高兴,我感觉到,我们有些旅伴也许是第一次清楚地想象到敌人实际的样子。

坦克手们回答炼钢工人——一个开头，其余的给他补充。

第一个坦克手：

“同志，我这么回答您：明白这一点的德国人，我没有遇到过，但是，如果即使有，他们在战争中也不起作用……”

第二个坦克手：

“希特勒匪帮的兽行——这个么，同志，是对付我们的一种军事手段，不是偶然的……”

第三个坦克手：

“这个么，同志，应当这么说：德国人要是向我们正经地宣战，他们要是硬碰硬，他们什么便宜也得不到……他们早知道这一点，于是就偷偷摸摸地布置好了用兵力、用诡计、用兽行、用纵火、用奴役一齐向我们进攻……他们想用恐怖把我们打昏、吓坏，然后扼住我们的咽喉……”

第四个坦克手：

“希特勒匪帮教给他们士兵的还不就是这个？说，毁掉一切，削平杀光，杀得俄罗斯人越多，就容易向前推进，就是说，可以抢的越多，送回家的东西越多。德国兵疯了，就干出这样的行为，以致现在无路可走：要不就继续干兽行，要不就是死。要知道我们因为他们所干的这一切，不会摸着头安慰他们的，反正他们只有完蛋……这就是法西斯匪徒得到的东西……”

第五个坦克手：

“我来说得简单些。甚至如果法西斯拿出一副好样子，甚至对你很好，也不要信他——骗人，是伪装，他明天就要用你的手去干危害你的人民的勾当，让你变节、卖国。有过这样的事的……”

第五个坦克手开始了的谈话,我不能够听了:我要去的城市就要到了,人们从架子上拿下东西,随后,有人喊我的姓。

“有,”我答应着。

坦克手从电灯底下凝神向我望着,问道:

“好像是您写的?”

“是的,”我回答。

“那么请等一下……”

坦克手从记事本上撕下了几页,这几页纸便手传手地向我跑来:

“看上面是怎么回事……”

火车行速减慢了。

“一路平安,同志们!……”

车站上没有尼基达·别特洛维奇,坦克手的纸片好像在袋里蠕动:他写的是什么呢?我挤进无人的餐室,掏出纸片。纸片很狭小,角上都皱了,卷了,——在晦暗的车厢里往纸片上写字是不容易的。我很高兴,因为我离得很远就猜到了坦克手的笔迹:大而不连贯的字母沿着笔直的格子排列成行。大量的移行符号把字迹弄得很零碎,这些字迹像是一些偶然字迹的堆积,使彼此之间保持联系的仅是常常提到歌唱蓝色大海的歌声……

我记起了撞到门廊来的片断的歌声,我明白了:是它,是歌唱蓝色大海的歌声,激动了坦克手,激励他去做这艰巨的劳动——在拥挤中,在晦暗的灯下写感想。

我想搞清楚所写的内容,但是字与字常常互相重叠,把我弄糊涂了。我掏出铅笔,在餐室柜台上把我觉得多余的字划上括号。很怕会有人来打扰我,我便匆匆读着,手里的铅笔发出沙沙的响声。渐渐地我忘记了冷:我很温暖而且很高兴;坦克手是被歌唱大海的歌声激动了,并且在记事本上对这种歌声写道:

“你,蓝色大海的歌声,怎么飞到了寒冷的乌拉尔?怎么你找到了这辆列车?你需要什么?你为什么在我的头上盘旋?为什么你使我记起蔚蓝大海旁的、被敌人破坏了的果园、被摧折的锦葵、被侮辱的姑娘、被杀害的儿童?”

从笔记中,我才知道坦克手叫做马克西姆·卡拉班,是克尔契的高炉工人,他是来乌拉尔要钢马,就是说,要坦克,他和同志们要牵了这些钢马,骑上钢马,给敌人以致命的打击,夺回果园、锦葵、像大海一样辽阔的自由、像他幸福地住过的海岸那样诱人的喜悦……

“喂,您干什么糟蹋自己眼睛?”——冲破马克西姆·卡拉班字里行间的热情,传来了阿格拉菲娜·伊万诺夫娜的声音。

我的亡故的母亲的声音就是这样的。我已经白发满头了,但是我感到好像是站在慈亲两眼关怀的注视下。我握住她冰凉的瘦削的两手——两只手一齐握住,——藏起坦克手的纸片,我们离开了车站。

在到达电车站之前,阿格拉菲娜·伊万诺夫娜连忙对我讲述:她在旧房子里害过一场肺炎,三个儿子从前方来的信都很好,尼基达·别特洛维奇在运输车间工作,新房子比旧房子干爽而且舒适,长子和次子的妻子已经是旋工了,孙子们常常在乌拉尔山岭上滑雪,看样子,比在顿巴斯滑得快活,至于她阿格拉菲娜·伊万诺夫娜,总是有些疲乏无力,但这是由于体弱,由于寒冷,——等春天一到，她身上一暖和，就会好了……

没有诉苦，没有不安。“就是说，尼基达心头不舒坦，不是在家里，是在工厂里，”——我这么断定。周围一片寂静，积雪在脚下那么平和地咯吱响着，满月那么宁谧地照着，好像令人难以相信这里出产致人死命的钢马，而克尔契的高炉工人马克西姆·卡拉班和他的同志们已经前来领马了。

一幢粗木头做墙、木板做顶的房子，镂花为饰的木制天幕的院子，都在沉睡着。只有一个女人在小巷里唤猫，她生气地叱道：

“喝，我叫你跑到冷地里去，贱货！”——门砰的关了。

电车站上人很多，但半夜最后一趟电车是不是经过了呢，谁也不知道。我怕阿格拉菲娜·伊万诺夫娜冻着脚，我提议步行。有一个行人叫道：

“谢利维尔斯特①，等我一等！”

阿格拉菲娜·伊万诺夫娜活跃起来了，问我是不是还记得做地下工作的那个时候，尼基达·别特洛维奇化名谢利维尔斯特的人。接着她又提起我们两个人怎样在流放所熬鳕鱼汤。往事一齐浮起，我们谈起了差不多已经遗忘的大事，以及死去的朋友和敌人……

房屋和院落静听着我们的谈话，透过静寂，越来越清晰地传来低沉的敲击声。从房顶背后突然有一阵红光射到脚下，打断了我们的回忆。

“这是老工厂出铁的火光。”阿格拉菲娜·伊万诺夫娜像对客

①苏联人的姓。在这里，行人偶然喊一个姓谢利维尔斯特的熟人，引起了阿格拉菲娜·伊万诺夫娜的回忆。

人一样很关心地向我解释。“现在这里可真了不得！白天黑夜人们都不停手。我们住在工厂中间，夜里家里常常是这样：一处红光似乎是熄下去了，另一处又起了，一炉铁出完了，另一炉又开始出了，要不就是两炉一齐出，那里，你瞧，尼基达厂里要出铁了。窗子上火光那么红……”

我很想看看出铁，我们爬上一个高坡。工厂坐落在较低处水池旁。首先跃入眼帘的是一排高炉，——在高坡上，高炉从装炉口到炉脚都能看得见。其中一个出铁口已打开了，熔炼好的铣铁成为火的急流顺着铁槽流进巨大的戽斗。铁流与戽斗之上烟雾缭绕，火星飞舞。在铁水的火光中显得黑郁郁的高炉工人，沿着铁流奔跑着，手里拿着长矛一样的铁梃、铁锹、铁刺……

我们加快往前走，但是铁流已经流尽，满满的戽斗摇晃着离开高炉。工厂昏暗下来了，渐渐变得漆黑，甚至满轮的明月也不能使它变白。我们下了高坡。高炉的轰鸣与嘈杂声越来越模糊，而邻近车间里的声音却越来越强了，这些声音争先恐后地在说明：马克西姆·卡拉班来是对的——这里日日夜夜出产着钢马……

尼基达·别特洛维奇见到我们是在大街上，他是大身材，喘着气，沉雷般的男低音震得我发昏：

“哈，抽身好不容易！太好啦，很高兴，你能来……你，格拉莎[①]，亲爱的，快回家吧，要不，你会冻死在乌拉尔的炉火丛里。喂，走吧，我和他到市委会去一下，嗅一嗅那里党的生活气息。走吧，走吧，快……”

①阿格拉菲娜的爱称。

他催促阿格拉菲娜·伊万诺夫娜，甚至推她，等到剩我们两个人后，他问我：

“她没对你说什么吧？”

“什么？”

“呐，没谈到什么不好的事吧？”

“没有。莫非发生了什么事？”

尼基达·别特洛维奇抓起我的胳臂，把我引进市党委会明亮的外室。

二楼上传来大会的嘈杂声，有一个清脆的声音盖没了嘈杂声，看样子，是轮值书记的声音：

“身上又不舒服？干什么不讲话？你要叫我们好看？谢谢你。会有你的。你有什么不满意的？什么不满意！？”

尼基达·别特洛维奇领我走到底层一个空房间，解开外套，把皮帽、皮手套扔到椅子上，坐了下来。

他依然像个满腮胡子的哥萨克，但是在蓬发的头上，白发增多了，脸上浮现了皱纹，也不知是由于惊异，还是由于懊丧。

“尼基达，发生了什么事？”

他抬起头。他的眼光正像平常一样，是坚毅的、有神的，眼睛更像是两颗五彩的珍贵的玛瑙。我们目不转睛地互相望着——他是悲痛地，我是疑问地。

“你可瞧，”他开口了，但是马上又闭住了嘴，急促地从上衣袋里往外掏党证，从党证里抖出一个对折着的小信封。

“就是这封信，呐，看吧……”

小桌面在他肘下咯吱咯吱响着。我从信封里掏出两张四折的信纸——这是尼基达·别特洛维奇的次子,原来是旋工,现在是坦克手,伊果儿的来信。

"亲爱的爸爸！你看,这封信一开始甚至都和往常不同了:不称你做苍鹰,而叫你亲爱的爸爸,似乎你自己也不晓得:你对我多么可贵。这并不怪我,而……唉,不值得去回忆究竟怪谁了,让他去吧！我向你保证过写信说实话的。我不认为妈妈是软弱的,但是我不能够马上给她写信。如果简短些说,那就是:妈妈在乌拉尔所缝的衬衫,安东不能穿了——他已经不在人世了。他随着纵队冲进大海那方的突破口;就在那里,在那个突破口,发生了这事……你不要不安:他付出生命是有代价的,不是白白枉送了的。你教导我们做你的同志,因此现在我要劝告你:不要把这封信给妈妈看。你对她说,听到有人说似乎安东在战斗中没有跟上自己的队伍,不得已到游击队里去了。妈妈会谅解他为什么没有信息,然后,你可以看到,济莫菲依[1]就要回来的,在他之后我也要回来。好歹妈妈将来还有我们可依靠,这一时的痛苦会过去的。我并不是懦弱胆小,可是我懂得妈妈的心。你信里说:她好不容易才熬过了肺炎的折磨……为什么我们又要在这样的时刻,再使她痛苦呢？要知道我们答应过她,领她去看看大海,我们应当履行诺言。我们一定让她看到大海……"

信中一行行字迹在眼里游动起来:大海又在脑际出现。年轻人保证夺回我们赏心悦目的大海的誓言,也在脑子里浮现了！我勉强抑制住眼泪。尼基达·别特洛维奇和他的儿子们,多少年来准备把阿格拉菲娜·伊万诺夫娜领去看看大海,但是,不是考试,

①尼基达·别特洛维奇参加战斗的另一个儿子。

便是女儿生孩子，媳妇生孩子，孙子们生病等，使他们没有完成这个愿望。在战争开始的那一年，安东看过很多书籍和地图，准备领阿格拉菲娜·伊万诺夫娜去看大海……

“喂，干什么不讲话?!”

我装作正要读完信的样子，说：

“伊果儿是对的。你决定怎样?”

“没办法，问题就在这里……”

他忽地离开椅子，蹬蹬地、快步地在房间里踱来踱去，说：

“实话我不告诉阿格拉菲娜，假话我也不能说。我同意，不到时候我不跟她说，但我只要一望她，就忍不住了。简直于心有愧。伊果儿在信里编谎，好像我不知道她的心……唉，她那颗心哪！简直像风吹雨打过的蛛丝，你一拿出这样的信——就完了。她是那么爱安东，简直就不能告诉她……对于她，所有六个孩子之中数他最好。这一点，她嘴里不说，但怎么能瞒住我？呐，我什么都能感觉出来……”

任何时候尼基达·别特洛维奇都没有对我这样谈过阿格拉菲娜·伊万诺夫娜。我的激动的脸也许在他看来觉得没来由，他在我面前停下步子：

“干什么不讲话？怎么，难道我叫你来，就是为了要你瞪着一双牛眼对着我发愣？你的意见，怎么办?”

“我觉得，应当照伊果儿说的那样说。”

我的话激怒了尼基达·别特洛维奇，他两手抓住我的大衣领：

“伊果儿，伊果儿，……说一千遍还是伊果儿。呵，你这伊果儿算个什么？他是毛孩子——别的啥也不是。他教爸爸在老年去做什么？去说谎？他又是怎样教我的啊？说什么，安东追赶德寇。怎样追？呵，乘坦克？那么，坦克在哪里？他把坦克弄到哪里去了？难道驾着它去找游击队？谁能相信这个？喂，说话呀，别装哑巴……”

“我没有不讲话。不要再摇我，要不，我也来摇你了。你只愿听你自己说话，你就觉得我不讲话。喂，停一停，闭一闭嘴。你安静一下，听我说……你明天就写信给伊果儿，说你同意他……”

“那么，对她，对阿格拉菲娜，说什么？”

“把话听完！你告诉伊果儿说你同意，让他给她写信。写什么？他比我们知道该写什么。你什么都不要对她讲，都让我来对她讲……”

“你讲什么？”

“我把在火车上偶然遇到的一个坦克手的话转告她……”

“是些什么话？什么话？”

“很简单的话，就是说，安东在追赶德寇时没跟上自己队伍，不得已找游击队去了——就是这样。伊果儿的信可以证实这个传闻，为了让死亡通知书不落到他母亲手里，我再想办法……”

尼基达·别特洛维奇拭擦着前额，皱起眉头，问道：

“这么说，你觉得，可以这么做？”

“是的，这样比较好些……”

“呵，我不是问你好些坏些。我问，可以这样做吗？我好像觉得心里有愧，好像是我老来还要欺骗阿格拉菲娜……”

“不，夏季以前，什么都不应当告诉她……这样会使她的心情轻松些……至于……”

尼基达·别特洛维奇痛苦地哼着气，坐到椅子上，忧虑地折叠伊果儿的信。他一定要把信折得和原来折的一个样子。他把信往信封里放，又想尽量放得和原来放的一样。信封却不听他的话，他的额上冒出了小汗珠。他内心的美德使我很感动。我用手抚摸着他的蓬发的头，为了减轻他的痛苦，我用完全平常的，甚至是夸耀的声调说：

“尼基达，我们还没有秃头啊，对吗？”

“瞎说，还没有秃呢。”他克制住自己，嘟囔着说。

“也许啊。”我表示同意，替他把帽子戴上，把手套递给他。

他站起来，向着我顶上望着，慢慢地扣着衣扣。我问他：

“你们车间里情况如何？”

“可以不必问。”他又嘟囔着说。

“这么说，都很好，是吗？”

“你以为呢？呵，希特勒匪帮要我对他们放松，是不可能的，我……”

他谈起自己的工作和工厂。我挽起他的手臂，我们走出市委会。我们的影子显得蓝澄澄的。影子在我们前面，沿着洒满月光的街心移动着，在积雪的咯吱声中，仿佛听到旋刀的哨声与齿轮的窃窃私语声。

我很高兴尼基达·别特洛维奇有兴致讲话了，我详细地问着他，不知不觉地我们到了他家。儿媳和孙子们已经睡了。桌子上电灯底下放着三副食具和一瓶葡萄酒。为了使我高兴，尼基达·别特洛维奇碰碰我的臂肘，低声说：

“呵，瞧，为了你，甚至在半夜里不知从哪里把葡萄酒都弄来了……”

“这倒不是弄来的：从秋天就藏在箱子里准备急用的……”

疾病使阿格拉菲娜·伊万诺夫娜消瘦而且憔悴了，只有笑容润色着她的瘦削的脸。她全身着白色衣服，动作几乎没有声音：洗手盆里倒进温水，在桌旁、炉边忙碌着。她的说话声音更使我想起了亡故母亲的声音。我脑海里浮现了她给安东缝衬衫、熨衬衫领子等一系列的情景……尼基达·别特洛维奇在我看来变得很阴沉了。“是你老了，是你变得敏感了，”——我心中自己责备自己。

“呐，来，为了友谊，为了我们忠诚的人们，为了坦克手们，干一杯。坐，坐……”

我望着葡萄酒接二连三地斟入酒杯，急促地谈着高个子坦克手，谈到他记事本上的几页纸怎样落到我的手里，于是我补充提议：

“也为蔚蓝色的大海干一杯！”

“对，为了蓝色的大海，当然也要干一杯！还要为早日能看到大海干一杯……好，这才好，呐，你念一念上面坦克手写的什么……”

我从袋里把那几页纸掏了出来，一阵红光射到了桌上，使我很吃惊，我转身一看：高炉出铁的火光正透过窗子射进房来……我拿着沙沙响着的纸片，谈着克尔契的高炉工人马克西姆·卡拉班，并且朗读了他对蓝色大海之歌的感想的片断……

1944 年

雄鹤与雌鹤

在野战医院里，我不止一次地幻觉到我们的雄鹤在飞翔，并且幻觉着：似乎我自己是一只鸟，似乎我自己半夜里在鹤群中飞翔着。四周眼目所能及的地方，一片蓝澄澄的天，万点星火，领头的鹤引导着我们沿着这些星火——沿着星光灿烂的道路飞行着。雌鹤和我并排飞着。我们已飞近了亲爱的乡土。在我们下方，最后一个广阔无边的大海在前面展开了。应当飞越过去——然后，万点星光中就要出现那熟悉的山巅，山后亲切的大地要炫耀它那宽阔壮美，江河湖泊将会金光闪烁，盼望已久的春天的喧嚣就要把我们包围。将有千万的人唱歌给我们听，欢乐会像霓虹一样在我们面前闪耀。

往常都是这样的，而这一次，在即将望见欢乐的当儿，天空不知从哪里飞来了机群，截断了鹤群飞向大海的道路。飞机非常之多，它们旋风似地在鹤群周围扯起了蓝色的天幕，带着隆隆的巨响，呼啸着，怒号着……

领头的鹤鸣叫着发号施令，时低时高地引导鹤群逃避死亡，向水边冲去。眼看要脱离危险了！但是海岸与海上的船只鸣起了大炮，飞机上炸弹一齐往船上落。大海冲着鹤群溅起水柱，冒起呼啸而轰响的火柱。

充满了恐怖的黑夜，在鹤翅中间呼啸着。爆炸的血红的火光，给领头的鹤模糊了万点星火的道路，风暴卷着它左撞右闯。鹤群急飞着，飞向大地，在陌生的土地上落下来，在地上颤抖着，等到一切都安静了，继续向前疾飞。

大风、星光与黑衣——一切都在帮助鹤群。遥远的天边已经透亮，大海尽头已闪烁着灯火，远处已呈现出熟悉的山麓的脊背。鹤群重新闪耀起喜悦。可是，自由的鸟儿呀，且慢些喜悦吧！你忙着要把幸福带给谁？且慢！

探照灯光从盼望已久的海岸和山麓上像利剑似的向鹤群飞来。紧跟着耀目的光芒，升起了雷鸣般轰隆的巨响，炮弹烟雾弥漫，硝药刺鼻地在左近开着花，一块弹片截断了鹤群的尾部，打死了亲爱的雌鹤。

雄鹤恐怖地向她尖叫，整个鹤群也和它一同叫起来，但是领头的鹤要大家服从命令，领头的鹤严厉召唤大家飞向群山之上的云端，并顺着云彩之间的缝隙急急地飞越山巅。

受了恐怖和潮湿的鹤群，沉重地越过群山。力气消失了，但是领头的鹤的鸣声不断地发出幸福的保证。领头的鹤获得了支持——明朗的远方涌出一片霞光，霞光拨开云雾，把鹤群染成一片朱红与金黄色。

太阳的温暖给翅膀增加了力量，群鹤高兴地叫起来，从高空直冲下原野，一对一对地彼此散开，落到自己熟悉的地方。都是一对一对地，只有我们的雄鹤是独个儿落下。

太阳透过灌木丛抚摸着它的头顶，晒暖了疲乏的翅膀，把水滴化成隐隐可见的热气从羽毛上赶跑。没有雌鹤它是痛苦的，但是它得让太阳晒翅膀：把翅膀在阳光中打开，用喙动着羽毛，抖一抖身子，把晒干的羽毛转向背阴，把还在湿着的羽毛转向阳光。

我不是鸟，但是我相信：雄鹤此刻记起了我们的院子。我们的院子一面朝着集体农庄的田野，另一面傍湖。菜园对面，湖中有一个小岛。岛上生长着杨柳、赤杨、雪球树，四周是芦苇、蒲草和香蒲。年年雄鹤在这里度过夏天。当我祖父还活着的时候，我们已经和它结成了朋友。

祖父结婚之后，就离开村庄，来到这里依傍湖水住下来。他们——祖父、祖母、雄鹤和雌鹤就是在这里第一次见面的。这事发生在春天。

祖父正在新茅舍外种园子，听得召唤：

“伊万……万[①]！”

“噢咦，这是谁叫我？”

祖父直起身子，但以为这是他的错觉，可是又叫了一声：

“伊万……万！”

祖父右边望望，左边望望，他看到：透过篱笆，田野里有一只雄鹤和一只雌鹤。祖父扔下铁锹，向鹤走去。

“噢咦，鹤呀，”祖父说。“你这幸福的春鸟，你怎么知道叫伊万？你自己是叫什么？”

①“伊万”是苏联男人用的名字。鹤的鸣声与人名“伊万”很相近。

“伊万……万!”雄鹤说。

“噢!这么说,我们同名啊?两个伊万?你告诉我,因为你常常到天上去,你能飞越大海,我正在等待着第一个孩子,你说,你觉得我应当给孩子取个什么名字?”

“伊万……万!”雄鹤说。

“这么说,你的意思是我要生一个儿子?”祖父高兴了。“因为你这样的好话,你要不是鸟,我真会不顾一切热烈地拥抱你!可是你又不爱拥抱,到我家做客你也不会来……要是愿意,哪怕到我家草堆上住住也好,我愿意送给你做巢用的一切。我知道你爱用什么做巢,等一等……”

祖父跑进棚子,把一捆干枝扔到篱笆外给雄鹤。

“拿去吧,喜欢哪里,就在哪里做巢,你可不要躲避我……”

雄鹤在岛上筑好了巢,它和雌鹤都长肥了,后来它们开始轮班孵小鹤:它卧下,她就去寻食;她卧下,它就跳出芦苇,涉过湖水来到田里,吃饱了食便走进篱笆,望着祖父的院子:

“伊万……万!”

祖母对它的鸣声很惊讶,而祖父却很高兴,他急忙走到篱笆跟前,去同鹤谈话。当祖母生下第一个孩子——就是我的父亲——祖父高兴得头都发了晕,亲自把新生儿抱出茅舍,给雄鹤看:

“这个小家伙正像你说的那样!瞧,多可爱!这是你从海外给我带来的幸福。你什么时候也不要忘记我,跟着我,不会倒霉的,我保护你,比城墙都牢靠……”

祖父警告所有的猎人和渔人,没有要紧事不要到小岛上去,不要在岛上随便弄出声音，不要打枪，绝对不能……

鹤群在天冷之前，教小鹤在田野上空学飞，然后带领它们加入鹤群，越过大海飞往温暖的地带。祖父整个冬天都在为它的巢担心——没有被弄坏吧？——等积雪一开始融化，每天傍晚祖父都走向湖边，望着天空，终于他等到了：雄鹤和雌鹤飞回来了。

“喂，怎么样，给我把海外的幸福带来了吧？我还要生个什么：儿子还是女儿？”

“伊万……万！”雄鹤叫道。

“又是儿子？谢天谢地！哪怕你给我送来一院子小家伙，我都叫他们伊万。神甫愿意命什么名随他去，但我一定要按照你的命名……”

结果，正像雄鹤说的：祖母又生了个男孩。就这样成了惯例：每过两年生一个儿子，每一个都由雄鹤预先取名伊万。祖父又开心又得意，可是祖母一年一年地渐渐搞不清她的伊万了，有一次她在吃饭时责备祖父：

“你这个老东西，”祖母说。“你和雄鹤想出了好点子叫我受罪：你叫伊万，大儿也叫伊万，二儿又叫伊万，三儿又叫伊万，四儿又叫伊万，你要叫答应一个，把嗓子都会喊破……

这事已经在我的记忆中了。祖父脸色一沉，放下羹匙，望了望祖母，说：

“住嘴，老婆子，要不，你要招来灾难的。是我们自己每年春天去问雄鹤：能生什么？至于叫伊万，我对它许下过诺言，就应该遵守。你既然记性坏了，你叫我们就该有分别地叫我们：叫我老头子也好，叫爷爷也好，大儿就叫伊万，二儿就叫伊万诺克，三儿就叫伊万卡，四儿就叫伊万斯卡……”

祖母听着，数着指头记，我们小孙子也帮她记。只不过这一点都没有用。雄鹤从湖上走进菜园，要大家仍照它的叫法叫：

“伊万……万！”

我的每个叔叔都觉得雄鹤是在唤他，于是他们都和祖父一块走进菜园。雄鹤不怕我们，可是我的祖父严格禁止走近它或是触动它。

“孩子们，它呀，”祖父说。“不是什么平凡的鸟，是一种仙鸟。它在阳光里沐浴自己的翅膀，虽然双手就可毁坏它的翅膀，但是它的翅膀却能跟大风搏斗。它能越过海洋，能看到也许我们都不知道的东西。它能给我们带来幸福。瞧，我们家多少人，我们都很健康，都在一起。等我们家里人都长大了，并且去寻求智慧。哈，我们脚下的土地都会歌唱起来！……”

我们很喜欢祖父讲的话。他最后一次同我们讲话是在推翻沙皇的那个春天。祖父已经白发满头，只有眉毛上尚余三两黑点。秋天，雄鹤刚带了当年的幼鹤飞走，祖父就变得很无精神了，而在我们那里，太阳在那一年差不多直到下雪犹有暖意。祖父常常从清晨就穿了皮袄走出茅舍，坐在铺着稻草的土堆上打瞌睡，就这样，有一天，他没有呻吟也没有呼痛，就完全不省人事了。祖母对他哭了一场。葬礼之后，她显得消沉了，背也弯了下来，约在工人们从克伦斯基手里夺回政权之前的两个星期左右，也跟着祖父走了……

春天，迎接雄鹤的已经不是祖父，而是平辈中最年长的伊万——我的父亲。这个春天中，同雄鹤一起，我的两个叔叔从德国俘虏营里像疲惫的鹤一样地回来了。和祖父的院子并排,添了新的房子,人们把我们那个地方唤做鹤沼,并且我们的声誉远远传播到各个角落。

为这种声誉开端的是从俘虏营回来的我的叔叔们。他们在战壕里以及在俘虏营里懂得了那么多道理,以至于他们又影响了我们全族:甚至不识字的都开始识字,而我们小伙子们和孩子们则像鸟群一样地飞到城里去上学。我们很多人从沼池上飞了起来!现有的事业中,没有我们的人不在运用劳动和智慧的:在工厂里、工地上、矿山里、军队里、海军中、机车上、医学界,甚至在学者中都有我们族的人。我们各个人也间或来到沼地上……

我在这次大战前夕到过那里。苹果已经满浆,李子紫了,樱桃像血一样。全农庄都来到祖父的园里与我相见。大家的嘴上都沾满了樱桃汁。在谈得最热烈的当儿,妹妹扯了扯我的袖子:

“瞧,它猜到你到我们家里来了……”

菜园里,雄鹤正从湖边走来:

“伊万……万!”

从我身上飞掉多少年岁——我像个孩子一样奔向雄鹤:

“鹤呀,认识我吧?”

它点了点头,我们都笑了。父亲谈起当初我们之中很多人还未出世的那个时候,而我第一次想道:“得了,我的祖父在年轻时,就是常常同这一只鹤讲话吗?”父亲回忆起了祖父的话:当我们长大后,我们脚下大地都会歌唱起来……

大地已经在我们脚下歌唱了——唱得又是多么响亮!但是,且慢,好人哪,且慢!我还没来得及在湖上尽兴地钓两次鱼,战争爆发了，一年之后，我第三次负伤，来到战地医院，在医院里接到了当游击队员的我最年轻的一个叔叔的来信。他对沼地写得很少，对雄鹤、对它最后一次北飞写得比较多。

春天，德寇来到了沼地。我们比较健壮的人早就到森林里去了，病弱的和老人们都被法西斯匪徒从房子里赶了出来，他们便簇拥在湖旁地洞里。我最年轻的叔叔的妻子也到过那里。就在这里她得以最后一次看到我们的雄鹤。她看到过它两次，两次它都是独自一个——这就是说，它在最后一次北飞中失掉了雌鹤。

第一次我的婶婶看到雄鹤，是当它走上湖那边岸上的时候。它在那里站了一会儿，伸长脖子，向两旁望望，接着它就不见了。第二次婶婶看到它是在我们菜园对面的小岛旁。同往常一样，它走向自己巢时是悄悄地，从巢旁向沼地这边走得比较大胆。到了水旁藏进芦苇丛里，它看到我们菜园边上有人，便朝他召唤一声：

“伊万……万！”

可惜，显然由于悲恸与痛苦，它的眼睛变坏了：它以为岸上站的是我的父亲或是我家别的人，但那却是吓丧了胆的、耳朵听不懂自由鸣声的德国哨兵。德国兵把孤独的鹤的鸣声当作了游击队员的号角。他举起枪，向雄鹤惊动了的芦苇晃动着的地方开了一枪。

雄鹤用翅膀拨开芦苇，哀痛地长唳一声，向上一飞，接着便落到我们菜园对面的水里去了。

在战地医院里，我很久没能够把报告鹤死的一段信从头到尾读完：信上字迹涨大了，绞到了一起，并且我当时就好像是我自己在从异乡北飞时丢失了良友，但终于到了我所爱的、教导自己孩子们飞行的地方，我望望所爱的一切，正在为所爱的一切而高兴，可是这只野兽从岸上用可恨的自动枪打断了我喜悦的心境……

……战后我回到沼地。当火车驶近沼地时，不能说我的心是愉快的。我克制自己，挥赶悲伤，但是愤怒填满胸膛，我想到惨死的亲人，想到惨死的雄鹤。我觉得我什么时候再也不能听到那亲切的叫声：

“伊万……万！”

我不能设想，等待着我的将是多大的喜悦！沼地重新修整了，沼池在耕耘，在播种，响亮着人的声音，在小岛上做主人的，也许是我们那雄鹤的儿子或者孙子，有年轻的雌鹤陪伴着。和它的祖父或者父亲一样，它常出来到我们集体农庄的田野里寻食。我的父亲使自己的嗓了模仿着鹤的声音，召唤着它，而它那么乖地，差不多用人的声音，应着：

“伊万……万！”

1946—1947年

凯利克和阿琳卡

我想对您谈一种伟大的爱，并且谈谈这种爱是怎样深深地温暖了我。这事发生在战争的第二个年头。在战争开头的日子里，当法西斯匪徒比饿蝗还凶残地漫向我们的土地的时候，我曾经做了些本来谁也不懂，也不可能懂，没时间学，而且也无处可学的工作。

我们把差不多用了十年进行了扩建的我们的工厂从原地拆掉，迁移到乌拉尔。您可以想象到当时我是什么样的心情！我们多年劳动，就是为了亲手把它毁掉吗？

我的妻子到她的父母处去了，我们那相差仅一岁的儿女——凯利克和阿琳卡——住在被法西斯匪徒占领了的地方，在集体农庄里祖母身旁。

我们顺利地完成了迁厂工作，然后不久我到了军队里，随坦克部队来到自己家乡一带地方打德寇。情况进展顺利，但我却变得越来越忧愁了。向我们村子的那个方向一望，仿佛就听见希特勒匪徒在恐吓妈妈和我的孩子们，他们在呼救，在哭喊。甚至阵阵的炮声都不能抑制我的痛苦。我在战报里看到：我们的村子解放了。我家里是不是还有谁活着呢，我不知道。我很不安。

我把这种心情汇报给我们的指挥员。

“没什么，卡留士内依同志，”他说。“回去一下吧，看看家里人生活得怎样，但不要耽搁。你应当听到的，不只是自己孩子和自己妈妈的哭声。快去吧！”

他吻了我，我便准备前往。同志们为了不让我空着手回家，在我的行囊里塞满了各种各样的礼物。

我的房子尚完好。深夜我穿过菜园向它走去。果园里仅剩下了边上一小片，其余的都被法西斯匪徒们砍光、烧光了。星星好像约好了似的，都升上天空要看我怎样与妈妈和孩子们相会。孩子们已经睡了。妈妈迎接我，好像在少年时那样接我：两手放到我肩上，用手掌与呼吸温暖我的全身，抚摸我有没有受伤。马上让我在星光闪耀的阳台上吃饱了饭，为了不惊醒孩子们，像安置小孩子一样安置我在阳台上睡下。我像在童年一样，望了会儿星星，骤然间我真的像个小孩一样，马上就睡着了。刚刚蒙眬睡去，便觉得清新凉爽的朝霞在抚摸我的额头，拨动我的眼皮，说：你看看哪！我惊醒了。我看到和往常妈妈手底下的阳台一样，阳台十分干净，两旁缠绕着牵牛花藤，所有的藤上都开满了喇叭花，喇叭花在凝望着，很惊讶：“你在这里呀？你来的时候，我们怎么没听见？要知道我们和房子、果园一直在等待你啊！”

朝霞透过树叶与花丛射了进来。这时我看到了凯利克和阿琳卡。他们坐在阳台的最高一级上，头发浅白色，已经梳过了，穿着干净的衬衫。他俩中间放着一个大汤盆,里面高高地堆着熟透了的紫红李子。

孩子们每人手里拿着一块面包,他们一面吃面包又吃李子,津津有味地吮吸着李子核,吸出啧啧的响声,然后把核吐掉,接着又小声争论:谁的核跑得远!霞光透过枝叶倾泻在他们的头发上,把头发描绘成许多花纹,极力想让孩子们变得更美丽更可爱。孩子们低语够了,静默下来,向面前望着。他们那么凝神地望什么呢?为了不使稻草发出响声,我小心翼翼地伸长了脖子,看到了妈妈。

她是那么完美、纯洁,又是多么亲切,我勉强抑制住多少年月以来积累在心中的喜悦的呼声:“啊,妈妈,您真是我的好妈妈!”我充满了自豪,因为我有一个这样好的、刚强的、完美的妈妈,因为她依然那样操劳。

清晨的微风越来越轻快地在菜园里、果园里奔跑。我和风都很着急:我急欲把孩子们和妈妈瞧个够,微风急着要把一切吹苏,让一切快打扮好迎接日出。

妈妈也在忙碌着,她是不会让那母亲的手清闲的。她面对阳台,坐在矮桌旁一张自己心爱的小凳上,灵活而熟练地整补、缝制着剪碎的布片,这是我夜里从行军囊里拿出来给她的。行囊里都是我的同志们的礼物。她缝着,一面不慌不忙地同孩子们谈说着。她好像在歌唱;她的声浪飘荡着,好像一把古老的、质料很好的提琴的弦声。

妈妈对我的孩子们不呼名字,而叫小鸽子,这个词儿以及她的声音,同时进入我的内心,激起我无限幸福的感觉。我望着,极力抑制着呼吸。妈妈说道：

“瞧，我的小鸽子们，我用碎布给你们每个人缝一身新衣裳，这布是爸爸保存在自己的行军囊里把它带来的。我缝好了，给你们穿上，你们就穿着一身新衣裳提上我们最好的篮子到果园里去。”

凯利克骚动起来了。

“呀，奶奶，您怎么啦？到果园里干什么？果园里还有露水呢，我们要弄湿的，我们会受凉的。”

“嗳，凯利克，你还是少先队员哩，真无用啊！难道说一个好小伙子还怕露水吗？露水没有害处，它给人增加力气，太阳会和吸干花上的露水一样，吸干你们身上的露水，你们可以用露水洗一个脸。你们去拾起那些该死的法西斯匪徒没有毁掉的树上被风吹落的果子，再从枝儿上摘一些好的、金黄色的、红透的、好看的苹果。再摘些熟透了的梨。再摇下一些李子，让篮子装满。我在这个时候生着炉子，煎东西、烤东西，做苹果和李子馅饼，做白面包。到那时候让爸爸醒了，我们就坐下吃早饭。然后呢，凯利克，我们做什么？”

“我不知道，奶奶。”

“你猜猜看！”

“您自己知道吗？”

“我当然知道。我就是要你猜嘛。”

“叫我猜什么呢？您自己会说的。”

“我当然会说的，你别替我操心。好吧，我们吃完早饭，爸爸要到果园和菜园里去看看，让我把那块白底小花的大头巾拿来。

这块头巾是集体农庄因我工作得好而奖给我的。”

“噢咦，奶奶！”凯利克提意见了。“我戴头巾不像话呀！”

“你又傻了！谁说我要给你戴头巾？我还没有老糊涂。我们把头巾摊开，铺平，把你们在果园里摘的东西摆在上面：苹果啦，梨啦，旁边放些盐渍黄瓜、煮熟的嫩玉米，这些上面铺上一层李子，为了不让苹果挤坏，上面再放上白面包。我们把面包分成两半，中间浓浓地抹上一层上等蜂蜜，等蜜浸透了，把两半合起来。蜂蜜就会把两半黏在一块，面包好像又变成一个完整的了。苹果和梨中间再放上一小罐蜂蜜……然后结起头巾的角，你们就把它送到远远的地方去。凯利克，你们把它送给谁？”

“不知道。”

“我知道。”阿琳卡讲话了。

“你虽然小，可是比男孩子聪明。你要把礼物送给谁？”

“送给斯大林同志。”

“这才对。他住在哪里？”

“住在莫斯科。他还能住在哪里？”

“对，小鸽子。但是莫斯科很大。你能找到斯大林同志吗？”

“我去送！”凯利克起劲地说。“阿琳卡会迷路的，我晓得怎样到斯大林那里。”

“这么说，你也想去给他送礼物啦？”

“不，我去送！”阿琳卡嚷道。

“为什么你要去呢？”

“我先说的，我爱他，所以我去送。”

“你们怎么啦，怎么啦，小鸽子！”妈妈笑了。“斯大林同志爱所有的人，所有我们的人也都爱他。不能不爱他。别吵了，你们两个一块去送礼物。凯利克，到莫斯科你怎样去找斯大林同志？”

“哈，这还有什么难的！到了莫斯科，下了火车，就直接去找民警叔叔。”

“可是你不会同那里的民警讲话呀。”

“那还有什么会不会？我挽住阿琳卡的胳臂，走过去，说：奶奶派我们给斯大林同志送礼物，可是我们不知道他的房子在哪里，你告诉我们，做做好事吧！”

“好，好，然后怎么样？”

“他就指给我们道路，应当指给我们的。我们走到斯大林同志的房子边，在街上喊一声，敲敲大门。他听到了，就走出来。我们把礼物交给他，代表你向他鞠个躬，告诉他，让他把礼物倒出来，把头巾拿出来还给我们，因为头巾是为了工作好奖给你的，我们不能不戴头巾回来。”

“这样说你不害怕吗？”

“有什么怕的？”

“然后怎么样？”

“然后？斯大林同志领我们到房子里去，把他的礼物放进头巾做回礼，交给我们，到大门外指给我们怎样走，我们就往回走呗。”

“很好。斯大林同志在吃饭的时候要和你们谈些什么？”

“他一定会问集体农庄，问德国人，问你。”

“噢！他问我干什么呀？”

“问你是不是好发脾气，是不是常骂我和阿琳卡。不过，奶奶,你别害怕:关于集体农庄,关于你,关于拖拉机站——该怎么讲我就怎么讲。我一个字也不乱说使你生气,只要阿琳卡不插嘴就成,你告诉她,别人说话的时候,要她不要讲话。”

“我要讲！我要讲！凯利克,如果他要问你需要什么,你对斯大林同志说什么?”

“我说:需要一支好猎枪、一辆脚踏车和一架收音机。”

“要是他问,等长大了,你做什么?”

“我说,做司机。”

“看你又瞎扯了。这些话不免说得太轻巧啦。做什么样的司机？斯大林同志要问这个,你就没话说了。”

“哈,就有话说。”

“好,说什么?”

“咦,瞧你呀！我就照直说:要做机车司机,让机车成为先进机车——一下子拉一百辆车厢。”

“这才对。呐,要是斯大林同志对你说:‘很好,凯利克！我看到你是个好小伙子,你爸爸和奶奶也都是规矩人,勤劳的人,你留下吧,我们教你当司机。’——你怎么办?”

“啊！……还能怎么办？就留下呗!”

妈妈的眼睛燃烧起来,她急忙停住针线,假装生气地把两手在自己膝盖上一拍:

“留下!？哎呀,你这没良心的！我每天给你洗脸、梳头,看,正在给你做衣裳,可你还要离开我,把我忘了!?”

凯利克身子向前一倾,好像要把我妈妈的话从身上挥掉:

“什么忘了!？您晓得我要怎样吗？我学会了当司机,坐上自己的机车,开到我们的车站,带了您、阿琳卡、爸爸到莫斯科去。我的机车让它叫一路——瞧,我就这么带你们走!您还说,我把您忘了!”

“这太好了!哪怕在老年到那里去一下也好,去好好看看常听别人说的那些东西。或许还能遇到斯大林同志本人。”

“那还用说!我领您去见他,一直领进他的房子,对他说:这是我们的奶奶赫利斯济娜·卡留士娜亚,头巾里包的礼物就是她派我们送来的。”

“你会这样说吗?”

“我怕什么?”

“哎呀,我的小鸽子们,你们快飞过来。”

妈妈眼里闪起光彩,张开手臂。孩子们像一对小鹌鹑似的从台阶上飞了起来,从两边扑倒在她那充满温暖与慈爱的、安全的怀里。妈妈把他们抱紧,向雉鸠一样咕噜咕噜地对着他们的头低语着,说着像我在童年时代常听到的那些话。

朝霞好像怕误时似的,它的光芒把她的脸、白发和孩子们的头渲染得十分美妙。我鲜明地想象到凯利克和阿琳卡带着一包礼物去见斯大林同志的情景。

当我重新向阳台望去时,阿琳卡已经穿起一件鲜艳的短衫,妈妈正在拉扯凯利克身上的蓝小褂和短裤,他很像一个正在打扮去上工的小钳工,就像我过去那样。妈妈把孩子们从身前推开,左右地瞧瞧他们。

“瞧,你们就这样去给斯大林同志送礼物,临走我还给你们梳梳头。给阿琳卡扎上根漂亮的彩带,彩带一路上会和鲜花一样,在她头上飘来飘去。大家都要看你们,问你们:‘你们是谁家的孩子?谁给你们打扮的?你们到哪里去?’打扮这样漂亮,怎不对你们注意呢?你们比我们那棵最可爱的锦葵都美丽。好啦,去拿篮子吧,到园子里去,快去吧,太阳马上就出来了。都要好好地挑选!要说莫斯科远,倒不要怕。难道说,我真的会让你们去走这么远的路?再说,我怎么能没有你们、一个人留在这里呢?听我给你们说:昨天人们说,斯大林同志亲自飞到我们这地方指挥军队来了,现在和将军们住在松山后面,就是我们这里常去运胡桃的地方。你们就把礼物送到那里去。这就近了,很可惜,明天不是斯大林同志的命名日,要是命名日,我们的礼物送的就正是时候。好啦,快去吧!”

孩子们带了篮子向园里跑去。当年我在这里也是这样跑的。这时候阳光已洒满了阳台和阳台上所有的花朵。妈妈俯下身来,推一推我的头:

“孩子,太阳出来啦!”

我捉住我额头上的手,吻了它。我们坐到凳子上,坐在一抹艳丽的骄阳里。我对妈妈叙述了我的朋友坦克手们怎样打发我来探望她。她叙述了法西斯匪徒怎样把她从房子里赶了出来,她和孩子们怎样躲在草谷、岩洞里,秋天和冬天她怎样艰难地每夜爬出去找吃的东西,敌人怎样蹂躏、侮辱我们的家乡,有多少人被掳走,法西斯匪徒怎样在苏联军队压力之下逃跑,我们的人怎样活跃起来,重建了农庄。这时妈妈为她能够熬过了一切而感到高兴,她现在已经了解一切,了解为什么而活着,而她的力量和对于幸福的信心是无穷无尽的,只要斯大林同志活着。

谈到所有的人，甚至衰老的老头子和老太婆，都了解与热爱斯大林同志，并且贪婪地捕捉飞到他们耳边的他的每一个字，妈妈用这些话抹掉了她与我之间年龄上的差别，成了我的同志。我领她进房去休息，便急忙去找孩子们。我依次扛起他们，举向结满果实的树枝。他们选摘着大个的苹果、梨。

“这是我送的，瞧！”

“这个算奶奶送的，这个顶好！”

“不，我的好。是吧？”

我把他们紧抱在怀里，和解说：

“大家都好！你们还要对斯大林同志讲讲你们是怎样挑选的，他一定会高兴，还要夸奖你们。”

当篮子装满了后，我们重新捡过苹果和梨，然后走到李子树跟前。我摇了摇树。李子落了下来，孩子们把它们捡进我的钢盔里，再倒进篮子，直到梨和苹果隐没在李子下面。我们在干燥的地方躺下来，谈着，玩着，闹着。妈妈叫我们了：

“小鸽子们！把爸爸领来，该让他好好吃点东西！”

凯利克和阿琳卡抓住我的手，满意地、一本正经地替我领路。我把他们搂到怀抱里，带了他们走。我们那么高兴，我们都那么愉快地笑起来，使得妈妈迎着我们跑了出来，把阿琳卡从我手里拉了过去。

我已经很久没有这样愉快地来迎接一天的生活了。

早饭后，我和妈妈到农庄去了一趟，然后她在邻人的帮助下动手打发孩子们和我上路。傍晚，我到达自己的部队，从身上解下礼物。

“瞧,我们家里人给你们一点小意思!”

同志们忙着接受礼物,我便对他们讲述我在自己家里感受到的心情。同志们像是把我所见到的东西自动地纳入自己的眼睛,然后谈起我的妈妈,像是我去看过他们每个人的妈妈,又从每个人的妈妈那里给他带来了礼物。我的同志们的心神都跟着凯利克和阿琳卡——和我一块——向前走去,好像是他们亲自带了礼物去看斯大林同志,他们用眼睛望着他,用耳朵听着他,用怯生生的声音和他讲话……凯利克和阿琳卡进了我们的战斗生活。在号令中常常提到他们:

“为了我们的孩子们,冲……啊!”

“为了凯利克和阿琳卡,再前进!冲……啊!”

没有一天我们不在猜想:现在凯利克和阿琳卡在哪里?他们是不是顺利地翻过了松山?斯大林同志会不会接见他们?

我们意识到他的工作和关怀是很多的,但是我们相信他会为凯利克和阿琳卡腾出一点时间的,因此我们感到自豪,心花开放,心里想:看哪,在哪里还有像我们这样的大国的领袖,在战争的日子里,一个农妇和她心爱的孙儿,用自己最珍贵的头巾给他送礼物?

我不止一次地遭到自己同志们的责备,责备我没有等到妈妈完全把凯利克和阿琳卡以及礼物收拾好,责备我没有把他们领上大路,没有让他们坐上顺路汽车,没有嘱托司机让他把孩子们送到要去的地方。甚至在战斗与敌人空军轰炸的日子里,当天空好像压到我们头上的时候,甚至在这样的日子里,透过烟雾与火焰,在我们眼睛里隐约显现出凯利克和阿琳卡,他们带了一包礼物,去送给一个伟大的人。他们隐约显现着，眼睛对我们闪耀着，声音在响着。在他们眼睛的光彩里，在他们的声音中，我们大家，以及变年轻了的、成了我的同志的我的妈妈，还有那些和她一起劳动过、正在劳动着、生长着的人们——我们所有的人都融汇在对于事业、对于人民和对于伟大的人物的热爱中，正是他们曾经给予并且正在给予我们一切的力量、一切热烈的感情和光辉的智慧，并引导我们由胜利走向胜利。

1948—1950 年

俄罗斯童话

贪财的神甫

佚　名

过去有一个神甫。他进项很大,但仍然十分贪财。不论是谁来做一次忏悔,最少得给他一枚十戈比的银币。如果有人交不起银币,神甫不但不给做忏悔,还要骂人:

“你这个畜生!你一年到头都攒不到一个银币,献给师父做忏悔的谢仪?难道不晓得他是为你们这些有罪的人在祈祷上帝?”

有一次,一个士兵来找神甫做忏悔,掏出钱来往桌子上一放:只有一枚五戈比铜币。神甫简直气疯了,对他说:

“真是混蛋透顶,给师父一个五戈比铜币,岂有此理!你是开玩笑,还是怎的?”

“您老行行好吧,我到哪里弄钱去?我所有的钱,都拿出来了。”

“下酒馆就有钱了,叫你拿钱给师父,比割你的肉还难受!按情理,你就去偷,卖掉赃物,也不能少给师父谢仪。既然你向师父忏悔,包括偷窃在内,他会一起饶恕的。”

于是，神甫没有给这个士兵主持忏悔，将他赶了出去：

“弄不到银币，别来找我！”

士兵走出房门，心想：“怎么办呢？”

他一看，在角门边靠着一根神甫拐杖，拐杖上挂着一顶海狸皮帽。他暗自说：“好吧，我就搞走这顶皮帽。”

他拿了皮帽，悄悄走出教堂，一直来到酒馆，在酒馆里将皮帽卖了二十个卢布，将钱收进口袋，留出一枚十戈比银币给神甫。他回到教堂，又去见神甫。

神甫问：

“怎么样，银币搞到了吗？”

“搞到啦，师父。”

“好孩子，哪里搞到的？”

“师父，我有罪呀。我偷了一顶皮帽，卖得一个银币。”

神甫收起银币，说：

“也罢，上帝会饶恕你的，我也宽恕你，既往不咎。”

士兵走了，神甫又给许多教徒主持了忏悔，再去做晚祷；做过了晚祷，便准备回家。他急忙走到角门边去拿皮帽，皮帽不见了，于是只好光着脑袋回到家里。一到家里，他便派人去将那个士兵找来。

士兵问：

“您老找我有什么事？”

“好孩子，你要照实说，你偷的可是我的皮帽？”

“您老，我不晓得我偷的皮帽是不是您的，反正这种帽子是只有神甫才戴的，别人都不戴这种帽子。”

“你从什么地方拿的?”

“就在您的教堂里,紧靠角门,挂在一根拐杖上的。”

“你这个不成材的东西,怎么敢偷你师父的帽子?这可是弥天大罪,死后要下地狱的。”

“您老不是亲口说饶恕我,既往不咎吗?”

一只饼子

佚　名

有一对老头儿和老婆子。老头儿说：

“老婆子，烙一个饼子吃吧。”

“没有面粉，拿什么烙？”

“哎，老婆子，篓子里刷一刷，囤里扫一扫，也许够烙个饼子的。”

老婆子拿起毛刷子，篓子里刷，囤里扫，扫出两小把面粉，拿酸奶和成面团，用油一烙，放到窗台上吹一吹风。

饼子躺着躺着，忽然滚了起来，从窗台上滚到长凳上，从长凳上滚到地上，在地上滚呀滚呀，滚到门口，蹦过门坎，滚到穿堂里，出了穿堂到了台阶上，下了台阶滚到院子里，从院子里滚到大门外，又不停地朝前滚去。

饼子正在路上滚着，迎面来了一只野兔。

“饼子，饼子，让我吃掉吧！”

“斜眼睛小兔，你吃不到我，我给你唱支歌儿吧。”——饼子说着，唱了起来：

"我是篓子里刷来，
囤里扫得，
和酸奶结成伙伴，
油锅里受过锻炼，
窗子口冒过风险，
老头儿吃不到我，
老婆子追不上我，
我照样大摇大摆往前去，
你小兔儿还不是干着急？"

饼子洋洋得意地往前滚，小兔儿干瞪眼……

饼子滚呀，滚呀，迎面来了一只大灰狼。

"饼子，饼子，快让我吃掉。"

"大灰狼，你吃不到我，我给你唱支歌儿吧：

我是篓子里刷来，
囤里扫得，
和酸奶结成伙伴，
油锅里受过锻炼，
窗子口冒过风险，
老头儿吃不到我，
老婆子追不上我，
小兔儿想过心思，

我照样大摇大摆往前去，
你大灰狼还不是干着急？”

饼子洋洋得意地往前滚，大灰狼也是干瞪眼……

饼子滚呀，滚呀，迎面来了一只大黑熊。

“饼子，饼子，我要吃掉你。”

“算了吧，你这歪脚的东西，还想吃我哩！

我是篓子里刷来，
囤里扫得，
和酸奶结成伙伴，
油锅里受过锻炼，
窗子口冒过风险，
老头儿吃不到我，
老婆子追不上我，
小兔儿想过心思，
大灰狼打过主意，
我照样大摇大摆向前去，
你这个黑瞎子还不是干着急？”

饼子又滚跑了，大黑熊也是干瞪眼……

饼子滚呀，滚呀，迎面来了一只狐狸。

“饼子，你好，你长得多么漂亮呀！”

饼子唱道：

“我是篓子里刷来，

囤里扫得，
和酸奶结成伙伴，
油锅里受过锻炼，
窗子口冒过风险，
老头儿吃不到我，
老婆子追不上我，
小兔儿想过心思，
大灰狼打过主意，
老黑熊也是干着急，
有本事的都吃不到我，
你这个小狐狸更别提。”

“歌儿真好听啊，”狐狸说，“可是我老啦，耳朵聋啦，饼哥儿，你跳到我头上，唱得响一点儿好不好？”

饼子跳到狐狸头上，又唱了一遍。

“多谢你了，饼哥儿，真好听呀，简直听不够！你能不能跳到我的牙齿上，再唱一遍，我就不再麻烦你了。”狐狸说着，一面龇出牙齿。

饼子不假思索地跳到狐狸牙齿上，狐狸将它一口咬住，吃下肚去。

山羊的葬礼

佚　名

有一个老头儿和老婆子，他们没有儿女，只有一只山羊，而且这只山羊也是他们的全部家产。老头儿不会任何手艺，只会编结树皮鞋，就靠编鞋糊口。

山羊跟老头儿惯了，老头儿不管到哪里去，山羊总是跟在后面。

有一天，老头儿到树林里去剥树皮，山羊也跟去了。来到树林里，老头儿就剥树皮，山羊到处跑来跑去扯草吃。扯呀，扯呀，忽然两只前腿陷到一处松软的土里，两只脚扒来扒去，从土里扒出一个装满黄金的盒子。

老头儿看到山羊在扒土，便走了过来，看到了黄金，那高兴劲儿就没法子讲了，扔掉树皮，捧起黄金，就回家了，将一切都告诉了老婆子。

老婆子说：

“好啦，老头子，这是上帝看着我们老两口辛辛苦苦过了这么多年，给我们这份财宝过晚年的。现在我俩过过舒坦日子吧。”

老头儿对她说：

“老婆子，这话不对。这财宝得来可不是靠我们的福气，这是山羊的功劳。所以我俩今后得心疼山羊、爱护山羊，要胜过自己！”

从此以后，老两口对山羊体贴爱护胜过对待自己，对山羊照料得无微不至。而且他们本身也大不同了，日子过得好起来了。老头儿再也不编结树皮鞋了，真是逍遥自在，快活无比。

过了若干时间，山羊生病死了。老头儿同老婆子商量如何埋葬：

“要是将山羊随随便便往野地里一埋，不管上帝，还是别人，都要说我们没有良心，因为我们享的全是山羊的福。我要去请神甫，请他按照宗教的礼法，像埋葬别的死者那样，给山羊举行葬礼。”

老头儿整了整衣帽，便去找神甫。他向神甫鞠了一躬说：

“您老人家好！”

“你好，好人儿！有什么事？”

“我是来请您老人家做好事的。我们家很大的不幸：山羊去世了。请您去主持葬礼。”

神甫一听这话，着实生气，一把抓住老头儿的胡子，在房子里扯过来又扯过去。

“你这个该死的东西！想的好点子！给一个又腥又臭的山羊举行葬礼！……”

“您老听着，这位山羊可真够虔诚哩，它还遗赠您二百卢布呢。”

“瞧你这个老家伙！”神甫说，“我不是因为你要我去主持葬礼揪你的胡子，我是怪你为什么没有及时将山羊归天的事告诉我。大概它去世已经很久了。”

神甫收起老头儿的二百卢布，说：

“好吧，你快去找执事先生，要他诸事备齐，我们马上就去举行山羊的葬礼。”

老头儿去找到执事恳求说：

“劳您驾，执事先生，请到我家去参加葬礼。”

“你家哪一个去世了？”

“您晓得我有一位山羊，是它去世了！”

执事冲他狠狠抽打，打了左脸，又打了右脸。

“执事先生，不要打我！”老头儿说，“山羊倒是十分虔诚的，它临死说遗赠您一百卢布，作为谢仪。”

“瞧你这个老糊涂虫！”执事说，“它老人家光荣归天，你怎么不早通知我？快去找司钟，让他鸣钟为山羊致哀！”

老头儿跑去找司钟，求他：

“请鸣钟为山羊致哀。”

司钟火了，揪住老头儿的胡子要打。

老头儿喊：

“放手，山羊倒是很虔诚的，它遗赠您五十卢布，作为参加葬礼的谢仪。”

“干什么一直慢腾腾地不肯早讲！为什么不早一点告诉我，早就该鸣钟了！”

司钟立时朝钟楼奔去，把所有的钟都撞得响了起来。

神甫和执事都来到老头儿家中参加山羊的葬礼，将山羊装进棺材，运到墓地，葬入坟墓。

这件事在行人中间传了开去，神甫为一只山羊举行宗教葬礼的事传到主教耳朵里。主教传老头儿同神甫前来接受惩处：

“你们胆敢为一只山羊举行宗教葬礼！真是亵渎宗教的坏蛋！”

老头儿说：

“这位山羊可不比别的山羊，它在临终时嘱托奉献您老人家一千卢布。”

“瞧你这糊涂老头儿！我不是因为你给山羊举行葬礼审问你，我是问你为什么在死前不给它行教礼！……”

主教收起一千卢布，将老头儿和神甫放了回去。

马加尔的梦

马加尔的梦

——圣诞节故事

符·柯罗连科

一

做这个梦的人是贫苦的马加尔,就是将牛群赶到遥远、凄凉的地方去的那个马加尔,也就是倒霉事层出不穷的那个马加尔①,他命运不佳是人人都晓得的。

他的家乡——偏僻的查尔干镇——是沉没在雅库梯的茫茫林海中的一个小点。马加尔的祖辈和父辈从大森林怀抱中夺得一小块冻实的土地,而且尽管郁郁苍苍的丛林依然虎视眈眈地四面围住,但他们决不气馁。在开辟出来的土地上,牵起了一排排的栏栅,出现了一个个的麦垛和草堆,小小的炊烟缭绕的帐篷星罗棋布;终于,在村落中间一个小丘上,一座钟楼冲天而起,像是竖起了一面告捷的旗帜。查尔干成了一座大镇。

但是,马加尔的祖辈和父辈在和林薮搏斗,在刀耕火种的同时,他们本身也不知不觉地蛮化了。他们讨雅库梯女人做老婆,

①马加尔是民间传说中的人物。此处是戏笔。意思是说:这里写的是神话,人物、故事都是虚构的。以撇清针对现实之嫌。——译者

学会了雅库梯人的语言和雅库梯人的风习。大俄罗斯民族的民族特色渐渐淡薄,渐渐消失了。

可是不管怎么说,我们的马加尔还是记得十分清楚,他是土生土长的查尔干农民。他在这里生,这里长,而且还得在这里死。他觉得自己的身份颇可夸耀,而且有时候还骂一骂别的"劣等的雅库梯人",尽管他自己不论生活习惯、生活方式,与雅库梯人实在毫无不同之处。他俄语讲得很少,而且也讲得相当蹩脚,身上穿的是兽皮,脚上穿的是鹿皮靴,平时天天吃烙饼,饮砖茶,逢年过节和其他一些喜庆日子,才能将摆上桌来的自己的一份儿炼油吃个一干二净。他骑牛的本事十分高超,生了病便找巫师,巫师作起法来,张牙舞爪地向他扑去,用这种方法将马加尔身上潜入的病魔吓跑。

他拼命地干活儿,过的日子却很可怜,吃不饱,穿不暖。除了天天操心饼子和砖茶以外,他还有没有别的一些想法呢?

那是有的。

他喝醉了酒,就常常哭。他说:"老天爷呀,我们过的是什么日子啊!"此外,他有时候说要扔掉一切,跑到"山上"去。到山上他用不着耕田、种地,不要砍柴、运柴,甚至也不用手磨磨粉。他只是去避难的。这是什么山,这座山在什么地方,他弄不清楚;他只晓得,第一,这座山是有的,第二,这座山远得很,远得连警察局局长大人都没有办法去……这样一来,他也就不要缴捐税了……

清醒的时候他便打消这些念头,也许是因为他晓得要找到这样一座仙山是不可能的;但是一喝醉了酒,胆量就大起来。他料想，他会找不到要找的那座山，跑到别的山上去。“那就完蛋了。”他这样说，可是他还是试图去找。要是说他的这种意图之所以没有付诸实践，那大概是因为那些外来户鞑靼人卖给他的都是劣等的烧酒，为了增加浓度，又用烟草泡过的，喝了这种酒，登时就变得周身无力，而且还要难过得睡上一两天。

二

这是圣诞节的前夕，也就是马加尔知道明天要过大节了。遇到这种机会他就忍不住要喝酒。可是没有钱买酒：粮食眼看就没有了；马加尔已经向当地店家和鞑靼人赊了不少酒了。然而明天是一个大节日，又不能干活儿，要是不痛饮几杯，他可又干啥呢？他想到这里，觉得实在难过。这日子就太苦了！过这么大的冬节，连一瓶烧酒都喝不上！

他想起一个很妙的主意，便站起身来，将破皮袄往身上一披。他的老婆是一个结实、有劲的女人，强壮得出奇，也丑得出奇，一向摸得透他那并不深奥的心思，这一回也猜到了他打的主意。

“死鬼，到哪里去？又是想一个人去吃酒？”

“别发火！我去打一瓶酒。明天咱们一块儿喝。”他朝她肩头用劲一拍，拍得她身子晃了两下，他又眣了眣眼睛逗她。女人的心是最容易融化的：她明明知道马加尔是哄她的，可是丈夫这么一温存，她就受不住了。

他走出家门，到草地上捉住老秃马，抓住鬃毛牵了回来，套到雪橇上。秃马拉着主人三步两步就出了家门。到了门外,秃马停住,转过头来,望望心事重重的马加尔,请示去向。马加尔便扯了扯左边的缰绳,驱马朝镇边走去。

镇边是一座不大的帐篷。这座帐篷和别的帐篷里一样,火炉冒出一团团的烟气,升向高高的天空,白茫茫、雾腾腾的大片烟气,遮住寒星和明月。炉火欢快地跳跃着,照在乳白色的冰凌上闪出夺目的光芒。大地静悄悄的。

这里住的是远方来的外地人。他们怎样到此地来,是什么风将他们吹到这遥远的老林里,马加尔弄不清,也不关心这些事。但是他喜欢同他们打交道,因为他们不欺负他,价钱上也马马虎虎的。

马加尔走进帐篷,径直走向火炉,将冻僵的两只手伸到火上去烤。

“啊呀呀!”他这样说,表示冷极了。

外来户一家人都在家里。台子上点了蜡烛,虽说一家人什么事也没做。有一个人躺在床上,嘴里吐着烟圈,若有所思地望着烟圈螺旋状地上升,显然是将他那思想的长线系到烟圈上去了。还有一个人坐在火炉对面,也在心思重重地望着烧旺的木柴上奔腾的火苗。

“你们好!”马加尔开口说,为了打破难堪的沉默。

自然,外地人心里有什么样的痛苦,在这样一个黄昏他们脑子里浮想联翩的是一些什么,从炉火跳跃与烟圈升腾的幻影中他们想象到一些什么样的情景,他是不知道的。何况他也有自己的心思。

坐在炉边的年轻人抬起头来，模模糊糊地望了马加尔一眼，好像没有认清他似的。接着摇了摇脑袋，很快地站了起来。

“是你啊，马加尔，你好，你好！好极了！我们来喝杯茶好吗？”

马加尔听了这话很高兴。

“喝茶？”他反问一声，“那好极了！……老弟，喝茶，那太好了……好极了！”

他马上就脱衣服。脱掉皮袄，摘下皮帽，他觉得不那么拘束了，又看到茶炊里炭火已经烧旺了，对年轻人就更热火了：

“我真喜欢你，真的！……太喜欢你了……喜欢得夜里都睡不着觉……”

外地人转过头来，脸上露出了苦笑。

“喜欢吗？”他说，“你有什么事？”

“有一点事儿。”他回答说，“你怎么晓得的？……好吧，等喝过茶我来讲。”

既然喝茶是主人自动邀请的，那么，他觉得就不妨提出进一步的要求。

他说：

“有没有炒肉丝？我太喜欢吃了。”

“没有。”

“噢，那就算啦。”马加尔自己宽解地说，“下一次再吃好啦……对不对？”他再问一声：“下一次再吃好吗？”

“好的。”

这一下马加尔便认定外地人欠他一碟炒肉丝了，而且这一类的欠债他是从来不叫落空的。

个把钟头之后，他又坐到自己的雪橇上了。他以相当便宜的价钱预售了五车木柴，弄到一个卢布。他赌咒发誓今天不把这一个卢布喝掉，然而又多么想一下子将它喝掉。这可怎么办呢？想到喝酒的快活，渐渐将良心的责备丢在了脑后。他如果喝得酩酊大醉，他那实心眼儿的老伴儿一见受了骗，会狠狠地捶他一顿的，但他也顾不得了。

“马加尔，你往哪里去？”外地人笑着朝他喊道，因为看到马加尔的马没有径直往前走，而是向右一拐，朝鞑靼人的帐篷走去。

“哦！……哦！……你看，这马多么该死……方向都弄错了！”马加尔一面声明是马弄错了方向，一面拉紧右边的缰绳，悄悄地驱马朝右边驶去。

懂事的马嗔怪地摇了摇尾巴，一颠一跛地慢慢朝主人示意的方向走去，不一会儿，马加尔雪橇的嚓嚓声就在鞑靼人门前停止了。

三

鞑靼人门前栓了几匹马，马鞍都是高高的、雅库梯式的。

拥挤的屋子里闷得透不过气来。烟草呛人的烟气弄得满屋子烟雾腾腾的，火炉的烟气腾腾而起，将烟草的烟气慢慢挤了出去。骑马前来的几个雅库梯人分坐在几张桌子上，桌子上都摆了酒杯，还有几堆人在赌钱。一个个脸上红扑扑的，汗气直冒。赌钱的人眼睛死死盯住纸牌。钱从这个人口袋里出来，马上又钻进别人的口袋。有一个雅库梯人喝得酩酊大醉，坐在角落里乱草堆上，身子晃来又晃去，没头没尾地胡乱哼着歌子。他喉咙里叽叽哇哇地，不成腔也不成调，翻来覆去地哼着：明日格，就要过节，悔不该今日里把酒醉了。

马加尔掏出钱买了一瓶酒。他将酒瓶揣到怀里，悄没声儿地朝一个昏暗的角落走去。他躲在昏暗处，将酒一杯接一杯地倒出来，又一杯接一杯地灌到肚里去。酒是够辣的，每逢节日掺水四分之三以上。不过泡酒用的烟草显然并没有少用。马加尔每喝一口都辣得透不过气来，眼前金星直冒。

他很快就醉了。他也坐到乱草堆上，两只胳膊抱住膝盖，将昏昏沉沉的脑袋放到膝盖上。喉咙里也不由地叽叽哇哇地唱起了同样不成腔调的歌子。他唱的是，明天就要过节了，悔不该将五车木柴都喝掉。

这时候，屋子里越来越拥挤了。不断进来一些新的顾客——都是一些雅库梯人，出来做祷告，并到鞑靼人这里喝酒的。店家看到座位很快就要不够坐了。他站起来，扫视了一下全场。他的目光停留在昏暗的角落里，看到了角落里的雅库梯人和马加尔。

店家走到雅库梯人跟前，抓住他的衣领，将他拖了出去。随后轮到马加尔。鞑靼人对这位当地人格外垂青：将大门敞开，朝他屁股上狠狠踢了一脚，可怜的马加尔飞出了屋子，鼻子直插进雪堆里。

很难说，类似的招待方式，他是不是感到算是侮辱。他只觉得袖筒里、脸上都是雪。他好不容易爬出了雪堆，踉踉跄跄地朝自己的秃马走去。

月亮已经高高地升到天空。大熊星座的尾巴已经垂了下来。寒气更重了。北方,半圆形的黑云后面,初露面的北极光火红色的光柱不时闪闪地出现。

老秃马显然很懂得主人的处境,小心而懂事地朝家里走去。马加尔坐在雪橇上,身子摇晃着,继续在唱他的歌子。他唱的是,五车木柴喝掉了,老婆子的拳头可不得了。他喉咙里叽叽哇哇、哼哼唧唧,发出来的声音,回荡在夜晚的空气中,显得如此悲怆,如此委曲,这时正有一个外地人爬到帐篷上盖火炉的烟囱,听了马加尔的歌声,更觉心神不定。这时候,老秃马已经将雪橇拉上了一个小丘上,在这里,周围一切尽收眼底。洒满月光的积雪放射出耀眼的光芒。有时候月光好像是溶化了,消失了,积雪变得暗沉沉的,可是转瞬之间,北极光反射的亮光又熠熠地照射在积雪上,这就使人觉得,仿佛积雪的山岗和山岗上的森林忽而就在眼前,忽而离得远远的。马加尔清清楚楚看到,紧靠森林便是雅马拉赫岗上雪覆盖的一块空地,山岗背后森林里,便是他一向设置套夹捕捉各种林中禽兽的地方。

这一下改变了他的思路。他唱道:一只狐狸进了他的夹子,明天将皮子卖掉,老婆子就不捶他了。

马加尔走进屋门的时候,寒冷的夜空中传来了第一遍钟声。他一进门就告诉老婆子说捉到了一只狐狸。他完全忘记了老婆子没有和他一块儿喝酒,因此,当她再不理睬这一喜讯,毫不怠慢地朝他屁股上狠狠踢了一脚时,他着实摸不着头脑。接着,趁他往被窝里钻的时候,她又给他脖子上补了一拳。

这时候,查尔干镇上空响起了隆重的节日的钟声,并且远远地传播开去。

四

他躺在被窝里。脑袋疼痛难忍，里面像火烧似的。酒精和烟草汁浓烈的混合物在血管里发作起来。融化的雪水一道道地从脸上往下淌，雪水也流在背上。

老婆子以为他睡了。可是他没有睡。他脑子里没有忘掉狐狸。他还是完全相信狐狸落进了夹子，他甚至知道落到哪一个夹子里了。他看到了狐狸，看到狐狸被沉重的夹子夹得紧紧的，爪子在雪地里乱刨，拼命地挣扎。月光透过森林，照在金色的皮毛上闪闪发光。狐狸一双眼睛在他面前亮晶晶的。

他再也躺不住了，从被窝里爬起来，朝他那忠心的老秃马走去，他要到森林里去。

怎么回事？难道是老婆子那一双有劲的手扯住了他的皮袄领子，又将他按到被窝里了？

不是的，不是的，他已经来到了镇外。雪橇的滑木均匀地擦着冻实的积雪。查尔干镇已经落到了后面。后面不时传来教堂里庄严的钟声；昏暗的地平线上，明亮的天空映照下，闪过一列列戴着高高的尖顶皮帽的雅库梯骑手黑色的剪影。雅库梯人是驰往教堂去的。

这时候，月亮落下去了，当空出现了一块淡淡的白云，白云放射着闪闪的磷光，一会儿白云好像炸了似的，碎散，迸开，转眼变成一片片五彩缤纷的火光，向四面八方飘去，这时候，北边半圆形的乌云更加昏暗了，变得乌黑乌黑的了，比马加尔面前的森林还黑。

道路弯弯曲曲地穿过矮矮的、密密的幼林。左面和右面都是山岗。越往前走，树木越高大。森林益发稠密了。大森林静谧无声，神秘莫测。落叶松光秃的枝干上挂满了银白色的霜花。北极光柔和的亮光透过树顶，在林中奔驰，时而照到冰雪覆盖的空地，时而照见倾倒在地上的雪拥的大树……转瞬之间，一切又沉没在黑暗中。宁静，神秘。

马加尔停了下来。在这里，全套捕捉设施几乎一直延伸到路边。借着闪光他清清楚楚地看到用枯枝堆成的不太高的栏圈；他甚至看到了最近处的一架套夹——三根又长又重的原木，用一根垂直的木桩靠住，支在用几根横木棍和细麻绳构成的相当灵巧的机关上。

当然，这是别人设的套夹；但是狐狸说不定也会落到别人的夹子里去。马加尔急忙走出雪橇，让懂事的秃马停在路上，自己向林中走去，一面留心地听着动静。

森林中一点儿声息都没有。只有庄严的钟声依然不断地从遥远的、这会儿已经看不见的镇上传来。

可以不必担心。此处设夹的人便是查尔干镇上的阿列什卡，是马加尔的邻居，也是他的死对头，大概这会儿他正在教堂里做祷告哩。刚落过雪的平平的雪地上看不到一个脚印。

他朝森林深处走去，——没事儿，没事儿。雪在脚底下咯吱咯吱地响着。套夹成排地矗立着，真像是一排排张着炮口的大炮，静静地等待着发射。

他走前又走后，结果空跑一阵子。他又朝路边走去。

可是，你听！……好轻的沙沙声……只见暗红色的皮毛闪了一下，这一下是在明亮的地方，好清楚！……马加尔看到狐狸两只尖尖的耳朵；毛茸茸的尾巴摆来摆去，像是在召唤马加尔哩。狐狸在大树空隙里三钻两钻便不见了，朝马加尔设套夹的地方跑去了，不一会儿林中传来低沉然而重重的碰撞声。这声音起初是低沉地、断断续续地扩散开去，后来好像叫森林密密的树顶压住了，便悄悄地消失在远远的山沟里。

马加尔的心跳得好厉害。这是套夹落下来了。

他穿过密林朝前奔去。冰冷的树枝拂打着他的眼睛，弄得他满脸是雪。他跌跌撞撞地往前跑，跑得上气不接下气。

他终于跑上了他过去自己砍出来的通道。霜雪染白的树木分列在两旁，下面便是越来越窄的小路，小路尽头处一架高大的套夹正严阵以待地张着大口……就在眼前了……

谁知道这会儿小路上靠近套夹的地方闪过一个人影，一闪就不见了。马加尔认出是查尔干镇上的阿列什卡：他明明看到了他那矮墩墩的身子朝前躬着，迈着熊一样的步子。马加尔觉得，阿列什卡的一张黑脸更黑了，一嘴大牙齿龇着，比原来显得更大了。

马加尔觉得十分气愤。“这家伙坏透了！……跑到我的地盘上捡便宜来了。”不错，马加尔也是刚刚从阿列什卡的地盘上来的，但这是不同的……不同之处就在于，他自己走到别人地盘上去的时候，生怕被人逮住；别人走到他的地盘上来的时候，他十分气愤，而且真想亲自逮到侵犯他的权利的家伙。

他径直朝落下的套夹奔去。狐狸就在面前了。阿列什卡摇摇摆摆、迈着熊一样的步子朝同一目标走去。一定要超前赶到。

终于来到落下的套夹跟前。夹子底下被夹住的狐狸的毛红闪闪的。狐狸正在用爪子刨雪，就和他前面所看到的一模一样，而且狐狸也正是用那一双尖锐的、火辣辣的眼睛朝他望着。

“别动！……这是我的！”马加尔朝阿列什卡叫道。

“别动！”阿列什卡像回声似的应声说：“是我的！”

两个人同时跑去，同时急急忙忙、争先恐后地去扳原木，去抢压在原木底下的狐狸。原木一扳开，狐狸也站了起来。狐狸蹦了两下，然后停住，拿嘲笑的眼光望了望两位查尔干老乡，然后弯下头舔了舔被原木压疼的地方，便快快活活地向前跑去，一面不住地摇着尾巴表示敬意。

阿列什卡本待去追赶，可是马加尔从后面扯住他的皮袄下摆。

“别动！”他喊道，“这是我的！”他也朝狐狸追去。

“别动！”阿列什卡又像回声似的喊了一声。马加尔觉得，阿列什卡也扯住了他的皮袄，而且转眼工夫又跑到前面去了。

马加尔好不气恼。他忘掉了狐狸，紧紧朝阿列什卡追去。

他们两人越跑越快。一根落叶松的树枝挂掉了阿列什卡头上的皮帽子，他也顾不得去拾；马加尔大喝一声，眼看就要将他抓住。可是阿列什卡比可怜的马加尔点子多。他猛然停住，转过身来，将身子朝前一弯。马加尔的肚子撞在他的头上，他一下子翻到雪地里。趁他跌倒在地，可恶的阿列什卡从马加尔头上抓走了皮帽，跑进密林里。

马加尔慢慢站了起来。他感到自己受了极大的欺负，倒了霉。人心太坏了。一只狐狸已经到手了,可是,唉……他仿佛看到狐狸在黑魆魆的密林里又一次摆摆尾巴表示讥笑,然后消失得无影无踪。

天暗了下来。当空隐约看得见有一片淡淡的白云。白云好像在悄悄地溶化,并且无精打采地、懒洋洋地散发出更加静悄悄的光芒。

马加尔跑得滚热的身上不住地淌着一股股冰冷的雪水。雪钻进他的衣袖、皮袄领,雪水从背上一直流进毛皮靴筒里。千刀万剐的阿列什卡抢走了他的帽子。手套在奔跑时也不晓得在哪里丢掉了。事情不妙。马加尔心里清楚,一个人既不戴帽子,又不戴手套,进了大森林,无情的严寒是不会轻轻放过的。

他已经走了很久很久。照他估计,他早就应该走出雅马拉赫山岗,能望得见钟楼了,可是他不过是在大森林里兜圈子。密密的森林像是一位魔法无边的法术师,不让他跑出自己的怀抱。远处依然不断地传来庄严的钟声。马加尔觉得自己是在朝钟声走去,可是钟声却越来越远;马加尔听到悠扬的钟声越来越微弱,心中越来越感到绝望。

他没精打采,灰心丧气。他的两腿发软,周身疼痛难支,上气不接下气,四肢发僵,光脑袋像是套上了越勒越紧的烧红的铁箍。

“我当真要完蛋了!”——他脑子里一再闪过这个念头。但他还是在走着。

森林沉默不语。森林单单跟定了他,一再故意为难,将通路关得紧紧的,不给他一丝亮光,不给他一线希望。

“我当真要完蛋了!”马加尔一再这么想。

他筋疲力尽了。这会儿小树苗儿毫不客气地、大模大样地打在他的脸上，见他处于逆境，存心作弄他。在一处小小的空地上，跑出一只小白兔，后腿一盘，坐了下来，摆了摆尖上带黑点的两只长耳朵，洗起脸来，一面十分放肆地朝马加尔做鬼脸。它特意要他知道，它认识他马加尔呢，知道他就是在森林中安置诡诈的机关要害死它小兔儿的那个马加尔。可是这会儿它可以嘲弄他了。

马加尔好不难过。这时候，大森林到处都活动起来了，而这一切都不怀好意。这会儿连离得很远的树都伸出长长的树枝拦住他的去路，扯住他的头发，抽打他的眼睛和脸。一群野乌鸡从隐蔽的草丛里跑出来，拿圆圆的眼睛好奇地盯着他，有几只公乌鸡在鸡群里穿来穿去，挓挲着尾巴，气抖抖地鼓起翅膀，高声地向女伴们数落马加尔和他用过的鬼点子。终于远处林丛里出现了千万张狐狸的嘴脸，一个个神气十足，摆动着尖尖的耳朵，正望着马加尔发笑哩。又是许多兔儿，盘腿儿坐着，也在哈哈大笑，猜到马加尔是迷了路，走不出大森林了。

真是欺人太甚了。

“我一定要完蛋了！”——马加尔心里想道，并且决定完蛋完得干脆些。

他躺倒在雪地上。

寒气更重了。北极光的余晖微弱地闪烁着，在天空淡淡地扩散开来，透过大森林的树顶照到马加尔身上。远远的查尔干不时地传来钟声的余波。

亮光闪了一下就熄灭了。钟声停了。

马加尔也死了。

五

他怎样死的,他没有来得及留意。他晓得灵魂是要出窍的,于是等着灵魂出窍,等呀,等呀……可是什么也没有出来。

这时他心里知道自己已经死了,所以安安稳稳地躺着,一动不动地。他躺了很久很久,实在有点儿躺腻了。

天已经很黑了,马加尔觉得有人用脚轻轻踢了他一下。他转过头去,睁开合上了的眼睛。

他头顶上的落叶松如今彬彬有礼,显得非常斯文,先前作弄他,实在觉得对不起。毛蓬蓬的罗汉松伸出它那宽阔的、冰雪覆盖的掌状枝,轻轻地摇曳着。天空同样轻轻地飘落着亮晶晶的雪花。

蓝蓝的天上千万颗慈祥的明星透过密密的枝叶向下窥视,好像在说:"你瞧,一个可怜的人死了。"

马加尔身边站的是老神甫伊凡,是他在踢他的。他那长长的法衣上落满了雪;他的皮帽上、肩膀上、长长的胡子上,到处都是雪。马加尔着实惊讶:这不就是四年前死去的那个伊凡神甫吗?

这可是一个善良的神甫。他从来不逼着马加尔要供奉,做圣礼甚至不要钱。做祷告和洗礼马加尔都是自己随便付钱,有时候付得太少,有时连一个钱也不给,现在他想起来都觉得不好意思。伊凡神甫从来不生气,他只要求一点:每次得弄一瓶酒。要是马加尔没有钱,伊凡神甫就自己掏钱打酒,他们一块儿喝。神甫必定要喝到醉得不省人事,既然醉成这个样子,也就很少打架,打一点，也不怎么凶。马加尔每次得把烂醉如泥、狼狈不堪的神甫送回家去，交给神甫娘子去照应。

不错，这是一个善良的神甫，可是他并没有得到好死。有一天，家里人都出去了，烂醉的神甫一个人躺在床上，忽然想起要吸烟。他爬起来，摇摇晃晃地朝烧得正旺的大火炉走去，想借炉火点烟。他实在醉很了，三晃两晃就栽倒在火里。等家里人回来，神甫只剩两条腿了。

大家都对善良的伊凡神甫表示惋惜；可是因为只剩下了两条腿，世上再没有哪个医生能将他救活，便把两条腿埋葬了，委派别人接替了伊凡神甫的位置。

这会儿便是这位伊凡神甫，全身完整如故，站在他身边用脚轻轻踢他。

“起来，马加尔老弟，”他说，“我们走吧。”

“到哪儿去？”马加尔心中不快地问。

他以为，既然他已经“死了”，他的责任就是静静地躺着，再没有必要又起来走路，在森林里乱闯。要不然他死掉干什么？

“我们见天王去。”

“我去见他干什么？”马加尔问。

“他要审问你。”神甫悲伤并且有点儿惋惜地说。

马加尔记起来了，确实人在死后要受审的。这是他过去在教堂里听说的。这么说，神甫的话是要听的。那就只好起来了。

马加尔爬了起来，嘴里一面嘟囔着说，人死了都得不到安宁。

神甫走在头里，马加尔跟在后面。他们径直地走路。落叶松彬彬有礼地闪到两旁，给他们让路。他们朝东走去。

马加尔十分惊讶地发现,伊凡神甫走过后雪地上没有留下脚印。他望望自己脚底下,也没有看到脚印:雪地又干净又平整,平得像桌布一样。

他想道,这会儿他要到别人的套夹上去捡狐狸,那就太方便了,谁也发现不了;可是神甫显然是猜到了他的隐秘的心思,转过头来对他说:

“别想啦!你还不晓得,有这类想法要受重罚的!”

“哟,哟!”马加尔很不满意地回嘴说,“连想都不能想啦!你如今干什么这样顶真起来了?别来这一套吧!……”

神甫摇了摇头,继续朝前走去。

“要走很远吗?”马加尔问。

“很远。”神甫忧愁地回答说。

“那我们吃什么呢?”马加尔还是很不放心地问道。

神甫转过头来,对他说:

“你忘记你已经死了,死了就不吃不喝了。”

这一点马加尔并不十分喜欢。当然,在没有东西吃的时候,那这是不坏的,但那得要像他刚死掉那样躺着才行。这可是走路,而且要走很远的路,不吃一点东西,他觉得这是不能想象的。他嘴里又咕哝起来。

“别嘟囔啦!”神甫说。

“好吧!”马加尔用委屈的声音回答说,但他心里还是在埋怨,埋怨这种不合理的章法:“要逼人走路,又不让吃东西!哪里听说过?”

他跟在神甫后面走着,嘴里一直嘀嘀咕咕的。他们看样子走了很久很久。虽然马加尔没有看到一次天亮，但是根据走过的地方来判断，他觉得他们已经走了有整整一个星期了：他们跨过了那么多的山谷和峰崖、河流与湖泊，穿过了那么多的森林与平原。每次马加尔回头望望，便觉得黑魆魆的大森林在自动朝后头跑，高高的雪山好像在苍茫的夜色中渐渐融化，很快就躲到地平线后面去了。

他们好像越来越升到了高处。星星越来越大，越来越亮了。后来他们登上了一处隆起的高原，看到高原后面露出了早已西坠的月亮的边缘。月亮像是要匆匆忙忙跑掉似的，但是马加尔和神甫将她追上了。月亮只好重新升起在地平线上。如今他们走在平坦的、高高的土地上。

这会儿亮起来了，比夜幕初降时亮多了。这当然是因为他们离星星近多了。星星一个个都像苹果那么大，晶亮晶亮的，月亮像一个大金桶的桶底，像太阳那样地放着光，将大平原照得纤毫毕现。

平原上看得清每一片雪花。平原上有许许多多道路，所有的道路都朝东方一个地方伸去。各条道路上的行人有的骑马，有的步行，穿着各式各样的衣服，模样也各不相同。

忽然马加尔死死地盯住一个骑马的人，撇开原来的道路，朝那人奔去。

“别跑，别跑！”神甫喊道，可是马加尔连听都顾不得听了。他认出了他认识的一个鞑靼人，那人六年前偷走了他的花斑马，五年前死去的。这会儿鞑靼人骑着的正是那匹花斑马。花斑马一股劲儿地在打圈子。马蹄荡起一阵阵浓浓的雪尘，星光照在雪尘上变成五彩缤纷的霞光。马加尔看到这样的狂奔,觉得十分吃惊:他这样一个步行的人居然如此轻易地追上了一个骑马的鞑靼人! 这时鞑靼人看到马加尔来到跟前,满面春风地停了下来。马加尔气汹汹地朝他扑过去。

"咱们找村长去!"他喊道,"这是我的马。右耳朵划过一个口子的……瞧,你倒是真有本事! ……骑在别人的马上,马主人倒像个叫花子一样在步行赶路。"

"不必,不必!"鞑靼人应声说,"不必找村长。你说马是你的,是不是? ……给你,牵去吧! 这畜生才可恶哩! 我骑着它走了五年,就像是一步也没有挪动……步行的人一个个都赶到我前头去了;我好好的一个鞑靼人,实在觉得害臊!"

他挪动一条腿,准备滚鞍下马,但是这时候神甫气喘吁吁地跑到他们跟前,抓住马加尔一只胳膊。

"呆瓜!"神甫喊道,"你怎么搞的? 难道没看到鞑靼人要骗你?"

"他当然是骗我的。"马加尔摇着手臂叫道,"这匹马是一匹好马,干活顶呱呱的,……三岁的时候有人就出过四十卢布……老弟,没这么简单! 你要是把我的马糟蹋坏了,我不管什么时候发现了,你也要拿现钱赔偿。你以为你是鞑靼人,就没有王法了?"

马加尔越说越火,有意地高声叫起来,想召更多的人前来,因为他一向害怕鞑靼人。但是神甫要他不要作声:

"别讲了,别讲了,马加尔! 你老是忘记你已经死了……你要马干什么? 再说,难道你没有看见,你步行比鞑靼人骑马快得多？你是不是想骑在马上过一千年都不得下来？”

马加尔恍然大悟，怪不得鞑靼人那么乐意将马让给他呢。

“这家伙可真刁！”他心里想道，于是对鞑靼人说：

“收起这一套吧！这马你就骑着吧，哼，看我不告你去！”

鞑靼人气呼呼地压了一压皮帽，将马抽了两鞭。马又打起圈子，一团团的雪粉从马蹄下飞起来，但是，直到马加尔和神甫离开，鞑靼人寸步没有移动。

他气恼地唾了一口，对马加尔说：

“听我说，朋友，你能不能给一片烟叶子？真想抽烟，我的烟叶子四年前就抽光了。”

“我可没有你这个朋友，狗才认你做朋友哩！”马加尔气愤地回答说，“真有意思：偷了人家的马，还要烟叶子！你就是倒霉一千次，我才不可怜你呢。”

马加尔说完这几句话，便继续朝前走。

“你真不应该不给他一片烟叶子。”伊凡神甫对他说，“你如果给他一片烟叶子，天王在审问你的时候，最少得赦免你一百条罪过。”

“那你为什么不早点儿告诉我？”马加尔嗔怪地说。

“靠现在教你那就晚啦。这都是阳世里神甫应该教的课程。”

马加尔很气恼。神甫一点好处都没有给他：光要供奉，连什么时候应当送给鞑靼人一片烟叶子，罪过就可以得到宽恕的办法都不教给他。一百条罪过，——这还得了！……不过一片叶子！……能值什么呢？

“等一等！”他说，“我们留一片叶子就够抽的了，其余四片叶子我都给鞑靼人,就能抵四百条罪过了。”

“你且回头看看。”神甫说。

马加尔回头一看,后面是一片白茫茫、空荡荡的大平原。鞑靼人像个远方的小白点儿似的闪了一下。马加尔觉得他看到的似乎是花斑马蹄下飞起的雪尘,但是顷刻之间这个小白点儿也不见了。

“给不成了。”马加尔说,“鞑靼人没有烟抽倒也罢了。瞧见没有:这可恶的家伙把马给糟蹋坏了!”

“不是的。”神甫说,“你的马他并没有糟蹋坏,但马是偷来的。难道你没有听到老一辈的人讲过,骑着偷来的马是跑不远的?”

马加尔确实听老一辈的人讲过这样的话,但是因为他活着的时候常常看到鞑靼人骑着偷来的马到城里去,他也就不相信老一辈人的话了。这会儿他才懂得老一辈人的话有时候是有道理的。

他又赶过了平原上许许多多骑马的人。所有骑马的人跑得都像所遇到的第一个骑马的人那样快。马匹如鸟飞,骑马的人汗流浃背,可是马加尔一个一个地赶到了他们前头,将他们甩在背后。

大部分是鞑靼人,但是也有一些土生土长的查尔干镇上的人;有几个查尔干人骑着偷来的牛,不住地用柳条抽打。

马加尔望着鞑靼人觉得好不可恨,不住地咕哝着说这样太便宜他们了。他如遇到查尔干镇上人,便停下来,宽厚地同他们谈谈,虽然是贼,但总归是乡亲。有时他甚至表示表示自己的同情:在路上捡起一根柳条,热心地从后面将牛和马赶一阵子;但是只要他往前迈上几步,骑牲口的人就落到后面,变成了隐隐约约的小点儿。

大平原辽阔无边。他们不时地赶过一些骑牲口的人和步行的人,然而周围还是显得空荡荡的。行人与行人之间似乎有百里,以至千里之遥。

马加尔在前后两个行人中间看到一个陌生的老头子,他显然生前是查尔干人,这从脸型、衣着、举止上可以看得出来,但是马加尔却记不起过去有没有见过他。老头子穿的是破皮袄,戴的是老大的带护耳的皮帽,也是破破烂烂的,底下是旧皮裤和一双破烂的牛皮靴。但最叫人可怜的是,别看他年纪那么大了,背上还背着一个更加老朽的老婆子,老婆子的两条腿拖在地上。老头子上气不接下气,歪歪倒倒地、吃力地拄着拐杖。马加尔有些可怜他,便停了下来。老头子也停了下来。

"告诉我是怎么回事!"马加尔亲切有礼地说。

"没什么好讲的。"老头子回答说。

"你听到什么?"

"什么也没听到。"

"你看到什么?"

"什么也没看到。"

马加尔暂时不作声,认为这样才能憋得老头子讲出他的姓名和来历。

老头子自报了姓名。很久以前,——他自己也不知道是多少年以前了,——他离开查尔干到"山上"去避难。他在山上吃桑葚和树根,什么事情也不干,不耕田,不种地,也不用手磨磨粉,也不缴税纳粮。等他一死,便到天王那里受审。天王问他姓甚名谁,干过一些什么事情。他说他到“山上”避难去的。天王说:“很好,那你的老伴儿呢?等一等,把你的老伴儿带来瞧瞧。”于是他去找老伴儿。老伴儿生前一直在讨饭。没有人养活她,没有房子住,没有牛,没有粮食吃。她奄奄一息,连腿都拖不动了。所以他这会儿要背着老伴儿去见天王。

老头子哭了起来,老伴儿踢了他两脚,就像踢老牛似的,声音微弱然而气呼呼地说:

“背我快走!”

马加尔越发觉得老头子可怜了,他自己可是打心眼儿里感到高兴:幸亏他还没有躲到“山上”去。他的老伴儿高个儿、大块头,他要是背起她来那可够呛的。要是她再像踢老牛那样踢他两脚,那也许要叫他死第二次。

他出于同情,本想抓住老婆子两条腿,叫老乡亲省一点力气,可是刚刚走了两三步,就不得不将老婆子的腿赶紧放开,免得将两腿扯离了身子。转眼之间老头子和他背着的老伴儿就看不见了。

后来在路上再没有看到值得马加尔特别注意的人物。有一些做贼的人背上驮着自己偷来的财物,像满载的牲畜似的一步一步地慢慢往前挪动;肥胖的雅库梯王公们像塔一样坐在高高的马鞍上,一颠一簸地走着,那高高的皮帽都碰到云彩了。许多可怜的奴仆,矫健、灵活得像兔子一样,在他们前后左右又蹦又跳地跑着。有一个阴森可怖的杀人凶手,满身是血,眼睛里露出张皇失措的神色。他拼命往洁白的雪堆里钻,想把血迹洗掉,但都是徒然，登时像泡沫飞溅似的将周围的雪染成了红色，可是凶手身上的血迹却变得更加明显了，他的眼睛里露出极度的绝望和恐惧。他朝前走着，拼命躲避别人惊恐的眼神。

孩子们小小的灵魂不时地像小鸟一样在空中掠过。他们一来就是一大群，马加尔觉得这不足为奇。极坏的饭食、肮脏、帐篷里的炉火加上刺骨的穿堂风，单从查尔干镇上就夺走了几百条小小的生命。他们一飞近凶手，便吓得惊慌四散，过后很久还听得见他们那小小的翅膀划过天空时轻快而慌乱的声音。

马加尔不会看不到他走得比别人快得多，便忙不迭地将这一切归功于自己高尚的德行。

“你看，神甫，”他说，“你有什么感想？我虽然生前爱喝一点酒，可是为人还是蛮好的。老天爷真没有错看我……”

他试探地朝伊凡神甫望了一眼。他暗下有一个打算：要从老神甫口里打听一点儿内情。可是神甫干巴巴地说：

“别得意啦！快到了。马上自己就晓得了。”

马加尔原来竟没有发现，平原上似乎要天亮了。先是天际升起了几道亮光。亮光划过天空，将灿烂的星光扫灭了。星星不见了，月亮坠下山去。白雪皑皑的大平原昏暗下来。

这时平原上升起了片片的云雾，笼罩在四周，庄严地守护着大平原。

在东方一处地方，云雾变得亮闪闪的，像是身披金甲的卫士。

一会儿云雾轻轻飘动，金甲卫士一齐鞠躬。

太阳穿过云雾升了起来，坐在云雾金色的脊背上，照射着平原。

平原上到处是灿烂夺目的阳光。

云雾跳着巨大的圆舞冉冉上升，圆圈在西边撕了开来，飘飘荡荡，向高空逸去。

马加尔仿佛听到一阵仙乐。这似乎就是他早已熟悉的、大地每天迎接太阳的那一支乐曲。但是马加尔从来没有认真听过，现在才第一次听懂，这是一支多么美妙的乐曲。

他停下来倾听着，不想走了，真想永远站在这里倾听这支乐曲……

* * *

可是伊凡神甫扯了扯他的袖子，说：

"进去吧。我们到了。"

这时马加尔看到他们正站在一座大门前。刚才这座大门被云雾遮住，他没有看见。

他真不想走，但是，有什么办法，只好听神甫的了。

六

他们走进一座高大而华丽的房子。马加尔一走进这座房子，才发觉外面冷极了。房子中间有一座镂花的纯银做成的仙炉，里面燃烧着金柴，散发着均匀的热气，一下子就热透了全身。仙炉里的火不刺眼，不灼人，只是发散热气，于是马加尔又想永远站在这里，永远叫身上暖乎乎的。伊凡神甫也走近了火炉，将冻僵的两只手伸了过去。

房子有四个门，其中只有一个是通向外面的，其余几个门经常有一些穿白长衣的年轻人进进出出。马加尔心想，这必定是此处天王手下的使者。他觉得他好像在哪里看到过他们，但究竟在哪里，他记不起来了。他着实吃惊的是，每个使者都有一双白色的大翅膀在背上忽闪忽闪的，他于是想，天王大概另外还有一些使者，因为这些使者既然长着大翅膀，想必是不能钻到密林里去砍柴的。

有一个使者也走到火炉跟前，背对着他，同伊凡神甫谈了起来：

“讲讲你的见闻吧！”

“没什么好讲的。”神甫回答说。

“你在世上听到什么？”

“什么也没有听到。”

“看到什么？”

“什么也没有看到。”

两个人都沉默了一会儿，神甫开言了：

“我带来一个人。”

“可是查尔干镇上人？”使者问。

“是的，查尔干镇上的。”

“那得要准备大天秤哩。”

他走进一个门里去安排去了。马加尔便问神甫，要天秤干什么，而且还非要大的不可。

“是这样的，”神甫有些歉然地回答说，“要天秤，那是要称一称你生前做的好事和坏事。别的许多人做的好事和坏事放在秤盘上大致是相等的；有些查尔干人做的坏事太多，天王只好吩咐人做了一架专门用的天秤，盛罪过用的盘子特别大。”

马加尔听了这话心里像猫爪子在抓似的。他有点儿怕了。

几个使者抬进一架大天秤，安置妥当。一只盘子是金的，小小的，另一只是木制的，老大老大的。木盘下面忽然出现了一个深深的黑洞。

马加尔走过去仔细瞧瞧天秤，提防有人做假。但是没有看出破绽。两只盘子平平的，一点也不晃动。

况且他也不完全了解天秤的构造，认为办什么事情还是用小秤好，他一辈子用秤的本事算得精到，不管是买，是卖，都能捞得到一点儿便宜。

“天王来啦。”伊凡神甫忽然说道，一面在端整衣帽。

中门大开，年事很高的天王走了进来，银白色的大胡子一直垂到腰以下。他穿着马加尔从未见过的、十分华丽的皮袄和锦绸，脚上蹬的是波里斯绒的暖靴，这种靴子马加尔看到一位老神像画师穿过的。

马加尔一眼便看出这正是他过去看到的教堂里画的那位老头子。只不过现在儿子不在他身边；马加尔想，也许儿子办事情去了。然而一只鸽子飞进房来，在老头儿头上打了几个圈儿，便落在他的膝盖上。年迈的天王坐在特设的宝座上，用手抚摸着鸽子。

天王的面孔是慈祥的，马加尔这时心里正感到十分沉重，一望到这张面孔，便轻松多了。

他心里感到十分沉重，是因为他忽然回想起了一生所做的大大小小的事情，想到他走的每一步路，所砍的每一斧头，砍倒的每一棵树，每一次撒谎，他喝的每一杯酒。

所以他觉得羞愧、害怕。但是他望望老天王的脸色，又打起精神来。

他胆子大起来，心想，也许有些事情还能瞒得过他呢。

老天王望了他一眼，便问他是干什么的，从什么地方来，叫什么名字，活了多少岁。

马加尔一一回答过了，老天王又问他：

“你生前做了一些什么？”

“你是知道的。”马加尔回答说，“你这里一定有记录的。”

马加尔是想试探一下老天王，看他是不是当真全都记了。

“要你自己讲，不能隐瞒！”老天王说。

马加尔又打起精神来。

他便自报他所做的活儿，虽然他记得清他砍的每一斧头，记得清他砍的每一根树棵子和他犁过的每一块地，但是他多报了一万多根树棵子、几百车木柴、几百棵树和几百普特粮食。

等他报完了，老天王转身朝伊凡神甫说：

“把簿子拿来。”

这时马加尔才知道伊凡神甫在天王手下做秘书。他很生气：神甫不念旧交情，不肯将这些情形事先透露给他。

伊凡神甫拿来一个大簿子，翻开来，仔细往下看。

“看一看，”老天帝说，“砍了多少树棵子？”

伊凡神甫看了一下，歉然地说：

“他多报了一万三千根。”

“他胡扯！”马加尔气呼呼地叫道，“他一定是弄错了，因为他是个醉鬼，死都没得到好死的！”

“住嘴！”老天王说，“举行洗礼或者婚礼，他有没有借机勒索？有没有向你多要供奉？”

“问这些事是多余的！”马加尔回答说。

“那还有什么好讲的。”天王说，“他爱喝酒，我自己也知道。”

老天王生气了。他对伊凡神甫说：

“你念念簿子上记的他的罪过，因为他爱扯谎，我才不相信他呢。”

这时使者们将马加尔砍的树棵子、木柴、他耕的地，以及所有的活儿都放到金盘子上。这一切加在一起真是多得不得了，天秤上的金盘子被压得低低的，木盘子升得高高的，用手够都够不到，年轻的天使们便张开翅膀飞上去，拴上绳子，百十个人一齐往下拉。

查尔干人干的活儿真够重的！

伊凡神甫开始念他撒谎的次数，撒谎共计二万一千九百三十三次；神甫又念马加尔喝的酒数，共计四百瓶；神甫又往下念，这时马加尔看到，天秤的木盘低过了金盘，已经渐渐坠入洞里，可是神甫还在念，木盘还在朝下坠。

这时候马加尔心中暗想事情不妙，于是走到天秤跟前，正想暗暗用脚顶住木盘，可是有一个使者发觉了，大家一齐嚷了起来。

“怎么一回事儿？”老天王问道。

“他想用脚顶住木盘哩。”使者回答说。

只见天王愤怒地转过身来，朝马加尔说：

“我看清楚了，你既爱扯谎，又是一个酒鬼和懒汉……你抗缴税款，拖欠神甫供奉金，警察局局长一见面就得将你臭骂一顿，就因为你才犯了过错……”

老天王转过身去向伊凡神甫问道：

“查尔干镇上什么人给马装载装得最多，而且天天赶车到外面拉脚？”

伊凡神甫回答说：

“要数教堂里的斋事僧。他又送邮件，又拉警察局局长。”

于是老天王说：

“将这个懒鬼交给斋事僧去做辕马，让斋事僧驾上他去拉警察局局长，不把他赶得筋疲力尽，决不能叫他歇息……看看他能不能痛改前非。”

老天王这话刚刚讲完，门开了，天王的儿子走进房来，坐在他右手下。

儿子说：

“我听到你讲的话了……我在世上待了很久，知道世上的情形：给警察局局长拉车可是穷人的一项苦差事！但是……那也只好如此！……不过，也许这人还有什么话讲。你讲讲吧，可怜的人儿！”

这时出现了十分奇异的事情。马加尔还是那个马加尔，原来一辈子讲话从来没有一次超过十个词儿，忽然觉得自己有了口才。他一面讲，一面自己觉得十分吃惊，好像一下子成了两个马加尔：一个在讲话，一个在听，并且感到惊奇。他简直不相信自己的耳朵。他讲得流畅、充满激情，一句紧跟着一句，随后就变成又长又严密的段落。他再不胆怯。有时即使口结一下,但立刻就恢复正常,而且声音比原来更大。主要是他觉得他讲的话有理。

老天王起初觉得他十分放肆,很有点儿生气,后来却听得十分出神,似乎已经看出来,马加尔并不是像他原来所想象的那样一个傻瓜。刚一开头伊凡神甫甚至怕他闯祸,还扯了几下马加尔的皮袄,可是马加尔挣脱他的手,照样讲他的。后来神甫看到他这位教民讲的句句是真理,而且讲到老天王的心坎里去了,也就不害怕了,甚至喜笑颜开的。连天王手下当值的穿长衣、长翅膀的年轻使者们也从原来站的地方走到门边,惊异地在听马加尔讲话,不住地用胳膊肘互相捣呀捣的。

他先讲他不愿意去给斋事僧做辕马。不愿意去不是因为怕干重活,而是因为这项判决不公平。就因为这项判决不公平,他就不服从,理都不理,睬都不睬。随你怎么办好啦!就是永远去伺候魔鬼,他也不去给警察局局长拉车,因为这很不公平。不要以为他是怕做辕马太吃苦:斋事僧赶着辕马做事,还喂它一点燕麦呢,人家赶着他做了一辈子的事,从来没有人管他的草料。

“哪一个赶着你做事?”老天王气愤地问。

是的,他被赶着、逼着干活儿干了一辈子!村长、乡长、县官、警察局局长向他要税派捐,逼着他干活儿;神甫要供奉,也是逼着他干活儿;又穷又饿,逼着他干活儿;酷暑、严寒、干旱、水涝,都逼着他干个不停;冻实的土地、凶恶的森林也都在逼他!……牲畜不停地往前走,眼睛只能望着地面,不晓得被赶到哪里去……他也是这个样子……难道他晓得教堂里神甫念的是什么,向神甫交供奉又是为了什么?难道他晓得他的大儿子被弄去当兵是为了什么,弄到哪里去了，死在何处，残骨如今埋在何方？

说他喝了许多酒，是不是？当然，这是事实：他这是借酒消愁……

“你说，喝了多少瓶？”

“四百瓶。”神甫望了一下簿子，回答说。

“好的！可难道这是酒吗？四分之三是水，只有四分之一是真正的酒，还加上烟草汁。应当说，有三百瓶不能算。”

“他讲的这些可都是真的？”老天王问伊凡神甫，看样子，他更加气愤了。

“句句是真的。”神甫连忙回答说。马加尔还在往下讲。

他多报了一万三千根树棵子，是不是？就算多报吧！就算他只砍了一万六千根。这还少吗？再说，有两千根是在他的前妻重病时砍的……他当时心里非常沉重，很想守在老伴儿身边，可是家里穷，只好去钻森林……到了森林里，他不住地流泪，泪水在睫毛上结了冰，他因为心里痛苦，外面的冷气，一直冷到他心里去了……他还是要砍柴！

后来他的老婆死了。要埋葬，他又没有钱。为了给老伴儿买棺材，他又去给人家砍柴……商人看到他急等钱用，一车只给他十个戈比……老伴儿躺在没有炉火的冰冷的屋子里，他又去砍柴，眼泪不住地流。他认为，这些柴应当加五倍计算，甚至不止五倍。

老天王眼睛里出现了泪水，马加尔并且看到，天秤的两个盘子上下摆动起来，木盘升了上去，金盘垂了下来。

马加尔还在讲：不是说，簿子上全部记了吗？……那就找找看：什么时候，有什么人给他过恩爱、尊敬或者欢乐？他的孩子们又在哪里？孩子们生病死去，他感到痛苦、悲伤，有的长大了，却又离开他，只身飘零，为饭碗去挣扎。他只有同老伴儿一块儿苦熬岁月，眼看着自己一天天老迈无力，孤苦伶仃的、可怕的暮年就要来到。他们孤单单地生活在世上，就像是旷野上狂风暴雪任意吹打的两棵孤零零的小松树。

“可是真的？”老天王又问道。

神甫连忙回答：

“句句是真情！”

这时天秤又在上下摆动……老天王却在深深地思索。

“这是怎么回事儿？”他说，“我派到世上不少正人君子……他们的眼睛是明亮的，面孔是放光的，衣服没有补缝……他们的心软得像肥沃的土壤，种进善良的种子，就发出善良的芽，开出芬芳的百合花，那香味我闻着再好不过了。可是你瞧瞧你的样子……”

许多眼睛一齐望着马加尔，望得他怪不好意思。他觉得他的眼睛是暗淡无光的，脸黑乎乎的，头发、胡子乱蓬蓬的，衣服破烂不堪。虽然死前老早就打算买一双靴子，打扮成一个像样的农夫来见天王，可是钱总是喝得光光的，这会儿他这个新来拜见天王的雅库梯人穿的竟是烂得不像样子的反毛靴子……地上如有缝，他真想钻进去。

“你的脸黑乎乎的，”老天王还在说，“眼睛暗淡无光，衣服破破烂烂。你的心长满荒草，又有荆棘，又有苦蒿。所以我就喜欢我那些正人君子，一见到像你这样造孽的人的脸我就讨厌。”

马加尔心里好不难受。他自惭形秽了。看看要低下头去，可是他忽然昂起了头，又讲了起来。

天王讲的是什么样的正人君子？如果讲的是世上那些和马加尔同时代的住在豪华的高楼大厦里的人，那马加尔是晓得他们的……他们的眼睛明亮，因为他们没有像马加尔一样流那么多的眼泪，他们的面孔放光，那是用香脂擦的，体面的衣服是别人给缝的。

马加尔又低下头去，可是重新又昂了起来。

在低头、昂头之间难道他没有看出，他生下来也和别人一样，也有一双明亮的、天真的眼睛，里面照得见天空与大地，也有一颗纯洁的心，期待着迎接世上一切美好的东西？要是说如今他却宁愿将自己忧伤而屈辱的躯体掩埋于地下，那这不能怪他……那又怪谁呢？——他不知道……但是他知道一点：他心中再也无法忍受了。

七

当然，马加尔要是能看到他的话给天王多么大的震动，他要是能看到他讲的每一个愤怒的字儿像铅砝码一样地落到了金盘上，他会叫他的心平静一些。但是这一切他都没有看见，因为他的心里充满了绝望。

如今他回顾了自己痛苦的一生。他怎么能忍辱负重支持到今天呢？他忍辱负重是因为怀着希望，希望像大雾中的星星，总是在前面指引着他。他要活下去，说不定还会遇到好一点儿的命运呢……如今他已经看到了生命的尽头，希望破灭了……

这时他的心中暗沉沉的，满腔的怒火熊熊而起，就像是深夜里空旷的原野上骤然来临的狂风暴雨。他忘记了他如今是在哪里，站在什么人面前；他忘记了一切，只有满腔的愤怒……

* * *

可是老天王对他说：

"听我说，孩子！你现在不是在人世……到了天上你也能享受到一点儿公道了……"

马加尔心中一震。他心中突然感觉到，现在有人怜悯他了，于是心里的气稍稍平了一点儿；可是因为他那可怜的一生，从第一天到最后一天，依然历历在目地呈现在他的眼前，他也就抑制不住地自己可怜起自己。他哭了……

老天王也哭了……伊凡老神甫也哭了，年轻的天使们也哭了，不住地在用宽大的白袖揩眼泪。

天秤在不住地上下晃动，木盘升到高处，越升越高了！……

译者附记

《马加尔的梦》是柯罗连科的成名之作，是俄罗斯文学中的名篇。一八八三年写于流放中，发表于一八八五年。

车尔尼雪夫斯基读过这篇小说后，非常赞赏这篇作品及其作者，认为作品写得真实、技巧高超，"只有对雅库梯人的生活和精神有深刻理解的天才作家才能写得出这样的作品。"

用高度浪漫主义的手法，揭示出现实社会最本质的事物。真实感人，妙趣横生，情景交融，引人入胜。作者以饱满的热情、精湛的技巧刻画出一个令人难忘的人物。一个个的小毛病，小心眼，自私，狭隘，一个农民最典型的缺点、毛病应有尽有，这个人物却是如此令人喜爱。人物一登场，我们便跟着他进帐篷，跑雪地，钻森林，地上，天上，意兴盎然，欲罢不能。到最后，人物哭，天帝哭，读者何尝不哭？掩卷之余，怎能不叹息、思索？——作者是怎样做到这一点的呢？这是值得我们借鉴的。

闯京城的姑娘

闯京城的姑娘

叶·鲍格丹诺夫

一

我翻看我的笔记本,看到一场很奇怪的对话的速记记录。

我看出我记的是:

“莫斯科有两点叫人受不了。第一是气候。第二是粗野。再就是,到处都买不到连袜裤……”

我打开大脑右半球,大脑立即向我汇报。于是我看到我坐在一家三等咖啡馆的塑料餐桌边,听到坐在对面的一个虚胖的金发女子的说话声,那女子的脂粉涂得很重,还戴了一副很神气的茶色眼镜。

“莫斯科有两点叫人受不了,”她对她那位穿铁路工作人员服装的男伴说,“第一是气候,太潮湿啦。第二是这儿的人太粗野。再就是:不论到哪儿,怎么都买不到五十二码的连袜裤。还有那些退休的老家伙，像什么话？人家坐车去上班，他们还要人家让座儿！”

那个铁路工作人员用深沉的语气接话说：“生活，就是搏斗！”

“欢乐的时候少呀！”那胖女子应声附和说，“但是如果意志薄弱，就不如自尽。”

“不如剖腹自杀！”

这一对男女引起我反感。我掏出笔记本，放在桌上，当面记录他们的谈话。这种方法往往十分有效：就是在临床上遇到语言失禁的病人，那病人也会马上闭口不语。这位铁路工作人员和这个女人却丝毫不在乎。

“………啊？”那女人叽叽喳喳地说。“‘金牛犊’？跟尤尔斯基？我背着尤尔斯基呢！咱们试着冲一冲，好吧？”

“好！”

“你瞧，雪还在下呢！”

“反正咱们还要待一会儿，就让它下吧！”

“等会儿可千万别下！”

他们沉默了一会儿，就朝四下里打量。他们的目光交叉到我的身上。终于，我的笔记本落入了他们目光的交叉点。

“您这是写什么？”那女人问道。

“随便记一点儿东西。”

“能看一看吗？”

“不行。”

“瓦列里，”那女人说，“咱们坐到窗边去，好吗？”

“这儿不是挺好吗?”

“你们看,”我说,“这是实地速写。”

“怎么回事儿?”那女人问。

“我是记一些人的谈话内容等。有时候凭一句话就能判断出一个人的职业、习惯、气质。”

“有意思!不过,您究竟记了我说的一些什么话?我很想知道!”

“‘莫斯科有两点叫人受不了,’”我念道,“‘第一是气候,太潮湿啦……’”

那位铁路工作人员哈哈大笑,并且补充说:

“‘再就是,到处都买不到连袜裤!’”

“瓦列里,”那女人哆嗦着多重下巴说,“咱们要是不马上起身离开这儿,真不知道我会出什么事情。”

看样子她在三十岁左右,也许岁数还要大些。像她那种颜色的鬈发,往往使我看不出一个女子的年纪。她真的站起身来,但是就在这个时候,一个女服务员手拿打开的点菜本走了过来:

“要什么?”

那位铁路工作人员将菜单推到那女人面前,那女人看着菜单,他却直直地盯着女服务员。

“您是不是奥廖尔来的?”他忽然问道。

那女服务员非常年轻,浓妆艳抹,挑了挑紫罗兰色的睫毛,脸红了。

“不……不是。”她回答得很不干脆,并且很快就问他们要什么饮料。

“我要矿泉水，”那男子说，“我马上要出车。对不起，伙计。”

“我要白兰地和啤酒，”那女人说，“二两白兰地，两瓶奥斯坦基诺啤酒。瓦列里，你没意见吧？”

我的记录到此为止，但是我的大脑已经开动起来，我清清楚楚地记起，我正是在这种场合下和瓦萨相识的。

为我们服务的那个年轻女服务员就叫瓦萨。

一般地说，我并不赏识这些精明、灵活、一出校门便坚定不移地投身服务界的人员。我多少熟悉一些他们的心理。他们很容易适应现实环境，毫不勉强，毫无异议；正如人们在此类场合下常常说的，在现实环境中有时还会遇到的一些丑恶和不平事，一点也不能搅动他们那单纯的心，打不出一点义愤的火花。他们对政治丝毫不感兴趣；他们真心实意地认为，社会的富裕完完全全取决于每个社会成员能否自己富足。如果自己过不好，那就是自己太笨，他们认为这是顺理成章的事。

瓦萨也是同样的幼稚，但是她缺乏抓捕的本能。

不过，咱们还是回头说说那个女人吧。那女人原来是她的同行，是市郊一家饭店的服务员。等到瓦萨拿来账单，她很老练地匆匆看了一遍，并且惊讶地把眼镜摘了下来：左眼下面露出一块青紫斑，显然那是拳头打的。

“你跑昏了头啦？”那女人用肯定的口气问道。

“怎么，有什么不对吗？”瓦萨的声音低沉下来。

“你要是想过得好，就得放灵活一些！要不然你算什么‘混混儿’？像我们这种顾客要的酒菜，价钱就得灵活，比如说，再少也得捞三个卢布！”

“再多呢?”我问道。

那女人戴起眼镜,没有理睬我。

“还有哩! 你这个鱼拼盘是怎么放的? 鱼子要放得让顾客够不着,他至多去够一两次。剩下的一半就是你的了。再就是怎样上酒。酒要放到不喝酒的顾客面前。不过,在这种情况下,你应当把酒放在我面前,因为我是女的。不能让男子汉斟酒。而女人又不便于别人给自己斟酒,因为是女人。”

瓦萨的脸像红布一样,主要倒不是因为涂了不少胭脂,而是由于这咄咄逼人的教训。看样子,她就要哭起来了。

“任何时候都要尊重顾客的意见!”那位铁路工作人员紧接着说,“伙计,你叫什么名字?”

“瓦萨……”

那女人的鼻子里哼哧了一声,说:

“叫这种老掉牙的名字……”

我又掏出笔记本。

“我告诉您!”那女人暴跳起来,“您不要再嘲弄人! 我……我……我去把经理叫来!”

“那好极了! 我正要找他采访呢。”

“瓦列里! 咱们走还是不走?”

那位铁路工作人员很尴尬地嗯了一声,那女人一把扯下眼镜,临走时狠狠瞪了我一眼,那目光真像火一般,我觉得头发都烧了起来。

“‘混混儿’是什么意思?”等他们走出一截路之后,我问道。

“这是我们的行话,——‘混混儿’就是服务员。”瓦萨解释说。

二

从那时候起，我在下班之后便常常到这家咖啡馆里去。这家咖啡馆就在我回我租的住处的半路上。因为这家咖啡馆是经办筵席的，而且没有乐队，所以每天晚上顾客不多。看样子，它主要是靠经办筵席赚钱。我选中了圆柱后面的一张小桌，不是我第一次来坐的那一张，是另外一张，在大厅最里面，比较僻静一些。瓦萨有时到我这张桌上来坐一会儿，抽一支烟，或者只是歇歇腿儿。有时她从围裙口袋里掏出小镜子，倚在柱子上，重新抹一抹脂粉，理一理头发。

“喂，怎么样？”她一面往她那光溜溜的、孩子般的脸上抹胭脂，一面带着卖俏的神气问，“这样好些吗？”

我便伸一伸大拇指。

“是不是再浓一点儿？”

“浓一点儿好。”我表示欣赏。

她扬了扬那涂了浓浓的眉黛的睫毛：

“您不是开玩笑吧？”

“一点也不是。”我对她说。

“要是在家里，我会被骂的，您却鼓励我。”

“不过我相信，总有一天，你会厌烦的。”

“厌烦什么？”

“涂抹这些乱七八糟的玩意儿。”

“您也和所有的人一样。”她说过这话，便执拗地垂下那像洋娃娃一般的头，走了开去。

这种交往是很奇怪的。瓦萨有时显得很冷淡，很疏远，有时显得惊人地坦率，就连一家人也未必肯这样。她有很多地方使我反感，比如，她那扭扭捏捏的姿态，不知是跟哪一个毫无审美力的人学来的，还有那涂抹得油光光的眼睛、眉毛、嘴唇……但是瓦萨身上也有使人非常非常喜欢的东西。也许是她的纯真、热诚，也许还有别的什么。那些名副其实的“混混儿”可以事事指望她，可以放心地利用她。比如，让她到对过的商店里站队买东西，让她上洗衣店去取衣服，让她代班，瓦萨更觉得这都是看得起她，她还实心实意地感激他们呢。她在一个很不和睦的家庭里长大，家庭一直处于纷乱、紧张状态。她的父母和家里其他人都在工作，但不知为什么一定要做不固定的合同工，因为钱永远不够花，因为都觉得自己可怜，没有本事，所以生活中免不了种种苦恼。据我现在理解，这种情况最明显不过地反映在瓦萨身上。她从小就幻想周围的人都是一些单纯、朴实、善良的人，幻想纯真的天然乐趣。她常常在想象，她的父母根本不是她真正的父母，她真正的父母当年把她丢失了，总有一天要把她找回去的。她幻想和真正的父母团聚，想象得活灵活现，以至于将幻想和现实混淆。有一次我听到她一本正经地对一个女伴说，她的父亲是一位音乐家，母亲是一位歌剧演员，现在他们都在国外演出。

“你这种样子像谁？”那女伴天真地问。

“父母给了我美好的感情，但是没有给我什么才华。”瓦萨带着痛苦的神情说。

我记得当时有人把她叫走了,那女伴在后面朝她点了点头,还伸出一个手指头在鬓角上转了转[1]。

过了一个星期,瓦萨又一本正经地说(这一次是对我说了),她的父亲是一位将军,母亲是全世界闻名的医生。她对我说:"您要知道,我小时候在大街上走迷了路,是我现在的父母把我捡来的。我相信我真正的父母一直在寻找我,这我能感觉到,他们和我有心灵感应。"

瓦萨每个月给她"现在的父母"汇寄五十卢布。他们住在奥廖尔。所以那位铁路工作人员问她是不是奥廖尔来的,她是那样害怕。她对我说,当时她吓坏了。"看样子,他是在奥廖尔见过我,看样子,他把我记住了……"

瓦萨做服务员,她的父母不知道,她瞒着他们,她时时提心吊胆,生怕什么时候露了真相。"他们以为我是在做舞蹈演员,经常到各地演出。我确实也参加过舞蹈演员选拔考试,但是没有考取呀。"

咖啡馆这个集体是她的新世界,在这里她摆脱了种种苦恼。她不断地在每个成员身上发现可爱的特点和品质,怪只怪自己没有学会爱这些勤劳而健康的好人,没有学会宽容他们那些极其自然、极其普通、只有天性纯真的人才会有的毛病。服务员萨莎为了解闷儿,教她说下流话。瓦萨在说这事儿的时候,嘻嘻地笑着,但是在上这种课的时候,她的两颊一定是火辣辣地发烧。遗憾的是,我听说这事儿的时候,课程已经上完了,要不然我会好好教训教训她那位老师。

---

①意思说对方精神不大正常。

总而言之,瓦萨有时候又可爱,又天真,又喜欢听笑话。不过,不是任何笑话她都喜欢。有一天我给她讲了一个蛆的故事。小蛆问:“妈妈,爸爸上哪儿去啦?”蛆妈妈回答说:“孩子,今天是星期天,人家邀你爸爸钓鱼去了。”

瓦萨忽然抽抽搭搭哭了起来。

“哎,你怎么回事儿?”我问道。

“我觉得小蛆太可怜了。”她神情凄然地说。

有一天,我的两位同事偶然来到这家咖啡馆里。他们看见我,就喊我的名字。我叫他们到我的桌上来坐。他们走后,瓦萨很不好意思地说:

“这么说,您没有骗我……”

“你说的是什么?”

“您和我认识的时候,您说的是真名字。”

“不说真名字,又说什么名字?”

“所有的男人,在和我们这些人认识的时候,说的都是另外的名字。”

“这是我的名片。”我说。

“谢谢……”她道过谢,又摩弄了两下光溜溜的名片,“为什么没有电话?”

“要给我装的,”我说,“说是第五季度给我装。眼下这个冬天我连自己的房子都没有,还谈什么电话。”

“真想不到,真是记者哩……‘外勤记者’是什么意思?天天在外面跑吗?”

“我自己也说不清楚,瓦萨。”

“我妈妈是世代印刷工匠出身。我没有对您说过吧?”

“哪一个妈妈?是真正的妈妈,还是现在的妈妈?”

“现在的妈妈,”瓦萨说过这话,又把我的名字念了一遍,“可是我每次对顾客说出自己的名字,顾客都以为我是骗他们的,真好笑!”

说实在的,瓦萨的父母在给女儿取这个名字之前,真应该动动脑筋。女孩子们喊她瓦丝卡,男孩子们喊她萨娃。等瓦萨长大了,曾经试着叫瓦西莉萨,但是这名字叫起来也很别扭,所以没有叫开。

“我倒很喜欢你的名字。”我说。

“我也很喜欢您说的您自己的真名字。”

“你叫这名字非常合适!”我又说。

“您是好人!”

“噢哈,咱们谈得多亲热呀。”

瓦萨忽然问道:

“您为什么不要求到我的住处去?”

我愣住了。

“所有的人都要到我的住处去。”

“是所有的人吗?”

“就算不是所有的人,那也是很多很多人。不过,您不要以为我这是抬高自己的身价。”

“好吧,”我说,“什么时候去?”

“啊,您当真吗?我会用甜菜做甜辣色拉。”

我说:“那太好了。”

“明天我休息。”她很干脆地说，又从便条本上扯下一页，“这是地址。离这儿不远。”

没说的，我只有把便条装进口袋。

第二天，我在报社里一直有一种感觉，似乎有一项小小的任务没有完成；我把台历上所记的事情一一办完，到下班时候把所有的事情全部了结，可是没有完成任务的感觉依然没有消除。我已经穿好大衣，点起一支香烟，就要出门了，这时我才想起瓦萨的邀请。她写的地址还在我身上。我不想去找她，但是对她的邀请置之不理，也不妥当。我决定给她寄一张明信片，什么也不表示，开开玩笑了事。便条上除了地址，还有电话号码。我在心里说，好极了，我现在就给你打个电话，也用不着寄明信片了。

我刚拨完号码，电话就通了。

“呀，是您来电话，太好啦！”她高兴地说，“要不然我真不知道是怎么回事儿！您没有工夫吧？”

“是的，”我说，“我要到地震部去。”

“出了什么事吗？”

“没什么了不起的事，不过我一时不得空闲。”

“这么说，您不来了吗？”瓦萨很不开心地问。

“很抱歉……”

“明天您上咖啡馆来吗？”

“现在很难说，瓦萨。”

“您这会儿在干什么？”

“给你打电话呀。”

“我买了一盘很好的磁带。您想听听吗？”

我说:“我非常非常想听。”

她把话筒凑到电唱机上,也许是把电唱机凑到话筒上;话筒里响起咔嚓声、呲呲声,忽然有两个年轻的嗓门儿嗥嗥叫了起来,又像山羊叫,又像马嘶,这是刚刚流行的一种唱法。

“够味儿,对吗?”她对着话筒叫道。

“真够噱头!”我说。既然学了一些新鲜词儿,为什么不谝一谝?

三

不久,总编辑就对我说,外勤记者之所以叫外勤记者,就是经常要到全国各地去跑,不能老是蹲在京城里。

“上哪儿去呀?”我问。

“上彼尔姆去!”他很带劲儿地说,“上彼尔姆! 上彼尔姆!”他的卷舌音还是没有发清楚。

“嗯,上彼尔姆就上彼尔姆。”我说。

“你回答得一点劲儿也没有!”

“是,上彼尔姆去,伊戈尔·康斯坦丁诺维奇!”

“这就对了,”他满意地说,“再就是,你要理解,你的任务是什么,为什么我们偏偏选中彼尔姆。”

我的任务一如往常,就是搜集具体的活材料来写文章,以说明这位领导坐在家里虚构出来的又一个所谓重大主题。为什么选中彼尔姆,而不是别的城市,彼尔姆有什么独特之处,不管我怎么问,都得不到明确的解释。也许,因为这位领导老是发不好卷舌音，就想积极、顽强地克服这点毛病，所以就选带有难发的卷舌音的城市。

我写文章和通讯都得依照他制定的提纲，他的提纲是完全脱离实际的。我老老实实奉行他的指示，每次都走进死胡同。我在绝望中总是责骂自己无才，拼命搜索枯肠，挖掘字眼儿，精心地遣词造句，好让读者以为我写的是活生生的事实。

所以，我感到心里又像往常一样发起愁来，便无可奈何地去办出差手续。

在走廊里，一位朋友把我叫住。他是艾·卡列潘诺夫，是一位科长，是上次在咖啡馆里遇到的两位同事之一。他还要在这篇小说中出现……

"'老头儿！'"他说，"你那位'柯凯西'找你哩！"

"什么'柯凯西'？"

"你怎么……没有去过日本吗？"

"滚你的蛋吧！"

"连这都不懂！'柯凯西'就是打扮得花花绿绿的、好玩儿的木头娃娃。"

"怎么样？"

"我告诉你，你那个小妞儿找你哩！从咖啡馆里来的！"

"她在哪儿？"

"咱们走！"

"她究竟在哪儿？"

"在下面嘛，你这家伙真怪！"

我下了楼，来到前厅里。

瓦萨无精打采地坐在沙发上，胆怯地侧眼望着报社的司机们，司机们为了让脑筋动一动，正在玩多米诺骨牌。

“有什么事儿？”我不太客气地问道。

“您那么久没去啦，”她嘟嘟囔囔地说，“我以为您病了呢，所以来看看您。我来到这儿，他们告诉我，说您好好儿的。我很高兴……”

我连忙说了几句道谢的话。

“我给您带了一些花儿来，”她讨好地说，“挺漂亮的涅戈蚕花！请您收下。这花儿挺新鲜！”

“见鬼，为什么是涅戈蚕花？！”

瓦萨连忙打开报纸卷儿，里面卷着一种白中透紫的花儿。

“恐怕是风信子吧？”

“对，对，一点儿不错！“她皱起眉毛说，“我弄错了。这是风信子，您闻闻，多香呀！涅戈蚕花是什么味道？”

“另外一种味道。”

“什么样子呢？”瓦萨换了社交场合的语调。

“有各种各样的，”我冷冷地回答说，“一般都是黑乎乎的。花冠是金黄色的。”

“我知道啦，”她说着，羞涩地扯了扯我的袖子，“我来，您高兴吗？”

“多么可爱的花儿呀！”从楼梯上传来艾·卡列潘诺夫的声音，“给我的呢？”

“瓦萨，”我说，“你最好回家，对吗？”

“噢，是的，我得快点儿回去！再见吧！”

我给她开了大门。

“姑娘！您上哪儿去？”艾·卡列潘诺夫喊道。他的两条胳膊一挓挲，扑通一声跌倒在潮湿的油地毯上，并且哧溜一下子滑到我们跟前。

瓦萨忍不住扑哧一笑，就跑出去了。

“这不是对同志的态度。”艾·卡列潘诺夫对我说。

“怎么回事儿？”

“当着姑娘的面笑话人……这不是对同志的态度。”

“就是说，我失礼了。”

“我是想顺便让你介绍我们认识认识。”

“这我可不愿意。”我把花交给他，“给你，拿去欣赏吧。”

两个星期以后，我从彼尔姆回来。第一件事便是上咖啡馆去。是什么吸引我去？那儿有什么好吃的？……也许，只不过为了松口气。跑这一趟，实在够累的，回到家里，还有苦事情等着我：要整理在彼尔姆的采访笔记，要写文章。

我在自己的小桌前坐了下来。来的顾客都不是常客，坐的时间都不长，瓦萨不在，今天不是她的班。我感到寂寞了。忽然有一对男女引起我的注意。小伙子面对着我，伸直了两腿坐着，一只脚伸到通道上，脚上穿的是进口皮靴。进口皮靴上面，照例是牛仔裤，再往上是牛仔夹克，在牛仔夹克的硬领之上，是披在两边腮上的红红的头发。应当说，他的相貌十分平常，倒是那靴子更惹人注意：光是靴底的胎面胶就值不少钱。

那姑娘背朝我坐着。她穿着透明的印度式连衣裙，戴着黑色假发。我心想，这个女子才真像“柯凯西”呢。这时候，那女子转过头来，使我大吃一惊：她竟是瓦萨！

那小伙子把身子俯到桌子上，带着询问的神气用头朝我点了点。

瓦萨转过身来，显得很不好意思，向我招了招手。

我走了过去。

她为了掩饰自己的难为情，一连串地问了我许多问题：路上情形怎么样，什么时候回来的，有没有找到适当的材料。那小伙子无缘无故地着起急来。

“我要走啦。”他皱紧眉头说。

“噢，我忘了给你们介绍！这是托利克！”

“下一次……还和往常一样吗？”他连看也不看我，只是向瓦萨问道。一听到瓦萨回答“是的”，起身就走了。

我问：“这位哥儿是谁？”

“混混儿。”她漫不经心地回答说。

“说具体一点儿。”

“他是‘泉水’饭店的。”

“再具体一点儿。”

“我的丈夫。”她犹豫一下子之后，回答说。

“丈夫？！”

“不是真的。是户口簿上的夫妻。要不然我怎么能弄到户口呀？”

“真想不到！”我说，“你给他多少钱？”

“一个月五十卢布。就剩三次啦……三次付款。”

“是分期付款的婚约吗？”

"您可不能对外人说！能做到吗？"

"瓦萨，你是不是最好回奥廖尔去？"

"不！"她毫不犹豫地说，"无论如何也不回去！"

她的眼睛闪起泪光，她做了个吞咽的动作，控制住自己，并且笑了笑，笑得很不自然，而且带有遗憾的意味。

"咱们到我的桌子前去吧？"我说。

"好……好的，"她点点头，"您先过去，我一会儿就来。"

她转身不见了，过了几分钟，她又回来，看样子，她是整理装束去了。至少，她脸上的脂粉又像往常一样浓艳了。

"您不了解我家的情况，"她说，"我要是留在家里，就完了。真的，您不要觉得奇怪！"

我等着她接着说下去，但是她没有接着说下去。

"您要知道，"她很亲热地笑了笑，"我一直到十七岁，连进商店都难为情呢！连买个面包都不会。啊！咱们来快活快活吧！加洛奇卡，"她拉住从旁边走过的一位女服务员的衣襟，"今天咱们有什么好酒？"

加洛奇卡带着大惑不解的神情望了望她：

"你不知道！"

"加洛奇卡……"瓦萨带着央求的神情笑了笑。

"好吧，有阿尔及利亚酒。"

"请你拿一瓶来！"

"你自己去拿吧。"

"加洛奇卡，"我说，"我的字写得可是挺漂亮的，您是不是希望我在意见簿上写一条？"

加洛奇卡翻了翻眼睛，站了下来。

“写一条表示感谢的意见，加洛奇卡，表示感谢。”我补充说。

她带着不信任的神气用鼻子抽了一口气，踌躇了一下，就朝食品间走去。

“我决定学木刻，”瓦萨忽然对我说，“明年我要去上斯特罗加诺夫工艺美术学校。”

“好样儿的！”我说，“你过去用雕刻刀或者什么木刻刀雕刻过吗？”

“没有，我用普通小刀雕刻过。”

如果不是趁着酒兴，我未必有兴趣去看她的木刻。好在这会儿空闲无事，而且路又不远，只有两站路。我们就步行前去。快到她的住处时，我感觉到风把我的酒意完全刮跑了，我对木刻的兴趣也随着酒意消失了。

“咱们走嘛！您怎么啦？”瓦萨拉着我的袖子说，“不会有人怎么样您！女房东今天早晨上喀尔巴阡山里去了。”

瓦萨的女房东原来是一位大学校长的夫人，日子过得逍遥自在，无拘无束。据瓦萨说，她这次上乌日哥罗德去，举行送行宴会，一直闹腾了一夜。

“我没有怎么睡好，房间也没有来得及收拾，”瓦萨笑着解释说，“房里乱糟糟的，请多多原谅了。”

四

房子里确实乱得够呛。又是桌子，又是椅子，窗台上摆满了用过未洗的杯盘碗碟,其中有一些带有磕碰得很厉害的伤印子。地板上十分肮脏,酒瓶在地板上乱滚,好像是自动地滚动,不是房屋在摇晃。我的视线一会儿碰上四脚朝天的凳子,一会儿碰上被扭脱的门把手,一会儿碰上脱落的橱柜门,那样子好像是被爆炸的气浪冲掉的。地毯上撒了大片大片的香槟酒,仿佛地毯的绒毛里还回响着胜利欢呼的余音。墙壁上挂着几个黑黑的人头像,这些非洲的神祇带着各种各样惊骇的表情望着这激战的战场。

不过,战死的人已经被抬出战场。也正像战场上一样,如果留心观察的话,还可以看到活物:匆匆逃跑的蟑螂,花盆里陪伴着枯萎的花儿的青草,在空中晃悠着的蜘蛛。

然而,最使我吃惊的还是瓦萨的举动。面对这种乱七八糟的情形,她丝毫不觉得难为情,丝毫没有什么不自在,就好像根本没发现似的。可想而知,房子里这种乱糟糟的情形,她已经看惯了。她打开另一扇门,我们来到她的房间里,这房间又窄又长,一个窄窄的窗户,只有普通窗户的一半大,一张窄窄的木板床,还有一张活动面的书桌。书桌的面子是掀开的。在掀开的桌面上放着一盘仙人掌和三个高脚玻璃杯,杯底还有残酒。瓦萨把高脚杯收到一个废物筐子里,从搁板上取下四块不大的胶合板,一声不响地递给我。

第一块板上刻的是一个小男孩带一条小狗。这样的木刻画我见过许许多多。瓦萨解释说:

“这不是我的。就是说,这是我刻的,但这是临摹的。我这样学着刻。”

第二块板上刻的是列夫·托尔斯泰的头像。

“您要知道，”她说，“我想把他刻得像一头狮子。他本来不就是狮子吗？”[①]

“是的，本来就是。”我说。确实，虽然还保留着肖像上的某些相似之处，但经她一处理，这位文学巨匠就非常像兽中之王了。

另外两块板上是纯粹的寓意画。其中一块上，有一个老大的黑黑的冰窟窿，远处高高的房子的窗户里露出灯光，前景中有一只手从冰窟窿里伸了出来，哆哆嗦嗦地抓住大冰块的边沿。无名指上隐隐约约有一枚戒指。

“这戒指，看样子，是订婚戒指吧？”

“是的！这是一个女子，就要在家庭生活的漩涡中沉没。”瓦萨说。

“这又是什么？”我拿起第四块胶合板。这是合二为一的一幅景物画：左边是沙漠，天际有一片绿洲。一道道新月形的沙丘，从左到右接连不断，渐渐变为巨大的海浪，海浪之上是一叶孤帆。

“这不过是老一套的寓意画，”瓦萨解释说，“您当然会看得懂，您是文学家嘛！”

她的木刻我很喜欢。技巧当然还不怎样，不过所表现的意思是新鲜活泼、不落俗套的，尽管也有值得商榷之处。我把我的看法对她说了，并且说要拿去给我们报社的艺术家看看。

瓦萨不同意拿给人看。她作为一个要求严格的艺术家，还需要再下些功夫。她还有几种题材，也要借木刻来表现。

“那就随你吧。”我说。

我们山南海北地随便聊了一会儿。

---

①Лев（列夫）的本意是“狮子”。

“你怎么,”我问道,“住在这乱糟糟的房子里,不觉得别扭吗?”

她耸耸肩膀。

“每个月付多少房租?”

“五十卢布……”

我脑子里的微型计算机开动起来:

“给女房东五十卢布,给托利克五十卢布,还要给父母寄五十卢布。你每月工资七十八卢布,这怎么行呀?”

“您以为我克扣顾客吗?顾客是自动给我钱。大概因为我长得漂亮,人人都想讨我喜欢。”

听她说到这里,我好像“啧啧”了两声。

“是的,是的,一点不假!加洛奇卡就说,她要是长得这样漂亮,就用不着在咖啡馆里干活儿了!”

“不能老是这样呀,瓦萨。”

“我已经习惯了。”她带着无忧无虑的神气说。

“还有,你那位女房东……”

“您怎么啦,她可真是个好人呀!她不过是命不好罢了。所以她不希望死气沉沉的,您懂吗?她周围常常有不少年轻人。有时候快活得很哩!”

“我看到啦。”

“噢,不,我们不是经常这样呀。”

“我懂了,”我说,“只是每个星期天都这样。”

瓦萨笑了起来。

“您想吃甜菜做的甜辣色拉吗?……”

我们约定，等我写完这次外出采访的文章之后再见面，并且要一块儿谈谈我脑子里出现的一些和她有关的想法。

我绞了两个星期的脑汁儿之后，把一篇有关彼尔姆的通讯送到总编的桌上，趁这个机会谈起瓦萨。我说，有一位很有才华的姑娘，我们的美术组正好缺人，能不能考虑录用，当然啦，如果能考虑，也要先试用一个阶段。

“好吧，”总编很爽快地回答说，“让她随便什么时候来一下吧！”

“本月底吧？”

“干吗要到本月底？”他笑了笑，“明天就来好啦！”他一面听着自己发的卷舌音，一面很得味地说：“明天下午一点钟吧。对，一点到两点！好吗？”

当天我就去咖啡馆找到瓦萨，把这番话对她说了。瓦萨非常胆怯，我给她鼓劲儿，说了一个晚上。和往常一样，顾客不多，几乎没有人打扰我们。瓦萨非常坦率，就是说，比往常更坦率。看样子，她早就想吐一吐胸中的郁积，现在终于找到了机会。我不打断她，只是有时提一两个问题。也许，我这是第一次触及她这个女服务员的生活的里层。

“您干吗要这样寻根问底？”她不安起来，“是不是想写成文章登到报上去？”

“噢，不是，”我说，“不过，这倒是写讽刺文章的好材料。”

“那您就写吧！”她一反刚才的态度，说，“您就照实写！写写受贿，出售食品弄虚作假，写写经理怎样纠缠姑娘们……全都写出来！”

“我怕别人不理解我的用心，或者曲解。”

“会理解的！”瓦萨很有把握地说，“一定能理解！不过，请不要写我的名字。我这个名字很少见，别人一下子就能猜到这是我。”

“好吧，”我缓了一口气，“现在最要紧的是，你要让我们报社的人喜欢。”

“我尽力而为吧。早晨我把头发做一做，至于穿什么衣服，我已经想好了。”

“穿什么衣服？”

“暂时保密！”

我没有再问。后来我一再为此事感到惋惜。

瓦萨把我送到存衣室。临别的时候，她把两条胳膊搭到我的肩膀上，好像还要说点儿什么，看样子，想说点儿那种话儿……

“哎，”我说，“你可别爱上我！”

“我？！”瓦萨哈哈大笑起来，“才不会呢！”她踮起脚尖，吻了吻我。

第二天她到报社来的时候，她把头发烫成狮子狗模样，一个发鬈儿在额头上，两个发鬈儿在两边耳朵之上。棕红色的麂皮短裙勉勉强强遮住一般的裙子可以遮住的地方。谢天谢地，至少上衣还不是袒胸露背的。

“你和他谈话的时候，可不能弯腰，也不能坐！”我哼哧着说，“他的沙发太矮啦！”

“站着谈话吗？”瓦萨惊讶地说。

“靠墙有一排椅子。你可以坐在椅子上。”

瓦萨明白了，垂下了头。

在开着的一扇门里面，在女校对的对面，有人在念我写的通讯。这给我增强了信心。

总编室里不是总编一个人，他正在和艾·卡列潘诺夫讨论什么事情。

“伊戈尔·康斯坦丁诺维奇找您来啦！”我很带劲儿地报告说，“来谈工作的。”

“噢……噢，是你推荐的那个姑娘吗？好的，请进，请进！”

我推开门，把瓦萨喊进来。

“吧！”艾·卡列潘诺夫惊叫起来，看样子，说的是日本话，“柯凯西·克奥托？阿里高托！”

总编转身对我说：

“你在会客室等一下。”

“他呢？”我有些茫然。

“让他在这儿一块儿谈谈。他是编委嘛。”

我在心里骂了一句，便走进会客室。

五

瓦萨从总编室里轻盈地走了出来，神情迷惘，带着不自然的笑容。

“你到下面大厅里等我，我过一会儿就来！”我说。

总编和艾·卡列潘诺夫见我进去，一齐带着又快活又疑惑的神情叫了起来。

“‘老头儿’,真有你的。”总编说。

“怎么啦?”我莫名其妙地问道。

“你在彼尔姆不大那个吧？不是吗?”艾·卡列潘诺夫问道,“头痛不痛？血压怎么样?”

“你少废话。究竟怎么回事?”我问道。

“是这样,我的好同志,”总编很亲切地苦笑着说,“咱们这是报社,不是带歌舞厅的咖啡馆。这是不同的,你明白吗?”

“我还不明白。”

“那你就太差劲了,”艾·卡列潘诺夫说,“‘老头儿’,你把眼睛睁大点儿！她的额头上明明写着字嘛:二流货色!”

“有些人的额头上还写着‘五流货色’呢！不是也在干着吗?而且还常常出国呢。”

“好啦,好啦!”总编插嘴说,“你最好直截了当说清楚,她是你的姑娘。虽然……”

“她是谁的姑娘,跟这事有什么相干?!”

“好啦,好啦,我考虑考虑,”总编辑用和解的口气说,“让她星期三前后来一趟吧。对了,我还要和你说说……”他看了看台历,“噢,对了！外勤记者之所以叫外勤记者,就是要经常到各个城市和乡村跑跑。不能老是蹲办公室!”

“这一次上哪儿去?”

“上奥廖尔！奥廖尔,‘老头儿’,上奥廖尔去!”

瓦萨已经穿上外衣在等着我,所谓外衣,就是短夹克,刚刚遮住大腿上的麂皮绷带。

“星期三你再来吧,就在这个时间。”我对她说。

“您呢？”

“我要外出。出差。”

“上哪儿去？”

“奥廖尔。”

“那太好啦！”她高兴地说，“能不能请您给我爸爸妈妈带点儿东西？”

“可以。”

“我买东西去！”她的脸红了一下，“这个月我要寄给他们的钱，全买成东西。”

我想起我原来的妻子要我带给她的父母的几个沉甸甸的大盒子，为难起来。

“您放心！”瓦萨对我说，“没有什么容易放坏的食物！”

“这就好办了。”我说。

我们走上覆盖着黑乎乎的、凹凸不平的冰层的狭窄的人行道，朝市中心走去。正是三月天，北风飕飕，十分寒冷。一只只鸽子在光秃秃的花圃里和草坪上冻得瑟瑟发抖。

“您在想什么？”瓦萨问道。

“我在想，你在这样冷的天气，光着两条腿，是什么滋味。”

“我不冷，一点儿也不冷！我穿着连袜裤嘛。”

“‘不论到哪儿，都买不到五十二码的连袜裤。’”

我本来希望瓦萨笑一笑的，可是她已经不记得这句话的来历了，也就没有笑。

“我穿的是四十四码的，”她不解地说，“我妈妈穿五十二码的。啊，她见到您，会多么高兴呀！您才不知道她对文学家怎样呢！”

“究竟怎样？”

“嘿，才尊敬呢！而且还不只是尊敬哩。”

“她如果问，咱们怎样认识的，该怎么回答呢？”

“您编一编好啦！这点儿本事您还没有吗？”

“好，就这么说：咱们是在特列嘉科夫美术馆遇到的。咱们站在一块儿，看希什金的画《松林之晨》。你的带柄眼镜掉在地上。我给你捡起来，并且做了自我介绍。你也只好说了自己的名字。”

“有意思！特别是带柄眼镜，顶有意思。我爸爸妈妈都是老古董，一听到带柄眼镜，肯定非常高兴。不过，我从哪儿来的带柄眼镜呀？”

“那就这样好啦：你的手帕掉在地上，手帕上绣着姓名的缩写字母，我捡起手帕，念了念姓名的缩写字母，就这样，你只好把姓名说了出来。”

“他们根本想不到，我不是舞蹈演员。妈妈如果知道了真相，要难过死了。”

“为什么你偏偏要去学舞蹈？”

“因为我的体型。”

“怎……怎么？”

“要学舞蹈，必须有合适的体型。在两条腿并拢的时候，膝盖上面和下面的空隙必须成为‘8’字形。您瞧！”她站了起来，把两个在尼龙袜里依然显得异常红润的膝盖紧紧并拢。“看见了吗？我的体型条件是最理想的。”

我们一声不响地走了一会儿。

“如果让你进报社工作,你父母会是什么态度呢?”

“噢,那就是另外一回事儿了!我在信里对他们说过,我在学木刻。”瓦萨没有放开我的手,把身子往前凑了凑,看着我的脸色,问:“报社会要我吗?”

“我不知道,瓦萨。”我老老实实地回答说。

“如果能要我,我一定好好干!”

“我相信。”

她深深地叹了一口气:

“要等到星期三,这日子真难熬呀……”

“转眼就到了。”

“您才不知道你们的总编和我说话有多么客气呢!称呼我:瓦萨·瓦莲季诺夫娜!我听着真不习惯,不知为什么,心里真舒服……还从来没有人这样称呼过我呢。”

“假如你的名字不是叫瓦萨,而是瓦尔瓦拉,父称不是瓦莲季诺夫娜,比如说,是普罗霍罗夫娜,他称呼起你的名字就更带劲儿了。”

“为什么?”瓦萨带着好奇的神气笑着问。

“因为他要苦练卷舌音。”

“太妙了!挺有意思,不是吗?”

“简直叫人受不了!”我赞同说。

“万一报社不要我……”她的眼睛亮了起来,闪闪发光,好像想笑而没有笑出来。她每遇到发愁或者难过的事情,都有这种异常的反应。“万一不要我……我的天啊,我又要低声下气地去伺候顾客,伺候经理,伺候同事们……又要去端盘子……又要去看那些吧嗒吧嗒的嘴巴和油光光的嘴唇……有时候我简直觉得，世界上所有的人好像都没有事情干，所以天天吃，吃，吃。真是可怕……”

“别人怎么样呢？”我问这话，既不是责备，也不是教训，而是确实想知道，别的服务人员是怎样忍受这一切的。

“我很羡慕他们，”瓦萨说，“我和他们不一样。我是个怪人。”

“可是他们还羡慕你呢，羡慕你的长相。就比如加洛奇卡。”

瓦萨认为这是应当的。

“大概我的人生使命就是供人观赏。”她沉默了一会，然后这样说。

“你这是什么意思？”我甚至站了下来。

“就是给男人做花瓶。”

萨莫捷卡街上正在建造立交桥。我们站到裸露着的槽子底下，挤到栏杆的一个豁口里。路却断了。只有从一道道小沟上跳过去。我们就像害了神经病一样，一个劲儿地跳了起来，一直来到百花街心公园。

和平电影院在放映两集印度故事片。瓦萨说，非常想去看看。只是到后来我才猜想到，她不过是想多跟我待一会儿，在又暖和又舒服的黑乎乎的电影院里坐坐。那穹顶上的电灯一熄，她就用两手攥住我的一只手，把腮贴到我的手上，一动不动了。过了二十来分钟，我猜到，她睡着了。她那疲惫而安详的脸上有时掠过一丝微笑，那热乎乎的手哆嗦着，把我的手腕子攥得更紧了。

我动也不敢动。好在电影是两集，假如是四集，我会受不住的。

看过电影之后，我们便朝我的住处走去。

我租的房间是在一座老式楼房里，厨房是和房东一家合用，进出的门却是单独的。这对两方面都方便、有利：我自己要怎样就怎样；他们也不受干扰，同时又增加了收入。我这里的一切瓦萨都很喜欢。我的寒碜的一两百册藏书使她惊羡不已。她几乎是踮着脚走到用砖和粗糙的木板搭成的书架跟前，怯生生地抚摩书脊，嘴里嘟囔着："好多书呀……"然后带着敬慕的神情打量我的可怜的家当。房间里唯一像样的东西就是一张书桌，我无论往哪里搬迁，都要带这张书桌的，但是她对这张书桌毫无兴趣。然而，用筐子改做的一个吊灯架给她的印象却很深。

茶炊烧开了，我们便和着黑面包干喝起茶来。真是舒服极了！一直喝到全身冒汗。

"假如我有大象那样的耳朵，"瓦萨带着幻想的神气说，"你什么时候觉得热了，我就用耳朵给你扇一扇。"

她不时地看表，并且害怕起来，说：

"哎呀，已经这么晚啦！我该走啦！"

但是等我准备好送她，把夹克递给她的时候，她却很快转过身来，对着我的耳朵小声说：

"把我留下吧……"

"已经很晚了，"我极力压制着心跳，凭理智判断说，"这会儿还能叫到出租汽车……瓦萨，别走了，好吗？"

……就这样，又过了一天，我便动身前往奥廖尔。

瓦萨在火车就要开动的时候赶了来，谢天谢地，她要我带的东西比我估计的要轻。我把东西扔进车厢里，便跳到站台上，掏出香烟来。

瓦萨没有接烟。

“我戒烟了，”她解释说，“女人抽烟，太不雅观了。不是吗？”

我更细心地看了看她，觉得有点儿不大对头。我终于看出来：她没有擦脂粉。

“你们要接吻就快点儿吧，”女列车员催促我们说，“马上就要开车了！”

我抱住瓦萨，瓦萨的整个身子立即紧紧贴到我的身上。我吻了吻她。

这是最后一次吻。

可是当时我不知道这是最后一次。

六

在奥廖尔，我遇到一家青年报的记者瓦尼亚·捷列霍夫。那时候已经很晚，第二天一早我们又一同上区里去了，所以，瓦萨托我带去的东西在我们的小汽车后备厢里晃荡了好几天。到周末，快到黄昏时候我们才回来。没有费很多事我就找到了瓦萨的父母住的楼房。瓦尼亚让我下了车，就开着汽车走了。可是我在一个个黑乎乎的门洞里又摸索了整整一个钟头，直到把打火机里的油全部耗光，才找到我要找的门儿。

给我开门的是瓦萨的父亲瓦连京·格里戈里耶维奇。瓦萨说过，她的父亲将近五十岁，可是从他的模样看，足足有七十岁了。

他穿着洗得发白的睡衣，戴着游泳小帽，小帽上绣着哥特字体的商标“塔林”。脖子上围着围巾，下巴下面有一个别针把围巾别住。

“请问，您找谁？”他很客气地点了点头，问道。

“我带东西来了。瓦萨托我带来的。”我说过这话，又自报了姓名。

“啊，请进，请进！”

我进了走廊，走廊里堆满了各种各样的破烂东西。我一下子碰到镶木地板上的一个缺口，打了一个趔趄。瓦连京·格里戈里耶维奇搀住我的胳膊。

“小心点儿！有的地方木块脱落了，”他提醒我说，“早就该修修啦，可总是……请脱衣吧。请把外衣脱了。”他忙活起来，弄得我很不好意思。“这边来，请，请！”

房间倒是像个房间，只是家具摆得相当零乱，就好像刚刚搬进来，还没来得及好好摆一摆。房间正当中摆一只高背沙发，紧靠沙发的是一张圆桌，桌上蒙着方格子桌布。沙发后面是几只木箱子。

“瓦连京！”木箱子那边响起一个上了年纪的女人的声音，“是谁来啦？”

“来客人啦，莱萨·米海洛夫娜！”瓦连京·格里戈里耶维奇大声回答说，“我那一半儿，”他放低了声音对我说，“而且是比较大的一半儿呢！”

莱萨·米海洛夫娜不是像我料想的，从箱子里出来，而是从另一个房门上的布幔后面走了出来。她确实是“比较大的一半儿”，如果可以这样说的话。她又高又大，梳得光溜溜的黑头发，在后面挽成一个发髻，连衣裙领口上别着一个老大的琥珀胸针。

“您好！”她用唱歌一样的声音问过好，又伸过手来：不是像平常握手那样，侧棱着手，而是手背朝上，这是让人吻她的手。

我用嘴唇挨了挨她的手，并且感觉到我的头顶被吻了一下。

“我家瓦萨在信中多次说到您，”瓦连京·格里戈里耶维奇看到这种上流社会交际场上的场面，大受感动，动情地说，“您和瓦萨怎样认识的？”

“是偶然相识……我们第一次见面是在普希金美术馆，都在看木刻艺术品。”

“是的，瓦萨在信里提到她在这方面的爱好。”莱萨·米海洛夫娜说。

瓦连京·格里戈里耶维奇给她纠正说：

“这不是爱好，莱萨，我以为，这是天赋！她这是受我的影响：从某一方面说，我也是艺术家呀，我会装饰商店橱窗！我家瓦萨没有对您说过吗？”他用询问的目光瞥了莱萨·米海洛夫娜一眼，好像是请求准许他说下去，“我家瓦萨是天才。她的心非常……”他在寻找字眼儿，“非常玲珑剔透！”

“啊，她真是多才多艺呀！”莱萨·米海洛夫娜插嘴说，“先是舞蹈，现在又是木刻……不用说，您见过她的作品啦？”

“见过一些。”我回答说。

瓦连京·格里戈里耶维奇更起劲地忙活起来：

“咱们干吗这样干坐着？莱萨·米海洛夫娜，快去生火做饭！”

“不用，不用，”我连忙说，“对不起，我坐一会儿就走。”

“不过，是不是来一杯咖啡？”莱萨·米海洛夫娜说。

“好吧。”我点了点头说，为的是不让主人再客气下去。

莱萨·米海洛夫娜很麻利地站了起来，提起我带来的东西，就出去了。看样子，是急着要看看里面究竟是什么。

瓦连京·格里戈里耶维奇瞅准这个机会，蹑手蹑脚地走到食品橱跟前，从里面拿出已经打开过的一瓶葡萄酒和一只玻璃杯。他斟了半杯，带着串通作案的神气把酒递给我：

“喝吧，嗯？”

我摇了摇头。瓦连京·格里戈里耶维奇为了礼节，做了一个请我喝的表情，又客气了几下，然后就把半杯酒倒进那没有牙的嘴里。倒了一口，皱了一下眉头，吧咂了几下嘴，又像刚才那样蹑手蹑脚地把酒瓶和玻璃杯送回原处。

“刚才咱们谈到什么地方来着？”他郑重其事地问，“噢，对了！她确实多才多艺！您这不是看见了，她先是搞舞蹈，现在又搞起木刻艺术来啦！而且……”

“瓦连京！”莱萨·米海洛夫娜在厨房里叫他了，“请你来把咖啡研碎！我的手抽筋啦。”

“我来啦，伙计！”瓦连京·格里戈里耶维奇应声之后，便一再地向我鞠躬道歉，倒退着走了出去。

莱萨·米海洛夫娜回来接替他，马上谈起了文学。她原来是一个书迷。她对我提到她为之倾倒的许许多多作品和作家的名字。天啊，她说的名字当中，我所知道的竟连四分之一都没有。这大部分都是一些著述甚丰，然而名不见经传的小说家。而且莱萨·米海洛夫娜很喜欢对读过的东西进行评论。我觉得,不论在她的思想上,还是在她的议论中,她早已分不清什么是她自己的意见和看法,什么是来自书上的意见和看法了。莱萨·米海洛夫娜的娘家是印刷工匠世家,其祖先差不多是俄国印刷出版业鼻祖费奥多罗夫当年创业的同伴。大概就因为这样,不管什么胡诌八扯的东西,只要是印成文字的,她都十分崇敬,而且盲目相信。

"您可知道,费奥多罗夫的本姓不是'费奥多罗夫'?"她用考学生的口吻问道,"他的本姓是莫斯克维京。费奥多罗夫是他的父称。就是说,莫斯克维京家费奥多尔的儿子伊万。这一点除了我,竟没有一个人知道,真是怪事!"

我带着恍然大悟的表情点了点头。

莱萨·米海洛夫娜仔细朝我看了看,又说:

"您想喝点儿酒吗?"

我还什么也没来得及回答,刚才我已经见识过的那瓶酒和那只玻璃杯又摆到了我的面前。莱萨·米海洛夫娜也和她丈夫一样斟了半杯,端给我。

我没有喝。

莱萨·米海洛夫娜抿了一口,皱了皱眉头,犹豫了一下,觉得总不能倒掉,便一口气喝光了。她来了精神,就说:

"对瓦连京·格里戈里耶维奇要守口如瓶。他绝对不能喝,因为有高血压。"

她把酒瓶和玻璃杯放到隐秘的地方。

"您别以为她的父母不谦虚,"她用郑重其事的语气说,"瓦萨是我们家唯一有本事外出闯荡的孩子呢。这孩子有才华呀。"

她的眼睛湿润了，“她月月汇钱来，我们都习惯了，不等钱汇来就做好了安排。这一次她就使我们为难了。因为我们指望着这些钱（这可是神圣的钱呀，愿上帝保佑她百事平安），已经计划好拿这些钱买一些东西，可是瓦萨却买成东西带回来啦。又是鱼子酱，又是香肠，又是鳕鱼肝。全是特别讲究的东西，紧缺的东西，不用说，这些东西够贵的……”

“比您想的还要贵呢。”我嘟囔着。

“您说什么？”

“这些东西她都是在咖啡馆里买的，按照咖啡馆里售出的价钱。”

“您可瞧瞧！本来就贵，这又是加价的。这孩子真不应该这样乱花钱，还有更要紧、更不能缺少的东西要买呢。”

“大概，她是希望这样好些吧？”

“请您告诉我家瓦萨，如果她挣到什么外快，是的，能挣钱的机会还少吗？”莱萨·米海洛夫娜把喝咖啡的家什摆到桌上，“比如说，举办计划外的歌舞音乐会，就让她把这些钱汇一些回来，您能转告吗？”

瓦连京·格里戈里耶维奇端着咖啡壶走了进来，给我解了围，要不然我真不知道如何回答。

一闻到咖啡气味，就有一些人跑了来，有女人，也有男人，在这之前这些人不知是在什么地方。一个个都带着馋得冒火的眼神来倒咖啡，争先恐后，你推我挤，小声争吵着。唯有我没有喝到，不过，还算幸运，除了我自己，这一点谁也没有察觉。咖啡不喝就不喝，去它的吧，我巴不得赶快离开这儿。

瓦连京·格里戈里耶维奇看到我焦急不安的样子,误解了我的意思。

“跟我来!”他很快地站起来,说。

我也站起来,他搀住我的手,把我领进卫生间。

“您误会了,”我说,“我是要走了,我在离开之前还有一些事情要办。”

“噢,噢,”他亲热地笑了笑,“这也没什么!”他把门关上,插上插销,并且放低了声音,“您有没有三四个卢布? 不过,可不能让我家莱萨知道。”

我给了他三个卢布,再多我也没有了。

外面的食品店这时候还在营业,不过关门的时间也快要到了。在我起身告辞而莱萨·米海洛夫娜一再表示挽留的时候,瓦连京·格里戈里耶维奇很明显地站在我这一方,并且主动地说要送我。

我们来到大街上。他把我领到公共汽车站,匆匆和我握了握手,就快步朝着一块霓虹灯招牌走去。

汽车还没有来,他就回来了。他连蹦带跳,用手按着重得往下坠的外套口袋,冻得蜷缩着身子。

“怎么,您还没有走呀?”他极不自然地说。

“这不是,还在等呢……”

“哎呀,您真不知道我多么心疼我家瓦萨,多么想她呀! ……”他一面说,一面擦着眼泪,也许,那是风吹出来的。“她简直太像我啦! 而且比我还要好! 我就没有胆量从这样的地狱里挣出去,她就有! 什么也不怕,什么困难都不在乎……可是我怎么样？整天忙得团团转，什么都搞不好……”

七

车站上比较暖和，但也相当嘈杂，在候车室过夜的旅客们吵吵嚷嚷，一次又一次地把睡意和安静驱散。

开往莫斯科的火车在早晨四点以后才开来，在火车开到之前，我坐在一张木沙发椅上打盹儿。在我的斜对面，蜷缩着两个干瘦的老奶奶，穿的衣服一模一样，手提箱也一模一样，看来，她们是亲姊妹。忽然跑进来一个年轻女子，瘦长脸，浅灰色鬈发从头巾里露了出来。她对我挤了挤眼睛，好像是想取得旁人的同情，便冲着两个老奶奶奔去。据我理解，其中一个想必是她的婆婆。她要她们把手提箱打开。她发现了一把一钱不值的小梳子，便高兴得不得了，认为这就是罪证。那神气好像是说：哼，我就知道你们总要偷点儿东西，还算贵客呢！

那个被搜出倒霉的梳子的老奶奶一再解释：这是小孙子给她的，是小孙子给的嘛！不管怎么说，她就是不相信……

这整个场面伴随着对老奶奶的东西的搜查（一绺用细絛捆着的头发抖落在地上）和儿媳妇神经质的惊叫声。后来她终于走了，临走时还摇晃着食指，做着吓唬人的手势。

这事儿刚刚过去，其中一个老奶奶又发现丢了车票。她们在沙发周围上上下下找了个遍，就是找不到，只好再去买一张。

她们朝售票处走去。等她们走回来，一声不响，神情十分沮丧。我本想站起来，不再置身于我无意中碰到的这个不愉快场面之中，但是两个老奶奶自己走开了。她们是往不同的方向去的，虽然其中的一个离上车至少还有一个钟头，她们却匆匆告别，各自走开了。

我走到外面。寒冷凝结起白天落在沥青上的湿气，为车站广场描绘出千万朵奇形怪状的霜花。我在这儿又看到那两个老奶奶。她们无目的地在车站旁边走着，无意中走到了一起，两个人都感到很不自在，便装作彼此没有看到的样子。我掏出香烟。但是打火机里已经没有油了，我只好等着向什么人借火。

有两个人顺着很陡的台阶往上爬：一个女的，穿着皱皱巴巴的连衣裙和胶皮靴；一个男的，也穿得破破烂烂，颈前系着围巾。马上就有一名民警走来，把他们赶了下去。我问，这是什么人。这时候出现了另一名民警。

原来的民警回答说：

“逃票的……”

另一名民警用老练的目光把我打量了一遍，谨慎地说：

“旅客嘛，谁知道他们是什么人……”

所有这些奥廖尔的见闻，在我心中组成一种困苦与无望的沉重感。不知为什么我想起了不久前同车采访的伙伴瓦尼亚·捷列霍夫，他也是大大为采访所苦，为家庭负担、为等待住房发愁……瓦尼亚劲头儿来了，就兴致勃勃地讲自己的打算，讲自己构思中的一部宏伟的小说，说自己下定决心要一个人躲进寂静的森林守望棚里去。我当时就想，他这些打算未必能实现……

在车站广场的角落里，装在百货店橱窗上的站外信号铃震耳欲聋地响了起来。我朝着民警指了指信号铃。

“大概是线路通了。”一位民警压制着哈欠，回答说。

“不是我们这一段。”另一位民警说。

谢天谢地，我要乘的列车开到，开始剪票上车了。

车厢里很暗，旅客都在睡觉；我也试着睡一睡。奇怪的是，我真的睡着了。我断断续续地做起了离奇怪诞的梦，在这样的梦境里，听到的声音往往化为概念，概念又化为具体事物，还梦见一个小姑娘，可能是瓦萨，但是还很小很小，很柔弱，而且孤孤零零……小姑娘在月光下顺着荒凉的小路顺从地朝前走去，前面有更大的孤独在等待着她。那里有许许多多死去的东西，一切都是死的，就好像进了冥国的边界。小姑娘哭累了，她的眼泪干了，四周的一切使她感到害怕，引起她纯真的好奇心，于是她信赖地用手抚摩这些已死的东西……

我带着沉重的心情回到莫斯科。

只有一个办法可以摆脱心头的沉重感，那就是毫不迟延地马上开始写作。

“能不能快一点儿？”我对出租汽车司机说。

“怎么不能？”司机说，“行！”汽车却开得更慢了。

昨天莫斯科的温度在零上，夜里却骤然冷起来，所以路上结了一层冰壳子。司机们最头疼这种玩意儿……

* * *

总编辑指望我写一篇生动活泼的关于农村新风尚的通讯。

我上路前他嘱咐我：在篝火上跳来跳去，顺着涂了肥皂的柱子爬上去取靴子，这些活动都充满着青春活力，富有生气，甚至可以说充满多神教的色彩！但这些活动的基调与过去完全不同了，明白吗？这一切你可以写得引人入胜！你应当带回一篇光辉灿烂的文章来。他把“光辉灿烂”几个字说得有滋有味的。

但实际的材料怎么也套不进去他设计的框框。由于采取了某种措施，在野外进行的各种狂欢，最后总是以大家喝得酩酊大醉而结束。一位女积极分子的妈妈带着十分担心的神情(看样子不是无缘无故的！)对我说，她的女儿实际上快要成酒鬼了。我在整理材料的时候只好放弃了这次采访的记录。

对于总编的态度，我并不抱什么幻想，因为我十分清楚，他将怎样对待我如实写出的文章，所以我在奥廖尔就开始准备如何同他对话。我把我要说的话在青年报记者瓦尼亚身上试验了一下。受到测试的瓦尼亚一个劲儿眨巴眼睛，而且眨巴了一阵子，然后犹犹豫豫地说：“这怎么能行呀？还没有人这样写过哩！不行啊，别人会说这是丑化现实！虽然，不过……”

我还是第一次这样下劲儿，这样发狠地写东西。可以说，一口气把一篇通讯写好了。

总编见我这样快就把文章交出来，又惊讶，又高兴。他亲自批给我两天假，让我料理一下私人生活。我高兴得都忘了问，瓦萨的事情是怎样决定的。

噢，瓦萨……我回来之后，没有马上去找她，也没有打电话给她。三天中我们的关系不会有什么变化，而我怕的是松了劲儿，失去锐气，写不成文章。见面后，我就这样解释了一下。瓦萨一副心不在焉的样子，一声不响地点了点头，什么也没有问。我不厌其烦地说了说我去探访她的父母的情形，称赞了她母亲的博学多识和她父亲调制咖啡的本事。她听着，微微笑着，露出不大相信的神气。

“你在这儿感到寂寞吗？”我问道。

“有一点儿……夜是那样长。我们这儿很冷，已经不生炉子啦……我一直在等您的电话呢。”

现在我才明白，我使她多么难过，可是当时……

“我就把做头发的吹风机开了，带着吹风机进被窝，让吹风机的呼噜声伴我入睡……”

“你上报社去过吗？”我忽然想起来，便问道。

“去过……”她的眼睛又亮了起来，露出想笑而笑不出来的样子。

“我明白了。”我说。

我们都不作声了。有人唤瓦萨，她过了好一阵子才回来。

“今天怎么样？我去找你吗？”我问。

“今天女房东要回来，我要在家里等她。”

“明天呢？”

瓦萨耸了耸肩膀。

“好吧，”我说，“咱们在电话里再商量好啦。”

我回到住处，看到一封电报，是主任秘书打来的。

“怎么回事儿？斯拉瓦？”到第二天，为了看看究竟，我去了，尽量装出轻松自在的神气，这样问道。

主任秘书阴郁地把我的文章交给我。用回纹针夹着一张纸片，上面是编委们的意见。减号带加号，一个无法辨认的署名。一个减号，没有署名。一个减号带一个惊叹号和问号，署名是艾·

卡列潘诺夫。“我反对”——没有署名。“唉!”又是没有署名。最后一行是总编的意见:“前往纳里扬马尔重新采访!”

“总编的意见是对的,”主任秘书说,“你上纳里扬马尔去吧。写写民族风俗来摆脱困境吧。带上一位摄影记者,搞一些彩色幻灯片。”

“可以让积极分子喝酒吗?”

“这种事儿有些地方可以灵活点儿。”主任秘书用蓝眼睛看了看我。

“总编在吗?”我问。

“大概在……”

“……瞧你搞的,‘老头儿’!”我还没来得及开口,总编就叫了起来,“就这样啦,你去纳里扬马尔,只有去纳里扬马尔,而且要抓紧!”

我要求他说明理由。总编脸色阴沉下来:当然,有的人在某些方面出点问题,有时候他是容许的,但不能一概而言。

于是我一股脑儿说出了我对他的意见,说穿了他有意练卷舌音的事,当天我就被免职了,借口是调我去搞创作。

我提出,我要上诺里尔斯克去待一个月,让社里给我出差费,就算给我的退职金。出这样一次差,花钱不少,但是总编一声不响就批了,因为这城市名字也有他需要练的卷舌音。

“上诺里尔斯克就上诺里尔斯克!”他一面很带劲儿地练着卷舌音,一面把出差介绍信递给我,“一路平安!”

八

今天是瓦萨的休息日，可是她没有来。我一直等她到深夜，到末了和衣睡着了。到第二天，我就去买飞机票，办理去诺里尔斯克的手续，然后又收拾行装，所以这一天也没见到她。第三天是动身的日子，我给她打了个电话，告诉她，我要乘飞机动身了。她问清了动身的时间，并且说马上前来送我。但是我叫的出租汽车都到了，她还是没有来。汽车司机都发急了。

不过，我还是抱着希望。以前，还没有遇到瓦萨的时候，我认为所有的送行，尤其是出差时的送行，都是没有必要的、没有意义的，是莫名其妙地浪费别人的时间。那时候我还不懂，实际生活和理性活动之所以不同，就在于这样一些“没有意义”和“莫名其妙”。

我乘出租汽车来到机场，才知道飞机起飞时间推迟了，我是听到这个消息唯一感到高兴的乘客。可是瓦萨也没有到机场来。不管我怎样扭脖子，用眼睛在大厅里搜索，不管我在检查处怎样磨蹭，拖延时间，还是没有看到瓦萨。

我在诺里尔斯克待了一个多月。时间和种种新的见闻多少冲淡了我的懊恼心情。我曾经想和她通个电话，但是这里和莫斯科之间没有长途电话，我也就没办法了。

我在六月里的一个早晨回到莫斯科。仍然和去时一样，我还穿着皮大衣，戴着皮帽，就径直地从机场直奔瓦萨的住处。我浑身大汗淋漓，一口气登上第七层楼。给我开门的是一位太太，身穿长绒毛的女袍，头上还带着卷发器。看样子，她看到我这身装束，并没有感到别扭。

“请进，请进！”她一连声地说，甚至都没有问，我是什么人，来干什么的。

“我是找瓦萨的。”我对她说。

“瓦萨搬走啦……”她回答说，“这边来吧，咱们来一块儿用早点！”

“她没有留下新的住址吗？”

“我没有问……”她舒舒服服地伸了一个懒腰，“有咖啡，还有炸面包，您喜欢吗？我这就去端来！好同志，您上哪儿去？”

在下楼梯的时候，我带着来迟了的担心心情想，莫不是她把瓦萨卖了，——她那样子并不怎样吸引人，真不知为什么会有那么多活泼愉快的年轻人一到星期天就涌到她家里来。

我回到住处，多少平静了一些，冲了一个淋浴，换了衣服。咖啡馆是十一点开门，我来到咖啡馆已经是十一点半了。

女服务员加洛奇卡愣愣地打量了我一阵子，咕哝着嘴巴，不知想说什么。我至少问了三遍，她才回答说：

“她不在，不干啦。”

“怎么不干啦?!”

“不干就是不干呗！”她用不屑一谈的口气进一步解释说：“本来嘛，已经玩野了，有多次不来上班。不是我，就是津卡给她代班。后来她就和一个人混起来了。有一次她说，我来介绍介绍，这是我的野佬儿！什么样子吗？黑乎乎的，一副怪打扮。她还笑哩，笑得咯咯响！那模样儿实在够瞧的！”

“现在她在哪儿,知道吗?”

“我才不想知道哩!”加洛奇卡又把我打量了一遍,问:“要牛仔裤吗?不贵。一卢布八十戈比。”

我说,不要。我这时已经知道,这些“混混儿”出口要的价钱至少要减去两个零。

在居民住址查询处也查不到瓦萨的地址。原来,托利克收齐了她的钱以后,马上变卦,把她的名字从户口簿上勾掉了。

还有一个途径可以打听她的地址,那就是通过她的父母,但是我还没有下定决心马上给他们写信,生活的列车就开动了,生活载着我飞跑,我简直没有工夫回顾往事。

几年以后的十二月三十一日,到午夜还有三个多钟头,我原来的妻子给我打来电话,说我的儿子很希望跟我一块儿迎接新年。我抱着一线希望跑到街上去,想买一株新年枞树。我不指望在枞树商场买到,商场今天上午就停止出售了,但是往年我常常从沿街叫卖的醉醺醺的小贩手里买到枞树。

商场里,只有值班室的灯还亮着,大门口的灯已经熄了。不管我怎样朝黑暗中窥视,在冷风中怎样蹦跳,既看不到醉醺醺的小贩,也看不到清醒的小贩。我决定搜集枞树碎枝,哪怕有一点枞树气味也好,所以我在枞树枝叶堆中搜索起来。

雪地上出现了人影,我听到一个女子问道:

“请问,今天已经不卖枞树了吗?”

“不卖啦。”我嘟嘟囔囔地说。

“明天呢?”

“明天是一月一日啦。”

“一月一日以后呢?”那女子还不死心。

“一月一日以后一定还要卖,”我说,“不过,要到年底。”

我没有听到回答,却听到我很熟悉的那种带有憾意的笑。

我抬起头来:

“瓦萨? 是你?”

但是,那穿着紧身黑大衣的柔弱的身影已经转过墙角,消失在黑暗中。

译自《莫斯科》1986年第10期

怪姑娘

怪姑娘

——八十年代纪事

符•柯罗连科

一

“车夫,快到站了吗?”

“还得走一阵子呢,暴风雪前怕是赶不到的。瞧,天上雾茫茫的,风头到了。”

是的,很明显,暴风雪之前是赶不到的。傍晚,越发冷了起来。只听得雪橇擦过积雪咯吱咯吱地响着,冬天的风——朔风——在黑黝黝的松林里狂吼;沙松的枝丫直伸到狭窄的林中小路上,在薄暮时候苍茫的夜色中忧郁地摇曳着。

又冷又别扭。雪橇太窄小,挤得动都不能动,尤其讨厌的是两个宪兵的军刀和短枪摆来摆去的。雪橇挂铃奏着一支没完没了的单调的曲子,给刚刚亮开嗓门儿的暴风雪伴奏。

算是幸运——怒吼的松林渐渐稀疏,露出了客店孤零零的灯光。

押送我的两个宪兵一进了暖暖和和的、熏得乌黑的、昏暗的房子里,便拍打身上的雪,弄得军刀和短枪叮叮当当直响。房子里既寒碜又冷清。老板娘正拿一根烟气腾腾的松明子往烛台上插。

“老板娘,有没有什么吃的?”

“什么也没有……”

“鱼也没有吗?你们离河这样近。”

“原来是有鱼的,可是叫水獭给吃光了。”

“土豆总会有吧?……”

“哎呀,别提啦!我们今年土豆全冻死了,一棵没剩下。”

这就毫无办法了。难得的是,总算搞到一只茶炊。茶一喝,身上就暖和了。老板娘又提来一篮子面包和大葱。外面风雪交加,雪粒儿一个劲儿地在敲打窗子,连松明子那点小火头儿都在一阵一阵地抖动,摇摇欲熄。

“你们走不成了,住下吧!”老板娘说。

“住下就住下。我看,先生,您也没什么好着急的。您瞧,这地方就是这么个鬼样子……到了那地方还要更差些。我讲的是实话。”一个宪兵说。

房子里静了下来。连老板娘也收起纺车睡下了,松明子也不再点了。一片黑暗和沉寂,能听到的只有一阵紧似一阵的风声。

我没有入睡。在风雪怒吼声中,数不尽纷乱的思绪浮上脑际,一个接一个地飞掠而过。

“先生,看样子,您是睡不着吧?”说话的还是那个宪兵,他是

“领班的”，这是一个非常讨人喜欢的人，面孔和蔼可亲，像个读书人，他精明灵活，懂得分寸，因此并不刻板，一路上能方便处尽量给方便，决不官腔官调的。

“是的，睡不着。”

在沉默中度过了一些时间，但我听到我的邻床人也还没有入睡。看样子，他也是睡不着，他的脑海也在想一些什么事情。另一个押送兵，年轻的“副手”，已经睡着了。一个身强力壮而又疲劳至极的人，睡起觉来那可是够甜的。有时还呜噜呜噜地在说梦话呢。

“你们这些人真古怪。”又听到那个宪兵平和而深沉的声音，“年纪轻轻的，可以说是身份高贵，学问很深，——可是，太不会给自己打算了……”

“怎么？”

“咳，先生！难道我们就一点不了解？……我们十分了解，过去您过的可不是这种生活，这种日子可不是从小就过惯的……”

“嗯，您讲这话没多大意思……时间长了也就过惯了……”

“您难道觉得快活？”他用怀疑的语调说。

“您可快活？……”

默然。加夫里洛夫（和我谈话者的姓氏）看样子正在想心事。

“不快活，先生，我们才不快活。说实话，有时候简直难过得不想活下去……什么原因，我不清楚。反正说不定什么时候就莫名其妙地难过一阵子。”

“怎么，可是当差太苦？”

“当差没什么了不起的……自然，当差不是好玩儿的事，而且应当说,上级也够严的,但都不是因为这些……"

"那又因为什么呢?"

"谁晓得? ……"

又是一阵沉默。

"当差没什么难的。照章办事就行了。况且我也快退役了。我是征集入伍的,快满期了。可是上级对我说:'加夫里洛夫,留下吧,你回到乡里有什么好干的? 你这人倒是不错的……'"

"那您留下啦?"

"不留下。虽说回家有回家的难处……农活儿生疏了……吃饭穿衣,不用说,还有待人接物……粗里粗气搞惯了……"

"那您究竟因为什么?"

他沉思片刻,然后说:

"先生,要是您不厌烦,我给您讲一件事情……是我遇到的事情……"

"您讲吧……"

二

"我一八七四年应征入伍,一入伍就直接编入骑兵连。我干得很卖力,可以说是忠心耿耿,军规军务渐渐都熟悉了:参加检阅,到戏院执行弹压……不外乎这些事。我读过几年书,又加上上级教导,自然能过得去。有一位少校是我的同乡,他看到我勤奋,有一次找了我去,对我说:'加夫里洛夫,我想提拔你做军官……你有没有出过差?'我说,长官,一次也没出过。'下一次我派你做副手，押解犯人，事情不难，只是要细心。'我说，长官，遵命，我愿意效劳。

“我确实没有出过一次差，就是说，没有押解过犯人。就算不是什么难事情，可总得知道如何照公文行事，而且还需要精明干练。好吧，那就去跑一趟……

“大约过了一个星期，这位长官果然叫值日兵前来传我，并且传召一位军士。我们奉命来到。他对我们说：'要你们去出一趟差。'他对那位军士说：'给你配一名副手。他没有出过差。你们要谨慎从事，不能懈怠，兄弟们，办事就要办漂亮。你们要押解的是一个监狱里的女犯，是一名政治犯，叫莫洛佐娃。这是公文。明天你们领过出差费立即出发！……'

“军士伊凡诺夫做领班，我给他做副手，就像现在我手下这个士兵一样。领班的负责携带公文袋，亲自领钱，领取公文，他负责办手续，经管出差费；士兵只是协助他：跑跑腿，看看东西，做一些诸如此类的事。

“且说，我们一切准备停当。第二天，天麻麻亮，我们出了营房，我一看：我们那位伊凡诺夫不知在哪里已经喝过几杯了。说实在话，这个人很不可靠，——如今也已经降职了——他在上级面前勤勤恳恳，十分卖力，甚至还会告别人的小状，很得赏识。一离开上级，就胡搞一气，第一件事便是喝酒！

“我们来到监狱里，按照手续递上公文，就站在外面等候。我感到十分新奇：不知我们押解的是一个什么样的女犯，而且押解路程这样远。这条路线是经常押解犯人的，但这次不是解往乡下，却是解往县城。于是我第一次感到十分新奇，心想：这名女政治犯是一个什么样的人物呢?

“我们等了一个钟头的样子,她的东西也收拾好了。只有一个小包,里面无非是衣裙之类的东西,还有一些书,此外再没有什么了。我心想,看样子,父母不是有钱的。等到将她带出来,我一看,年轻得很哩,我觉得简直是个孩子。头发淡黄色,梳成一条大辫子,两个腮尖子红红的。过了一会儿我才看清了,她面色苍白,皮肤没有血色。我立刻对她产生了同情心……心想,当然啦……官府是不会冤枉人的……一定是她在政治方面做出了什么事情……可是……总是怪可怜的,叫人心里着实不忍!

“她穿起大棉袄,又穿套鞋……我们检查了她随身携带的物件,就是说,我们这是照章办事。我们又问她:‘你带多少钱?’只有一个卢布二十戈比,——领班的将钱拿过来收好,又对她说:‘小姐,我得搜搜您的身上。’

“她好不气恼,两眼冒火,红脸蛋儿涨得通红……嘴唇直打哆嗦,气鼓鼓地朝我们望着。说实话,我有点儿怕了,真不敢去碰她。可是领班的仗着酒后胆壮,径直朝她走去,说:‘非搜不可,我有公事在身……’

“她登时大叫一声,连伊凡诺夫都退了回来。我朝她一望——她面色灰白,一点血色都没有了,两眼阴沉沉的,满脸怒气……一面跺着脚,嘴里一个劲儿地在讲着。不过,说实话,我也顾不得听她讲的是什么了……监狱看守也害怕了,给她端来一杯水,央求她说:‘请您别生气,要爱惜自己的身子!’可是,她并不给看守面子。她说:‘你们都是恶棍,狗奴才!’诸如此类不中听的话她骂了不少。不管怎么说,反抗官府那可是不好。我心想,这还了得,太凶啦……真不像是一个有身份的人!

“我们没有动手搜她。看守领她进了另一个房间,不一会儿又同一名女看守一块儿走了出来,说:‘她身上什么东西也没有。’可是她朝他望着,差点儿要笑他多此一举,两只眼睛依然显出恼恨的样子。伊凡诺夫自然摸不着头脑,瞪着眼睛,嘴里一面嘟囔着说:‘这不合手续,我公事在身!……’但是看守没有睬他。不用说,看到了他醉醺醺的,何必理睬一个醉汉呢!

“我们动身上路。轿式马车走在大街上,她一个劲儿地望着车窗外,像是在同城市告别,也许是希望看到一两个熟人。可是伊凡诺夫一下子将两边窗帷拉了下来,将车窗遮上了。她便躲在角落里,蜷着身子,也不拿眼睛望我们。我实在忍不住,抓住一边窗帷的边儿,装作自己要向外望的样子,掀开一道缝儿,好让她能望到外面……可是她再也不望一眼,气呼呼地坐在角落里,将嘴唇咬得紧紧的……我暗自在想:怕是要咬出血来的。

“我们换乘上火车。这一天天气晴朗。秋天的九月,天高气爽,阳光灿烂。清新的秋风吹着。她坐在车厢里,打开窗子,探头于车外,迎接秋风的吹拂,一直保持着这个姿态。依照规章,这是不允许的,就是说,不允许开车窗。可是我们那位伊凡诺夫一进了车厢,便打起鼾来;我又不敢对她讲什么。后来我鼓了鼓勇气,走到她跟前,说:‘小姐,把车窗关上吧。’她一声不哼,好像不是对她讲的。我站在那里等呀,等呀,后来又说:

“‘小姐,要着凉的,——风太冷啦。’

“她转过身来,用两只大眼睛盯着我,好像有点儿惊愕……望了一会儿,说:‘算了吧!’说完又将头探到窗外去。我无可奈何,只好走开。

“她似乎平静一些了，关上车窗，将棉袄一裹，暖和一下身子。如我所说的，凉风吹来，实在够冷的！过一会儿，她又拉开窗子，临风坐着。坐了那么久的监狱，不用说，是多么想看看外面的风光。她甚至高兴起来了，看着看着，露出了笑容。这时候她那样子真好看极了！……确实很动人……”

加夫里洛夫停了叙述，陷入沉思。过了一会儿又继续讲下去，像是有点儿腼腆的样子：

“……当然，这都是因为没有经历过……后来押解过许多次，也就无所谓了。那一次我可是觉得稀奇得很，心想：这么一个女孩子，要我们押解到哪里去呢……还有……说心里话，先生，请您别见笑，我心想，要是上级准许，我真想娶她做老婆……当然，这是十分幼稚的想法……糊涂得很哩……这会儿我就清楚了……那会儿我在做忏悔时对神甫讲了，神甫说：‘你这种心思如不消除，是要中邪的。因为她是连神都不信的……’

“到了科斯特罗马，就要换乘马车了，可是我们那位伊凡诺夫一直是醉醺醺的：一喝必醉，酒醒又喝。他走下火车，还是东歪西倒的。我心想，这可不妙，可别把公款搞掉了。他一上了驿车，便躺倒打起鼾来。她坐在旁边，厌恶透了。在她眼里，他简直是一个无赖。她缩拢自己的身子，生怕挨到他一点儿，——并且还在拼命朝角落里挤，我只有坐到赶车人的位子上。等我们上了路，刮起了凛冽的北风，我冷得直打哆嗦。她咳嗽得很厉害，便拿围巾将嘴巴捂住，我一看，围巾上鲜血红殷殷的。我的心像猛然给扎了一针似的。我说：‘咦，小姐，这怎么行！您有病，走这么远

的路，又是秋天，天这么凉！……这样下去可不行！'

"她朝我望了一眼，打量打量我，看样子心里又恼火起来，说：

"'您当真糊涂？难道不晓得不是我自己要走路？真有意思，自己押着别人走路，还要假惺惺怜惜别人走路太苦！'

"我说：'您当时对我们上级讲一讲不就行啦。到医院里住些时候，用不着在这样的大冷天赶路。路远得很哩！'

"她问：'到什么地方？'

"您晓得，我们是严禁向犯人透露押解地点的。她看到我显出为难的样子，便转过身去，说：'我不该问您……您别讲吧，您也不要管我的事。'

"我忍不住讲出了押解地点。我说：'瞧，就送您到这样一个鬼地方。不近哩！'她咬咬嘴唇，皱皱眉头，但是一句话也没讲。我摇了摇头……说：'小姐，苦着哩。您还年轻，不晓得是怎么回事。'

"我着实感到不平……十分气愤……可是她望了我一眼，说：'您这样操心是多余的。怎么回事，我完全知道，可是我还是不住医院。多谢了！要是死，死得自由，死在自己人跟前，那要好些。说不定也还能好起来，那就重新生活在自由的天地里，不是你们监狱的医院了。您以为我的病是风吹的，着了凉？那才不是！……'我问她：'怎么，您有亲戚在那里？'因为她说是死是活都希望在自己人跟前，所以我这样问她。

"她说：'没有的，那里既没有亲戚，也没有朋友。那地方我是完全陌生的，可是，肯定有像我这样的流放者，他们是我的同志。'我不禁一惊,心想:她怎么能将陌生人叫作自己人呢?到了那里,难道就有人关心这个素不相识的姑娘,会有人不要钱就管她的吃喝?……这话我没有问出口来,那是因为我看到她竖起双眉,不耐烦我寻根究底。

"我心想,好吧……那就让她去瞧瞧!她还没过过穷日子哩。去吃点儿苦,也许就晓得异地飘零的滋味了……

"傍晚黑云压顶,冷风吹来,下起了秋雨。本来就泥泞不堪的道路,如今简直成了泥浆的海洋。泥浆四处飞溅,我的背上就像糊上了一层泥巴,她也被溅得够呛。一句话,算她倒霉,碰上了顶糟的天气。雨水直往脸上浇,要是有车篷,或者有一块芦席给她遮一遮,倒也罢了,可这都是空想!她浑身湿漉漉的,冷得缩成一团,我一看,她不住地在打哆嗦,眼睛闭着。脸上雨水哗哗地淌,脸煞白煞白的,全身一动也不动,像是失去了知觉。我怕了起来。我看事情不好,这样下去可不妥当……伊凡诺夫醉得糊里糊涂的,只顾打鼾,天掉下来也不知道……这种局面真叫人为难,何况我还是第一次出差。

"来到雅罗斯拉夫尔城时正是黄昏时候。我推醒了伊凡诺夫,进了客店,我唤人烧起茶炊。从这座城市往前去是通轮船的,可是按照规定是严禁用轮船押送犯人的。其实用轮船押送对我们当差的也有好处,既省钱又省许多麻烦,但怕的是出意外。码头上有警察执勤,要不然就有我们的同行——当地的宪兵监视着,他们是喜欢向上级报告的。这时,小姐对我们说:'随你们怎样,我不坐马车了。让我坐轮船吧。'伊凡诺夫气得微微睁了一下醉眼,说:'这事用不着您过问。叫您往那里去,你就得往那里

去!’她再不理他,只对我说:

“‘您可听到我讲的:我不走了。’

“我于是将伊凡诺夫喊到旁边,对他说:‘还是乘轮船吧。乘轮船对您也好些:可以省几个钱用用。’他也很想这样,可是有点儿怕。他说:‘这地方有上校驻节,弄不好要受处分的。你前去请示一下,就说我生病了。’上校就在附近。我于是说:‘我们一块儿去吧,带小姐一块儿去。’我怕的是,万一伊凡诺夫又是醉醺醺地倒头大睡,难免要出事情。说不定她会跑掉或者自寻短见,那就吃不消了。我们便一块儿去见上校。上校出来见我们。他问:‘有什么事?’她于是向他讲了我们的意思,但是她同上校讲话照样用的是很不礼貌的语调。她理应恭恭敬敬地向他请求:如此这般,请您开开恩吧,——可是她照样硬邦邦地问他‘有什么权力’这样对待她,诸如此类的话讲了不少,她讲的反正都是你们这些人爱讲的一些很不中听的话。您自然晓得,当官的是不喜欢这样的。当官的喜欢恭维。不过,他听了她的话并没有发火,而是客客气气地回答说:‘小姐,不行,我可是无能为力。小姐,这是法律………不允许的!’我一看,小姐又气得满脸通红,两眼怒火逼人。‘哼,法律!’——她冷笑一声,气愤而响亮地说。上校对她说:‘是的,小姐,法律不允许。’

“说实话,我当时有点儿一时胆大,也插嘴说:‘大人,法律是不错的,可是,您得垂察,他们两个都有病啊!’他严厉地望了我一眼,问我:‘你叫什么名字?’又对小姐说:‘小姐,您既然有病,能否去住监狱医院?’她一句话没讲,掉头就走。我们跟她走了出来。她是不愿住医院的,而且说实在的,既然当初没有住医院,如今在此地既没有钱，又是人地生疏，那才不必呢。

“这就毫无办法了。伊凡诺夫埋怨起我来：‘你看怎么办吧，你出这么个浑蛋的主意，我俩都得倒霉。’他吩咐套车，不想在这里过夜了，打算一入夜就出城。我们走到她跟前，说：‘小姐，车套好了，请上车吧。’她躺在长椅子上，身上才暖和了一点儿。她一跳跳了起来，站在我们面前，腰杆子挺得直直的，对直地逼视着我们，说真的，那样子简直叫人害怕。她说：‘你们可恨透了！’她又慷慨激昂地讲了起来，叫人听也听不懂。讲的像是俄国话，可是简直叫人不懂。但听得出是愤怒的控诉，她说：‘好啦，你们有仗恃了，可以随便怎样折腾我了，有什么鬼点子都拿出来吧。走就走吧。’茶炊还摆在桌子上没有生火，她还没有喝茶呢。我和伊凡诺夫的茶已经烧好，我于是给她倒了一杯。我们也买了白面包，我也给她切了一块。我说：‘吃一点儿吧，吃了才有精神赶路。不要客气，吃点儿身上也暖和些。’她正在穿套鞋，这时放下套鞋，转过身来，朝我望了望，然后耸耸肩膀，说：

“‘这个人真有意思！您大概是疯啦。我会喝你们的茶？’我当时实在觉得尴尬，直到现在我想起来都觉得脸上火辣辣的。就拿您来说，我们好意请您吃点什么，您并不厌恶。我们押解过一个上校的儿子，叫鲁巴诺夫的，也没有厌恶我们。可是她倒厌恶起来了。后来她又叫人特意给她烧起茶炊，放到另外一张桌子上去。不用说，这样一来就得付两份茶钱和糖钱。可是她的钱呢，总共只有一个卢布二十戈比。”

三

加夫里洛夫停了下来。这时房子里一片寂静，只能听得见那位年轻的宪兵均匀的呼吸声和窗外风雪的沙沙声。

“您没有睡吧？”加夫里洛夫问我。

“没有，请您讲下去，我听着哩。”

加夫里洛夫停了一会儿之后，又接着往下讲：

“……因为她，我当时伤透了脑筋。夜间行路，秋雨绵绵，气候太坏了……穿过森林，森林里狂风呼呼叫着。我和她对面不相见，因为黑夜加上阴雨，简直是伸手不见五指。可是说真的，在我眼前她一切都是清清楚楚的：她的眼睛，那气愤的面孔，她那冻得发抖的样子，她总是朝远处望着，那样子脑子里是在反复想着有关自己的一切。离开客店的时候，我给她披上一件皮袄。我说：‘穿上这件皮袄，总要暖和些。’她将皮袄摔了下来，说：‘您的皮袄，留着自己穿吧。’皮袄确实是我的，我听出她不穿的原因，便对她说：‘不是我的皮袄，是公家的，每个被押解的人都有一件。’她才披上了……

“不过皮袄并没有起多大作用：等天亮了，我朝她一望，她一张脸已经冻得变了样子。离开客店的时候，她要伊凡诺夫坐到车夫座位上，他自然不愿意，可是也不好不照办，再说，他的酒意也多少消了一些了。我便和她坐在一块儿。

“我们走了三天三夜，一直没有停下过夜。主要是因为按照公文规定不得停下过夜，如果“疲劳已极，万不得已”，可在有卫戍的城市歇夜。您想想看，在这种地方，哪有什么城市？

“我们终于来到了指定地点。一望到城市，我就像肩上卸掉了千斤重担。可以说，我到最后等于是用手捧着她往前走的。我看到她躺在车子上昏迷不醒，每遇到坑洼，车子颠一下，她的头便要撞到车栏杆上。我便用右手将她的头托住，一直保持这个姿势，这样才好了一些。起初她将我推开，说：‘放开！别沾我！’后来就不讲了。也许是因为她昏昏沉沉睡着了……她双眼紧闭，眼圈发黑，脸色倒是好看了一些，不再生气了，甚至在睡梦中笑了起来，眉目舒展开来，觉得我身上暖和，向我靠得紧紧的。看样子，可怜的姑娘梦中遇到开心的事情了。快进城的时候，她忽然醒了，坐了起来……雨过天晴——她快活起来了……

“可是，不让她留在省城里，又从省里给分拨到外地，还是叫我们继续押解，因为当地宪兵都已外出。我们从这里动身的时候，我一看，警察局里来了许多人：年轻的小姐和先生、大学生，看样子都是流放来的……他们都像老朋友一样来和她握手，问好，谈心，送给她一些钱，还有一条很漂亮的花围巾，让她围上抵挡路上的风寒……他们将她送了很远……

“这一路她快活起来，只是咳嗽得更厉害了。她望都不望我们一眼。

“我们来到指定她居住的县城，交接完毕。她马上说出一个人的姓名。她问：‘这里有没有这样一个人？’有人回答说：‘有的。’警察局局长来了，问她：‘你住到哪里？’‘还不晓得。暂时到梁赞诺夫处住一下。’局长摆了摆头，她收拾一下就走了。同我们连招呼都没有打……”

四

加夫里洛夫停了下来，听听我是否睡了。

“后来您再也没有看到她了吧？”

“看到的。要是没看到还好呢……

“……而且不久就又看到她了。我们出这趟差刚回去，就又派我们出差，而且还是同一方向。这次是押送一个大学生，叫萨格梁斯基的。小伙子很活泼，唱歌很好，酒量也不差。他的流放地还要远一些。我们路过她流放的县城的时候，我禁不住要打听一下她的近况。我问：‘我们送来的那位小姐还在这里吧？’有人回答我说，在的，只是古怪得很：一到这里来，就直接到一个流放的男子那里去了，后来再也没有人看到她，她还住在他那里呢。有的人说她在生病，还有人说好像是给他做姘头哩。当然啦，人多嘴杂么……可是我想起了她对我讲的话：‘死也要死在自己人身边’，于是我产生好奇心……干脆说，也不是好奇，而是有一股力量驱使我非去不可。我心想，去看看她吧。我对她没有什么对不起的地方，也没有看出她对我有什么恶感。说去就去……

“我去了。好心的人给我指路，来到她住的城边上。这是一座小小的房子，房门低低的。我走进这座流放者的房子，看到里面干干净净，光线充足，房内一角用帷幔隔开，里面放一张床。有许多书，桌上、书架上到处都是……旁边是一个小小的工作室，这里有一板床，另铺着一床被褥。

“我进门的时候，她盘腿坐在床上，身上裹着一条披肩，正在缝东西。那位流放的男子,姓梁赞诺夫的先生……坐在旁边板床上,拿了一本薄薄的书,正在读给她听。这人戴一副眼镜,一看便知是一个十分严肃的人。她一面缝着,一面在听。我敲了敲门,她一看到我,欠起身子,抓住他的一只手,简直愣住了。两只眼睛睁得大大的,阴沉沉的,叫人看了害怕……一切都恢复了以前的样子,只是脸色更显得苍白了。她将他的手抓得紧紧的,他都有点儿怕了,急忙转过身去问她:'您怎么啦? 快歇会儿!'他没有看到我进来。随后她放开他的手,想从床上站起来,对他说:'再见吧。看样子他们连死都舍不得让我死安稳些。'这时他转过身来,看到了我,一下子跳了起来。我心想,他要扑过来,也许要同我拼命哩。何况这人个头儿不小,身强力壮的……

"不用说,他们以为我又是来押解她的……可是他又看到我也是默默地站着,而且只有一个人,于是转过身去,握住她的手,说:'别慌。'又问我:'老总,您来干什么的? ……有何贵干?'

"我讲明我是怎样来的,并说,我什么事也没有,是随便来看看的。我送小姐来的时候,她正生病,现在来瞧瞧怎么样了……这样,他才放了心。可是她还是气嘟嘟的,怒气不息。这又是为什么呢? 伊凡诺夫自然算是不近人情。我可是一直维护她的……

"他弄清了原来是怎么回事,面露笑容,对她说:'您看怎样,我对您讲过的么。'我体会这意思就是说他们原来谈到过我的……她想必谈过路上情形的。

"我说:'对不起,惊扰你们了……也许我不该来的……我现在就走。再见了,有什么不到之处,请多多包涵吧。'

“他站了起来，望了望我的脸，把手伸了过来，说：

“‘那么，等您回来之后，如有时间，请来坐坐。’可是她望着我们两个，不知为什么冷笑一声，那样子很不高兴。

“她说：‘我真不明白他来干什么。您为什么还要邀他来？’他对她说：‘没什么，没什么，如果他还愿意来，那就让他来……请您来，请您来坐坐，别客气！’

“他们又讲了不少话，可是，说实话，我并不全懂。你们先生们之间谈的话，有时候实在深奥难解……可是我觉得怪有意思的，很想站在那里听听……我觉得不妥，——可别引起他们多心。我于是走了。

“等我们将萨格梁斯基先生送到地点，立刻转来。警察局局长将领班的唤去，说：‘我收到电报指示：要你们留在这里待命。上级会有指示寄来。’我们当然只有留下。

“于是我又到他们那里去了，我心想：去一下吧，找他们的房东去问一下她的近况也好。我去了。房东说：‘她病得很厉害，怕是活不久了。我很怕担过失，因为他们肯定是不会请神甫的。’我们正站在外面谈话，这时候梁赞诺夫走了出来。他看到我，打过招呼，说：‘又来了吗？好的，请进，请进。’我便轻轻走了进去，他跟在后面。她一眼望到，便问：‘又是这个莫名其妙的人来了！……怎么，是您叫他来的？’他说：‘不是的，我没有叫他，是他自己来的。’

“我实在忍不住，对她说：

“‘小姐，是怎么回事儿，您为什么一见我就有气？难道我是您的敌人？’

"'正是敌人。您难道不晓得？当然是敌人啦！'——她的声音微弱无力，两个腮尖子红红的，面孔十分鲜丽……那样子真是十分动人。我心想，不好，她不久于人世了，我得请求她饶恕，可不能让她对我怀恨而死。我便说：'我要对您犯下什么过错，请您饶恕我。'谁都知道，这是我们基督教的传统……我一看，她又发作起来了……'饶恕？哼！我决不饶恕，您永远休想！我很快就要死了……您永远记着吧：我没有饶恕您！'"

加夫里洛夫又停了下来，沉思起来，过了一会儿又继续讲下去，声音低低的，一面在凝神思索：

"……他们又彼此谈了起来。您是有学问的人，想必能懂得他们的话，我把他们讲的话讲给您听听。那些话像印在我脑子里，至今记得清清楚楚，可是我不懂得是什么意思。他说：'您要知道，现在来看您的不是宪兵……宪兵押解过您，也押解过别人，那是公事在身。这会儿到这里来可是因为公事？请问，老总，我还不晓得，您的大名是……'

"'斯捷潘。'——我说。

"'父称呢？'

"'别特洛维奇。'

"'好的，斯捷潘·别特洛维奇，您是来干什么的？是出于人情，对吧？'

"'当然是人情。您讲得一点儿不错。要是照官府规矩，那我就根本不应当私下到这里来。上级要是晓得，那才不会客气。'

"'您看，可是的！'他对她说，并且握住她的一只手。她将手抽开。她说：'我一点儿没有看出来。您讲的是没有影子的事。

我们和他之间(就是说和我之间)关系很干脆。敌人就是敌人,没什么好啰唆的。他们就是要监视我们,我们就是要时时提防他们。您瞧,他站在那里听着哩。可惜听不懂,要不然就要记下来报告去了……'

"他转身朝着我,透过眼镜对直地朝我望着。他的目光锐利,但是十分和善,对我说:'听见没有?这就叫您有口说不清了!……不过,您也不必解释了。我看,您一定难过得很。'

"当然啦……要是说公事公办,如果见到触犯官府的事,那我按照军人的天职,连自己亲老子也要报告……可是我不是抱这种心思才来的,说真的,我心里非常难过,简直给憋得透不过气来。我转身朝门口走去,可是梁赞诺夫将我拉住了。

"他说:'别走,斯捷潘·别特洛维奇,再等一下。'又对她说:'这样不太好……您就不宽恕,不原谅也罢。这也没什么好讲的。就是他自己一旦能完全理解,对自己也会不原谅的……但敌人也往往有通人性的……可是您却不肯承认这一点。您太固执了,就是这么回事!'

"她对他说:'就算我固执,可是您这人爱憎不明……您只会啃书本……'

"她一说出这话,真也奇怪,他竟至于跳了起来,像是受到了猛然的一击。我看到她甚至给吓了一跳。

"他说:'我爱憎不明?哼,您自己晓得,您讲的话没有根据。'

"'也许我讲错了。'她回答说……'您对我讲的就不错吗?'

"'我讲的一点儿不错:您是不折不扣的莫洛佐娃夫人[①]……'

"她沉思起来,将手伸给他,他拉住她的手,她对着他的脸望了又望,然后说:'是的,也许您讲得不错!'我站在旁边,默默地望着,心里觉得说不出是什么滋味,不由得渐渐走上前去。后来她转过身来,朝我望了望,不再发怒了,将手伸了过来。她说:'您听我说:我们是不共戴天的敌人……可是我愿您长进,我将手伸给您,希望您有朝一日变成人,完全变成人,不是官府里的人……我累极了。'——最后是对他说的。

"我走了出来。梁赞诺夫也跟我走了出来。我们站在院子里,我看到他的眼里似乎有泪花。

"他说:'再见吧,斯捷潘·别特洛维奇。您还要在这里住很久吗?'

"我说:'不晓得。也许还要过几天。我们在等指示。'

"他说:'要是您还想再来,就来吧,不妨事的。就官府里的人而论,您这个人还算过得去的……'

"我说:'对不起,我已经使她受惊了……'

"他说:'确实惊了一下,您不如先找房东奶奶打个招呼就好了。'

"我说:'我想问一个问题:您刚才讲到莫洛佐娃夫人,这么说,她出身是很高贵的了?'

"他说:'不在于出身高贵不高贵,而是气质如此:要折磨她,

① 十七世纪俄国发生过一次宗教分裂运动。莫洛佐娃夫人是分裂派主要活动家。因此在俄罗斯人民心目中,莫洛佐娃夫人便是偏执、顽固之意。恰好莫洛佐娃也是姑娘的姓氏。此处借喻。——译者

将她折磨死，那是办得到的……你们不是已经将她折磨得要死了吗？……可是，要想使她弯腰，那您也许自己看到了：这样的人是宁折不弯的。’

“谈到这里，我们就分了手。”

五

“……没过几天她就死了。是如何埋葬的，我没有看到，——当时警察局局长正派我办事情。只是在第二天我遇到了那位流放的男子，我走到他跟前一看：他的脸色难看得怕人……

“他个儿高高的，样子很严肃，但他以前对我客客气气的，这会儿却完全撕破了脸。先是伸过手来，随后突然将我的手一摔，掉过头去，说：‘现在我再也不愿意看见你了。走吧，老兄，行行好，你走吧！……’他垂着头走开了，我可是又悲痛，又觉得有话说不清，难受得我两三天没有吃饭。打从这时候起，我一直觉得闷闷的，总也无法排解，就像中了魔似的。

“第二天，警察局局长将我们找去，说：‘你们现在可以回去了：上级指示来是来了，可是人已经死了。’显然，又是要我们押解她的，可是，上帝垂怜，已经将她接走了。

“……这还不是事情的全部结局，后来我又遇到了这样的事……我们返回的路上，来到一家客店……我们走进房间，桌上放着茶炊，摆了几样小菜，有一位老大娘坐在那里，正陪老板娘吃茶呢。老大娘干净利索，个儿不高，神态爽朗，十分健谈。她一个劲儿地给老板娘讲自个儿的事情：‘我收拾一下零碎东西，将祖传的房子卖掉，找我女儿去。她准要高兴极啦！也许要埋怨我，发脾气，我晓得，她就是发脾气，可心里总是高兴的。她写信给我，叫我不要去，无论如何不能去。我才不管它呢！’

“这时我觉得仿佛有人在我左肋上捣了一下。我来到厨房里。我问年轻的厨娘：‘这个老大娘是什么人？’厨娘说：‘这就是那一次你们押解的那位小姐的亲妈妈。’我立时觉得天旋地转。厨娘看到我脸色大变，问我：‘老总，你怎么啦？’

“‘我告诉你，可千万别声张……那位小姐已经死了。’

“只见这位年轻的厨娘——别看这是一个不正经的姑娘，爱同过往旅客调情——两手一扬，哇的一声哭了起来，并且跑出了房子。我抓起帽子，自己走了出来，——只听得老大娘还在堂屋里同老板娘聊家常哩。这位老大娘竟使我怕了起来，说不出有多么怕。我举步朝大路径直走去，后来伊凡诺夫乘车赶上了我，我便上了车。”

六

“……这件事我才不能忘记！……后来警察局局长向上级报告了我去看流放者的事，科斯特罗马那位上校也报告了我维护她的情形，我接二连三地受到训斥。上级再也不想提拔我当军官了。他对我说：‘你还想做军官哩，婆婆妈妈的！不关你禁闭就算是客气，糊涂透了！’可是，我简直一点儿也不觉得可惜，这么一来我心里倒是安宁些。

“我一直无法忘记这个满脸怒气的姑娘，就这会儿也是这样：

她还像生前那样站在我的面前。

“这是为什么呢？谁能给我说个清楚？先生，您还没有睡吧？”

我没有睡……沉没在大森林中的这座小屋里一片漆黑，这黑暗沉重地压在我的心头，死去的姑娘那病弱的身影在黑暗中站了起来，为了给她增添声色，暴风雨发出了深沉的怒吼……

译者附记

《怪姑娘》是柯罗连科的早期作品，是俄罗斯文学中的名篇。作者以饱满的热情和成熟的技巧刻画出一位十九世纪俄国的强者——一位“宁折不弯”的女革命家的形象。

一八八零年二月至六月，柯罗连科在赴西伯利亚流放地途中，被关押在维什涅渥洛茨基羁押牢中。就是在这里，作者以血和泪写成了这篇小说。小说手稿传出监牢后，便以手抄本在俄国各地广为流传。几年后，才在国外发表。

大作家乌斯宾斯基读过手稿后大为叹服，称赞这位年轻作者有惊人的艺术才华，一再嘱托友人向年轻作者表示钦佩和鼓励。

附录1

《马加尔的梦》手稿

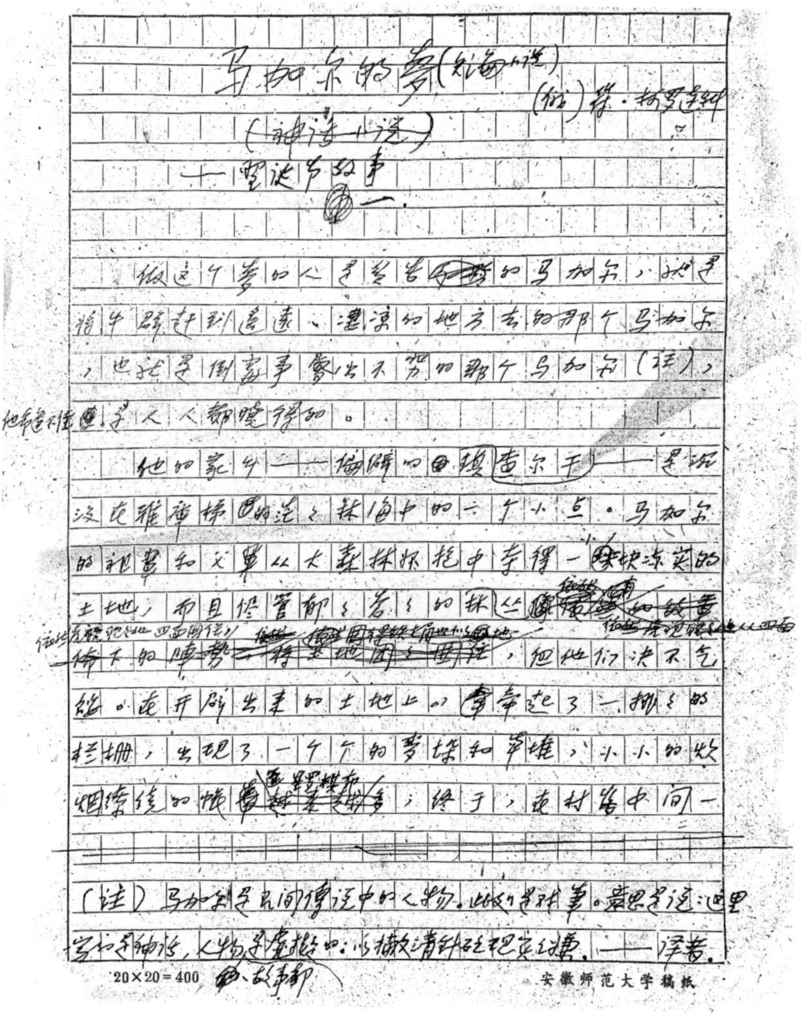

马加尔的梦（短篇小说）

（俄）柯罗连科

~~（神话小说）~~

——圣诞节故事

一

做这个梦的人是[illegible]的马加尔，就是将牛群赶到遥远、凄凉的地方去的那个马加尔，也就是倒霉事层出不穷的那个马加尔（注），他就是这样一个人人都晓得的。

他的家乡——偏僻的[illegible]——是淹没在雅库特森林之中的一个小点。马加尔的祖辈和父辈从大森林那儿夺得一块冻实的土地，而且尽管那密密的林丛[illegible]，但他们决不气馁地在开辟出来的土地上竖起了一排排的栅栏，出现了一个个的草垛和牛栏，小小的炊烟缭绕的帐篷；终于，在村落中间一

（注）马加尔是民间传说中的人物。[illegible]——译者

20×20＝400

安徽师范大学稿纸

个小丘上，一座钟楼冲天而起，像是竖起了一面当地的旗帜。查尔干成了一座大镇。

但是，马加尔的祖辈和父辈在和林薮搏斗、在刀耕火种的同时，他们本身也不知不觉地变化了。他们跟俄罗斯人做邻居，学会了俄罗斯人的语言和俄罗斯人的习惯。大俄罗斯民族的民族特色渐渐淡薄，渐渐消失了。

可是不管怎么说，我们的马加尔还是已经十分清楚，他是土生土长的查尔干农民。他在这里生，这里长，而且还得死在这里。他觉得自己的身份好可夸耀，而且有时候还骂一骂别的“劣等的俄罗斯人”，尽管他自己不论生活习惯、生活方式，都与俄罗斯人实在毫无不同之处。他俄语讲得很好，而且也讲究[illegible]，穿的是毡袄，脚上穿的是长筒皮靴，平时天天吃烙饼，饮砖茶，逢年过节和其他一些喜庆日子，才能将锅上煎出来的肉馅炸油吃个一干二净。他骑马的本事十分高超，生了病便找巫师，巫师作起法来，张牙舞爪地向他扑去，将马加尔身上侵入的病魔驱除。

20×20＝400 安徽师范大学稿纸

他拼命地干活儿，过的日子都很可怜，吃不饱，穿不暖。除了天天操心锅子和碗筷以外，他还有没有别的心事呢？

那是有的。

他喝醉了酒，就常常哭。他说："老天爷呀，你给我过的是什么日子呀！"此外，他有时候说要扔掉一切，跑到"山上"去。到山上他用不着耕田、种地，不要砍柴、运柴，甚至也不用手磨磨粉。他只是去游玩的。这是什么山，这座山在什么地方，他弄不清楚；他只晓得，第一，这座山是有的，第二，这座山远得很，远得连寨子里年长大人都没去过……这样一来，他也就不精想了……

清醒的时候他便打消这些念头，也许是因为他晓得找这样一座仙山是不可能的；但是一喝醉了酒，胆量就大起来。他就想，要是他去找不到要找的那座山，跑到别的山上去也好。"那也就完了"，他这样说，可是他还是打算去找；要是说他的这种念头为什么没有付诸实现，那大概是因为那些外来户鞑靼人

20×20＝400　　安徽师范大学稿纸

卖给他的都是劣等的烧酒，为了增加浓度，又用烟草泡过的，喝了这种酒，会使他觉得周身无力，而且还要难受得睡上一两天。

二

这是圣诞节的前夕，也就是马加尔知道明天要过大节了。遇到这种机会他忍不住要喝酒。可是没有钱买酒：他的钱眼看就没有了；马加尔已经向当地店家和熟人赊了不少酒了。然而明天是一个大节日，又不能干活，他想到这里，觉得实在难过。不痛饮几杯，那他可又干啥呢？这日子过得太苦了！过这么大的节，连一瓶烧酒都喝不上！

他想起一个很妙的主意。他站起身来，将破皮袄往身上一披。他的老婆是一个结实、有劲的女人，强壮得出奇，也丑得出奇，一向摸得透他那并不深奥的心思，这一回也猜到了他打的主意。

“死鬼，到哪里去？又是想一个人去吃酒？

“别发火！我去打一瓶酒。明天咱们一罐

20×20=400　　　　安徽师范大学稿纸

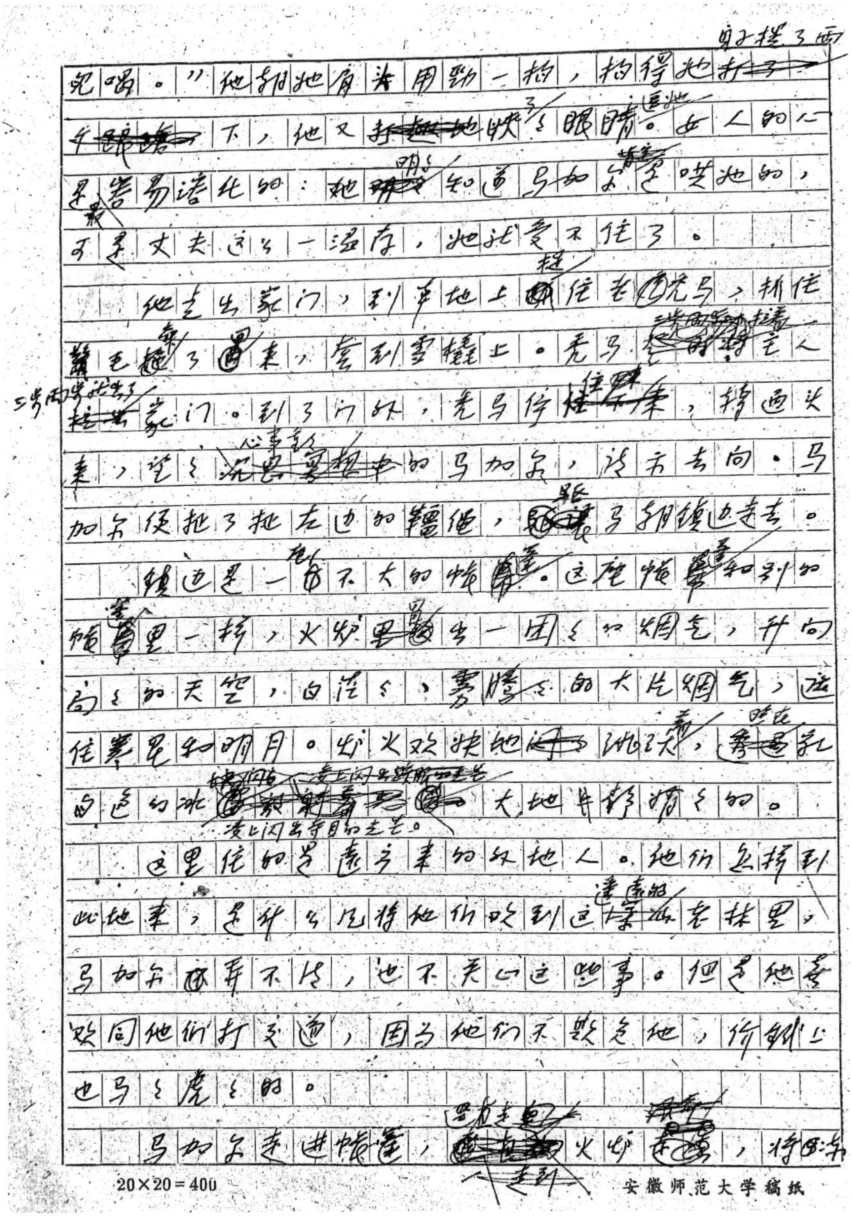

儿呢。"他朝她肩头用劲一推，推得她趔趄了两下，他又眨了眨眼睛。这些女人的心是最容易猜准的：她明白知道马加尔是吓她的，可是丈夫这么一搡她，她就受不住了。

他走出家门，到草地上牵住老花马，抓住鬃毛牵了回来，套到雪橇上。老马拉着雪橇走出了家门。到了门外，老马停住了，掉过头来，望望心事重重的马加尔，等示去向。马加尔便扯了扯左边的缰绳，老马朝镇上走去。

镇上是一座不大的帐篷。这座帐篷和别的帐篷里一样，火炉里冒出一团团的烟气，升向高高的天空，白茫茫、雾腾腾的大片烟气，遮住繁星和明月。炉火欢快地跳跃着，映在白色的冰凌上闪出奇目的光芒。大地显得静悄悄的。

这里住的是远方来的外地人。他们怎样到此地来，是什么风将他们吹到这遥远的森林里，马加尔弄不清，也不关心这些事。但是他喜欢同他们打交道，因为他们不欺负他，价钱上也马马虎虎的。

马加尔走进帐篷，四方走来火炉旁，将

20×20=400　　安徽师范大学稿纸

膛的两只手伸到火上去烤。

"啊咪呀！"她这样说，表示冷极了。

牧羊户一家人都在家里。台子上点了蜡烛，要说一家人什么事也没做。有一个人躺在床上，嘴里吐着烟圈，若有所思地望着烟圈螺旋状地上升，要然是将他那思想的希望系到烟圈上去了。还有一个人坐在火炉对面，也在心事重重地望着燃旺的木柴上奔腾的火苗。

"你们好！"马加尔开口说，为了打破难堪的沉默。

自然，牧地人心里有什么样的痛苦，在这样一个夜晚他们脑子里映出的情景的是一些什么，从炉火跳跃与烟圈升腾的幻影中他们想像到一些什么样的前景，他是不知道的。何况他也有自己的心思。

坐在炉边的年轻人抬起头来，模模糊糊地望了马加尔一眼，好像没有听清他的话。接着揉了揉眼睛，很快地站了起来。

"是你啊，马加尔，你好，你好！好极了！我们来喝杯茶吧？"

好吗

马加尔听了这话很高兴。

"喝茶？"他问了一声。"那好极了！……老弟，喝茶，那太好了……好极了！"

他马上脱衣服。脱掉皮袄，摘下皮帽，他觉得不那么拘束了，又看到茶炊里炭火已经烧旺了，便对年轻人说起来：

"我喜欢你，真的！……太喜欢你了……喜欢得心里都藏不住了……"

外地人转过头来，脸上露出了一个苦笑。

"喜欢吗？"他说。"你有什么事？"

"有一点事儿。"他回答说。"你怎么晓得的？……好吧，等喝完茶我再来讲。"

既然喝茶是主人自动邀请的，那末，他觉得就不妨提出进一步的要求。

他说：

"有没有烧肉缕？我太喜欢吃了。"

"没有。"

"噢，那就算啦。"马加尔自己宽解地说。"下一次再吃也好啦……对不对？"他又问一声："下一次再吃好吗？"

20×20=400　　安徽师范大学稿纸

"好的。"

这一下马加尔便认定外地人欠他一碟炒肉丝了，而且这一类的债从来是不会空的。

个把钟头之后，他又爬到自己的雪橇上了。他以相当便宜的价钱预售了三车木柴，弄到一个卢布。他赌咒发誓今天不把这一个卢布喝掉，可是熬不住又多么想一下子将它喝掉。这又怎么办呢？想到喝酒的快活，渐渐将一切都丢在了脑后。他如喝得酩酊大醉，他那家门跟前的老伴见了会气了哪，会狠狠地揍他一顿的，他也顾不得了。

"马加尔，你往哪里去？"外地人突然对他叫道，因为看到马加尔的马没有径直往前走，而是向右一拐，朝鞑靼人的村子走去。

"咪！……咪！……你看，这马多么该死……方向都弄错了！"马加尔一面声明是马弄错了，一面拉紧右边的缰绳，暗暗地往马的右边踢去。

懂事的马喷烟地摇了摇尾巴，一颠一跛地慢慢朝主人示意的方向走去，不一会儿，马加尔雪橇的嚓嚓声就在鞑靼人门前停止了。

20×20=400　安徽师范大学稿纸

三

铁铺门前拴了九匹马，马鞍都是高高的、雅库特式的。

铁铺的屋子里闷得透不过气来。烟草的烟气弄得满屋子烟雾腾腾的，火炉的烟气腾了而起，将烟草的烟气挤了出去。桌子前面的九个雅库特人分坐在几张凳子上，桌子上都摆了酒杯；还有几堆人在玩纸牌。一个个脸上红扑扑的，汗气直冒。赌钱的人眼睛死死地盯住纸牌。钱从这个口袋里出来，马上又钻进别人的口袋。有一个雅库特人喝得醉醺醺的，坐在角落草堆上，里来里去没头没脑地胡乱哼着歌子。他嘴巴里叽叽哇哇的，不成腔也不成调，反来复去地哼着：明日是大比西通节，我不该今日把酒喝醉了。

马加尔掏出钱买了二斤酒。他将酒揣到怀里，悄没声儿地朝一个昏暗的角落走去。他躲在昏暗处，将酒一杯接一杯地倒出来，又一杯接一杯地灌到肚里去。酒是辛辣的，……

20×20=400　　安徽师范大学稿纸

节日糟北四分之三以上。不过泡酒用的烟草虽然是要没有钱了，只用……。马加尔每喝一口都辣得连不过气来，眼前金星直冒。

他很快就醉了。他也坐到私桌边上，两手只胳膊抱住膝盖，将圆圆的脑袋放到膝盖上。喉咙眼里也不由地吭吭哇哇地唱起了不同对腔调的歌子。他唱：明天就要过节了，咱不该将马车木柴都喝掉。

这时候，屋子里越来越拥挤了。不断进来一些新的顾客，——都是一些跳舞的人，当来做礼拜，来到犹太人这里喝酒的。店家看到座位很快就要不够坐了。他站起来，扫视了一下全场。他的目光停留在昏暗的角落里，看到了角落里的跳舞的人和马加尔。

店家走到跳舞的人跟前，揪住他的衣领，把他撵了出去。随后轮到马加尔。犹太人对他这位当地人极其蔑视：将大门敞开，朝他屁股上狠狠踢了一脚，可怜的马加尔飞出了屋子，鼻子直插进雪堆里。

很难说，类似的招待方式，他是不是新到

20×20=400　　安徽师范大学稿纸

单是像梦。他又觉得袖筒里、脸上都是雪。他好不容易爬出了雪堆，踉踉跄跄地朝自己的老马走去。

月亮已经高高地升到天空。大[illegible]的屋巴已经看不见了。寒气更重了。北风，半圆形的黑云后面，初露面的北极光以火红色的光柱不时闪闪地出现。

老老马显然很懂得主人的处境，小心而谨慎地踏着雪走着。马加尔坐在雪橇上，身子缩成一团，继续在唱着他的歌子。他唱醒了，五車木柴喝掉了，老婆子的拳头顾不得了。他喉咙里叽叽喳喳，哼哼唧唧，发出来的声音，回荡在夜晚的空气中，显得如此悲怆，如此委曲，这时正有一个纵地人爬到帐篷上盖火炉的烟囱，听到了马加尔的歌声，心里更觉心神不定。这时候，老老马已经将雪橇拉到一个小丘上，在这里，周围一切尽收眼底。洒满月光的积雪放射出耀眼的光芒。有时候月光好像是溶化了，消失了，积雪变得暗淡[illegible]，可是[illegible]间北极光反射的亮光又熠熠地照射在积雪上。这就

20×20=400 安徽师范大学稿纸

使人觉得，仿佛山岗和山岗上的森林仿佛是……跟着，它们远远地……。马加尔慢慢地看到，森林后边就是那个山岗上一块雪白的空地，山岗背后森林里，便是他一向……捕捉各种林中禽兽的地方。

这一下改变了他的思路。他唱道：……一只狐狸，明天去……，老婆子也不损他了。

马加尔走进家门的时候，寒冷的夜空中传来了第一遍钟声。他一进门就告诉老婆子说捉到了一只狐狸。他忘记了老婆子没有和他一块儿喝酒，因此，当她不理睬这一套，竟不客气地朝他屁股上狠狠踢了一脚时，他竟突然摸不着头脑。接着，当他往被窝里钻的时候，她又给他脖子上补了一拳。

这时候，查尔干镇上空响起了隆重的节日的钟声，并且远远地传播开去。

（二）

他躺在被窝里。脑袋……

20×20＝400　安徽师范大学稿纸

们地。酒精和烟草汁混到的混合物在空气里发作起来。溶化的雪水一道道地从脸上往下淌，雪水也流在背上。

老婆子以为他睡了。可是他没有睡。他脑子里没有忘掉狐狸。他还是坚信那狐狸躲到巢子里；他甚至知道躲到哪一个巢子里了。他看到了狐狸，看到狐狸被追赶的样子，急得紧紧地，爪子在雪地里乱刨，拼命地挣脱。月光透过森林，照在金色的皮毛上闪闪有光。狐狸的一双眼睛在他面前亮闪闪的。

他再也躺不住了，从被窝里爬起来，朝他那忠心的老瘦马走去，他要到森林里去。

怎么回事？难道是老婆子那一双有劲的手揪住了他的皮袄领子，又将他拖到被窝里了？

不是！不是的，他已经来到了镇外。雪继续不均匀地撒着冻实的积雪。查尔干镇已经落到了后面。后面不时传来教堂里报时的钟声。昏暗的地平线上，明亮的天空映照下，闪过一列列像白色的细长顶皮帐的雅库特骑手黑色的剪影。雅库特骑人是从往教堂去的。

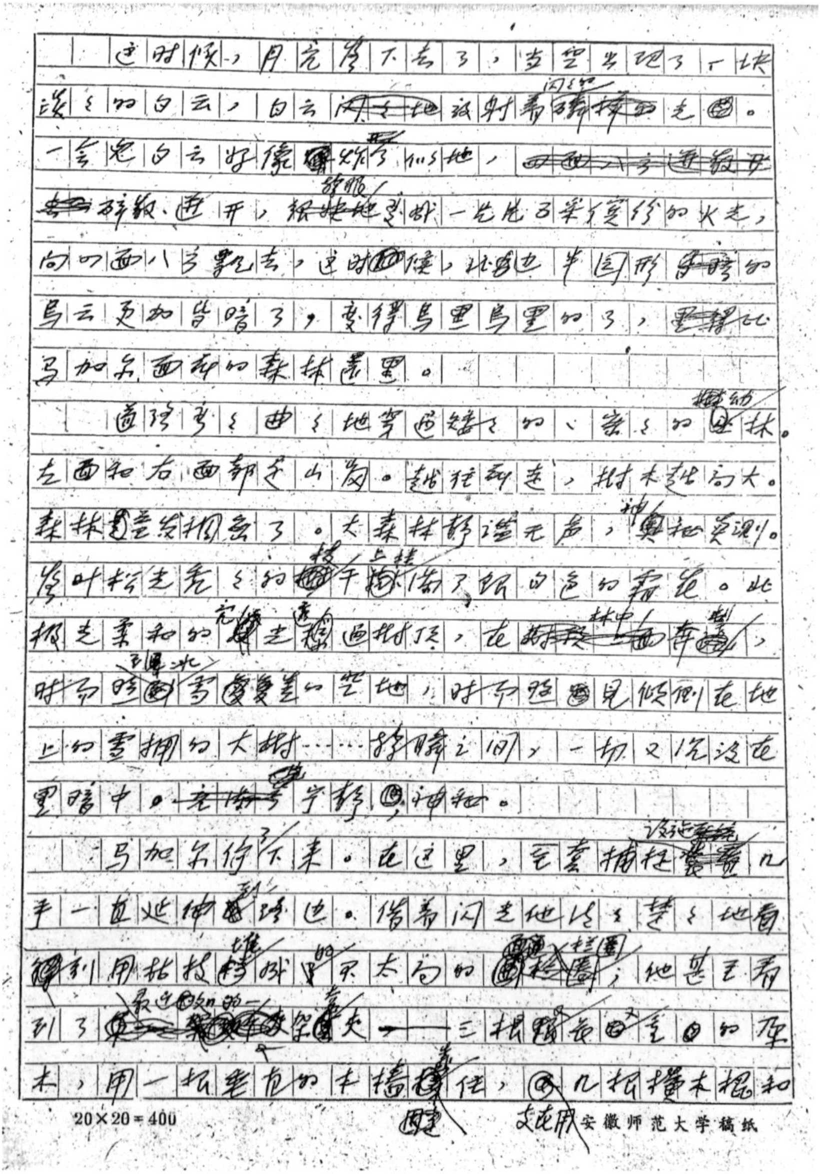

这时候，月亮落下去了，当空出现了一块

淡淡的白云，白云闪烁地放射着[illegible]光[illegible]。

一会儿白云好像[illegible]似的，[illegible]

舒展、散开，[illegible]一道道五彩缤纷的火光，

向四面八方飘去，这时候，北边半圆形的昏暗的

乌云更加昏暗了，变得乌黑乌黑的了，[illegible]

马加尔面前的森林里。

道路弯弯曲曲地穿过稀疏的、密密的[illegible]林。

左面和右面都是山岗。越往前走，树木越高大。

森林越来越稠密了。大森林静谧无声，神秘莫测。

落叶松光秃秃的枝上挂满了银白色的霜花。此

处是柔和的月光透过树枝，在林中[illegible]，

时而照亮雪[illegible]的空地，时而照见倒在地

上的雪埋的大树……转瞬之间，一切又沉没在

黑暗中。[illegible]宁静[illegible]神秘。

马加尔停了下来。在这里，[illegible]几

乎一直延伸到路边。借着闪光他隐隐约约地看

到利用枯枝[illegible]的不太高的[illegible]；他甚至看

到了[illegible]——三根[illegible]的原

木，用一根弯曲的木橛[illegible]住，几根横木棍和

20×20=400　　安徽师范大学稿纸

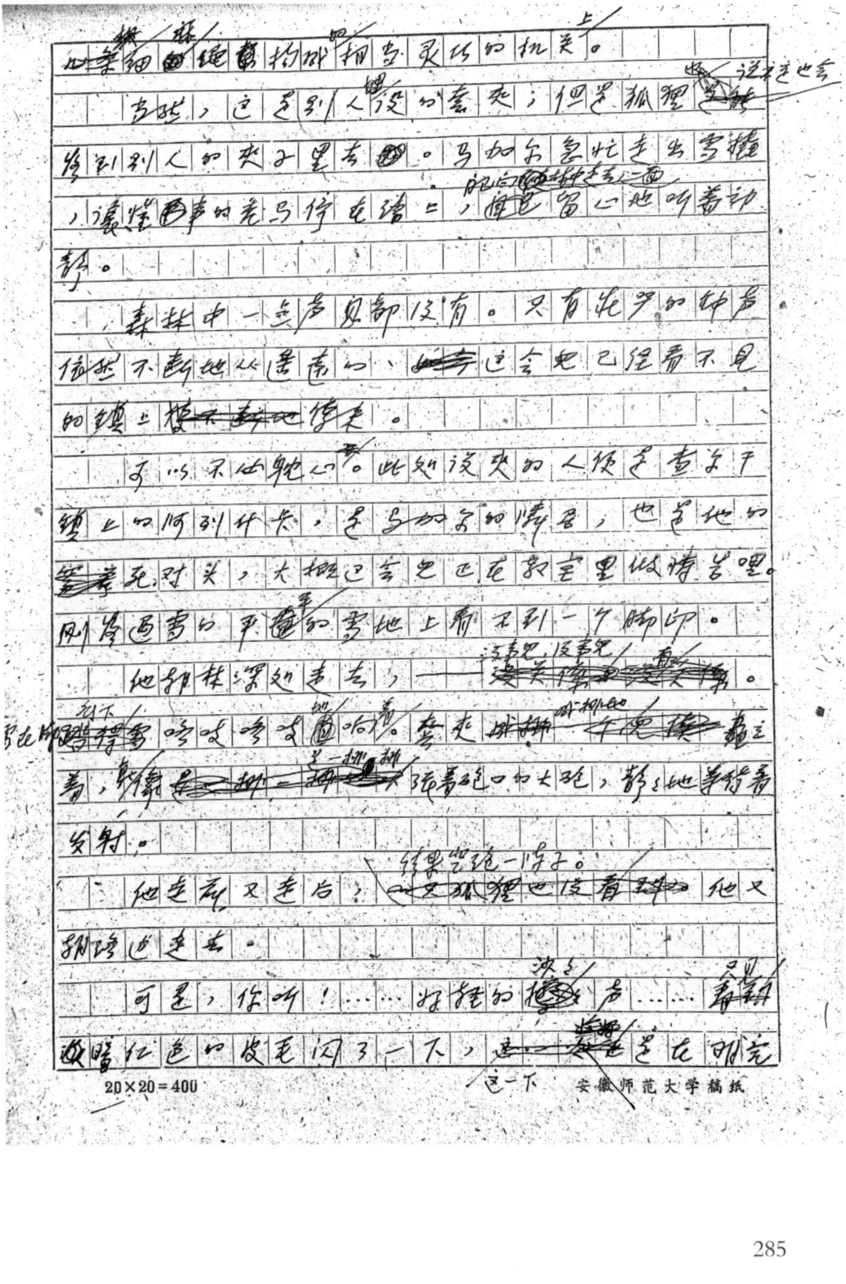
细绳拧成相当灵巧的机关。
当然，这是别人设的套夹；但是狐狸[illegible]
钻到别人的夹子里去。马加尔急忙走出雪橇
，让惊慌的老马停在路上，自己留心地听着动
静。
森林中一点声息都没有。只有花斑马的响声
依然不断地从远处的、这会儿已经看不见
的镇上传来。
可以不必担心。此外设夹的人便是查尔干
镇上的阿列什卡，是马加尔的邻居，也是他的
死对头，大概这会儿正在家里做梦呢。
刚落过雪的平坦的雪地上看不到一个脚印。
他朝林深处走去，[illegible]。
[illegible]咯吱咯吱[illegible]
着，[illegible]
发射。
他走前又走后；结果空跑一阵子。他又
朝路边走去。
可是，你听！……奇怪的[illegible]声……
[illegible]暗红色的皮毛闪了一下，[illegible]是在刚完
20×20=400　这一下　安徽师范大学稿纸

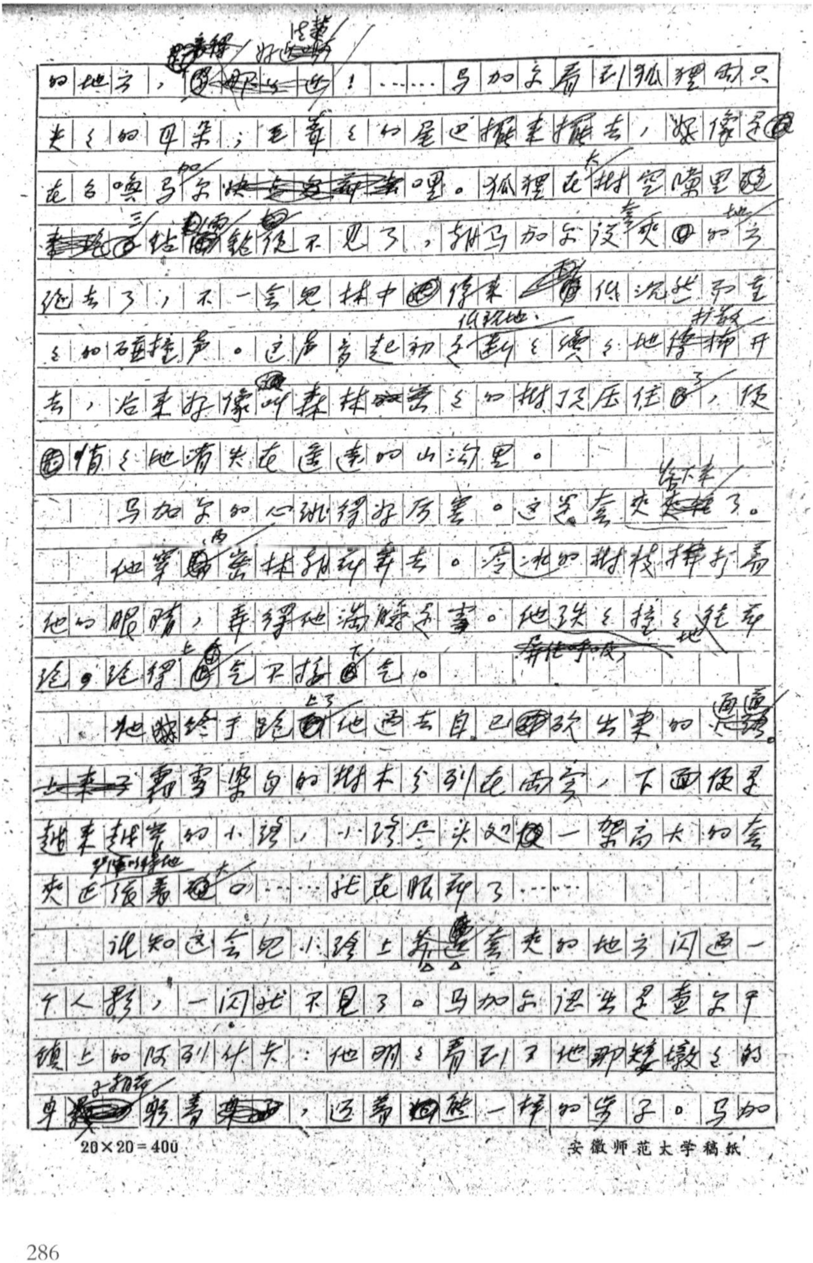

的地方，好运道！……马加尔看到狐狸两只尖尖的耳朵；毛茸茸的尾巴摇来摇去，好像是在召唤马加尔哩。狐狸在大树空隙里三转两转就不见了，把马加尔没来过的地方去了；不一会儿林中传来一阵低沉而重重的碰撞声。这声音起初是断断续续地低沉地，接着扩散开去，后来好像把森林密密的树顶压住了，便悄悄地消失在遥远的山谷里。

马加尔的心跳得好厉害。这是怎么回事了。

他穿过密林朝前奔去。冷冰冰的树枝抽打着他的眼睛，弄得他满脸泪水。他跌跌撞撞地往前跑，跑得上气不接下气。

他终于跑上了他过去自己砍出来的道路。雪白的树木分列在两旁，下面便是越来越窄的小路，小路尽头如同一架高大的金色……夹道张着大口……就在眼前了……

谁知这会儿小路上就在金色的地方闪过一个人影，一闪就不见了。马加尔还是看出是镇上的阿列什卡：他明明看到了他那矮墩墩的身子，背着……，这着熟悉一样的样子。马加

20×20=400　　安徽师范大学稿纸

尔觉得，阿列什卡的一张黑脸更黑了，一嘴大牙露出着，比原来显得更大了。

马加尔觉得十分气忿。"这傢伙真坏透了！……他跑到我的地盘上搞侵占来了。"不错，马加尔也是时常从阿列什卡的地盘上来的，但这是不同的……不同的地方就在于，他自己走到别人地盘上去的时候，生怕被人追捕；别人走到他的地盘上来的时候，他十分气忿，而且真想亲自赶到侵犯他的权利的傢伙。

他径直朝着大的雪丘奔去。狐狸就在那里。阿列什卡摇摇摆摆地，迈着跟一样的步子朝同一目标走去。一定要赶在他前面赶到。

终于来到大的雪丘跟前。里子底下被夹住的狐狸的毛红闪闪的。狐狸正用爪子刨雪，就和他那天所看到的一模一样，而且狐狸也在用那一双尖锐的、火辣辣的眼睛朝他望着。

"别动！……这是我的！"马加尔朝阿列什卡叫道。

"别动！"阿列什卡像回声似地在应声说：

20×20=400　　安徽师范大学稿纸

“是我的！”

两个人同时跑去，同时急急忙忙、争先恐后地去掀原木，去抢压在原木底下的狐狸。原木掀开，狐狸也站了起来。狐狸蹦了两下，然后停住，亮着笑的眼睛望了望两位[illegible]老乡，然后垂下头舔了舔被原木压疼的地方，便快快活活地向前跑去，一面不住地摇着尾巴表示敬意。

阿列什卡本待去追赶，可是马加尔从后面抓住他的皮袄下摆。

“别动！”他喊道。“这是我的！”他也朝狐狸追去。

“别动！”阿列什卡又像回声似地喊了一声。马加尔也觉得，阿列什卡也抓住了他的皮袄，而且[illegible]又跑到前面去了。

马加尔好不气恼。他忘掉了狐狸，紧紧朝阿列什卡追去。

他两人越跑越快。一根长叶松的树枝挂掉了阿列什卡头上的皮帽子，他也顾不得去拾；马加尔大喝一声，眼看就要将他抓住。可是阿

20×20=400　　安徽师范大学稿纸

列什卡比可怜的马加尔上了当。他猛地站住，转过身来，将身子往旁一闪。马加尔的肚子撞在他的头上，他一下子翻到雪地里。他挣扎着跌在雪地，可这时列什卡从马加尔头上抓走了皮帽，扔进密林里。

马加尔慢慢地站了起来。他感到自己受了极大的欺负，倒了霉。真是太坏了。一只狐狸已经到手了，可是，唉……他仿佛看到狐狸在黑黝黝的密林里一溜烟，摆摆尾巴，表示嘲笑，然后消失得无影无踪。

天暗了下来。当空隐约看得见有一片淡淡的白云。白云好像在悄悄地溶化，无影无踪地、懒洋洋地放出乏力的光芒。

马加尔觉得湿透的身上不住地淌着一股股冰冷的雪水。雪钻进他的袖口和皮袄领，雪水从背上一直流进毛皮靴筒里。可恶的列什卡拿走了他的帽子。手套在奔跑时也不知丢在哪里了。事情不妙。马加尔心里明白，一个人既不戴帽子，又不戴手套，进了大森林，老鹰的严寒是不会轻轻饶过的。

20×20=400　　安徽师范大学稿纸

他走了很久很久。照他估计，他早就应该走出很马拉斯山沟，能望得见钟楼了，可是他还在大森林里转圈子呢。密密的森林像是一位魔法无边的法术师，它不让他跑出自己的怀抱。远处依然不断地传来死亡的钟声。马加尔觉得自己是朝钟声走去，可是钟声越来越远；马加尔听到隐隐约约的钟声越来越微弱，马加尔心中越来越感到绝望。

他终于打不起精神，灰心丧气。他的两腿发软，周身疲惫难受，上气不接下气，四肢发胀，脑袋像是套上了越勒越紧的烧红的铁箍。

“我这真要完蛋了！”——他脑子里一再闪过这个念头。但他还是在走着。

森林沉默不语。森林重重围住了他，一再故意刁难，挡住路不让他出得去，不给他一线光亮，不给他一线希望。

“我这真要完蛋了！”马加尔一再这么想。

他打不起精神了。这会儿要是有棵大树不当心地砸在他的脑上，是他的子遭殃，存心捉弄他。

在一处小小的空地上，跑出一只白兔，后腿一

20×20=400　　安徽师范大学稿纸

臂，爬了下来，摆了摆头上带黑点的两只长耳朵，说起话来，一面十分狡猾地朝马加尔挤眼睛。她要是不让他知道，他才认识她马加尔呢，知道他就是在森林中安置诡诈的机关要害死她小兔儿的那个马加尔。可是这会儿她可以嘲弄他了。

马加尔好不难过。这时候，大森林到处都活动起来了，而这一切都不怀好意。这会儿连高得很远的树都伸出长长的树枝拦住他的去路，扯住他的头发，抽打他的眼睛和脸。一群野乌鸡从隐蔽的窠丛里跑出来，用细圆眼睛好奇地盯着他，有几只公乌鸡在鸡群里穿来穿去，扎撒着尾巴，气愤愤地竖起翎毛，高声地向女伴们数落马加尔和他用过的圈套。于是远处林丛里出现了千万只狐狸的嘴脸。一个个神气十足，摆动着尖尖的耳朵，嘲弄地望着马加尔发笑哩。他面前又是许多兔儿，竖起腿儿坐着，也连哈哈大笑，猜到马加尔迷了路，走不出大森林了。

真是欺人太甚了。

20×20＝400　　安徽师范大学稿纸

"我一定冻死了！"——马加尔心里想道，并且决定宁愿冻得干脆些。

他躺倒在雪地上。

寒气更重了。北极光的金黄微微地闪烁着，淡淡地在天空打散开来，透过大森林的树梢照到马加尔身上。远远的雪原上不时地传来钟的余声。

最后是轻轻地闪了一下就熄灭了。钟声停了。

马加尔死了。

五

他怎样死的，他没有来得及留意。他晓得灵魂是要出去的，于是等着灵魂出去，等呀，等呀……可是什么也没有出来。

这时他心里知道自己已经死了，所以安安静静地躺着，一动不动地。他躺了很久很久，实在有些躺腻了。

天已经很黑了，马加尔觉得有人用脚轻轻踢了他一下。他转过头去，睁开闭上了的眼睛。

他头顶上的落叶松好象彬彬有礼，显得很斯文，羞羞作弄他们，实在觉得对不起。毛

20×20=400　　安徽师范大学稿纸

蓬蓬的罗汉松伸出它那宽阔的、冰雪覆盖的掌状枝，轻轻地摇曳着。天空间轻轻地飘落着亮晶晶的雪花。

慈祥的明星透过密密的树叶向下窥视，好像在说："你瞧，一个可怜的人死了。"

马加尔首先遇到的是老神甫伊凡，他踽踽独行。他那长长的法衣上落满了积雪；他的皮帽上、肩膀上、长长的胡子上，都是雪。马加尔惊讶：这不就是四年前死去的那个伊凡神甫吗？

这可是一个善良的神甫。他从来不逼着马加尔供奉，做圣礼不要钱。做祷告和洗礼马加尔都是自己随便付钱，有时候付得太多，有时连一个钱也不给，现在想起来都觉得不好意思。伊凡神甫从来不生气；他只需要一点：每次得喝一瓶酒。要是马加尔没有钱，伊凡神甫就自己掏钱去打酒，他们一块儿喝。神甫常常喝到醉得不省人事，既然醉成这样，也就跟人打架，打一架，也不怎么出。马加尔舍得把烂醉如泥、狼狈不堪的神甫送回家去，交给神甫娘子去照应。

不错，这是一个善良的神甫，不过他并没有得到好死。有一天，家里人都出去了，烂醉的神甫一个人躺在床上，忽然想起要吸烟。他爬起来，摇摇晃晃地到烧得正旺的大火炉走去，想借火点烟。他实在醉狠了，眼前一黑就栽倒在火里。等家里人回来，神甫就只剩残余烬了。

大家都对善良的神甫伊凡表示惋惜；可是因为只剩下了残余烬，世界上再没有那个医生能将他救活。便把残余烬埋葬了，另派别人接替了伊凡神甫的位置。

这会儿便是这位伊凡神甫，全身完整如故，站在他身边用脚轻轻踢他。

“起来，马加尔老弟，”他说。“我们走吧。”

“到哪儿去？”马加尔心中不快地问。

他心想，既然他已经“死了”，他的责任就是静静地躺着，再没有必要又起来走路，在森林里乱闯。他死掉干什么？

20×20=400　　安徽师范大学稿纸

"我们去见天王去。"

"我去见他干什么？"马加尔问。

"他要审问你。"神甫悲伤并且有些惊慌地说。

马加尔记起来了，确实在死后要受审的。这是他过去在教堂里听说的。这么说，神甫的话是要听的。那就只好起来了。

马加尔爬了起来，嘴里面嘟哝着说，人死了都得不到安宁。

神甫走在前头，马加尔跟在后面。他们一直地走路。落叶松树林有礼地闪到两旁，给他们让路。他们朝东走去。

马加尔十分惊讶地发现，伊凡神甫走过后雪地上没有留下脚印。他望望自己脚底下，也没有看到脚印：雪地又干净又平整，平得像桌布一样。

他想道，这会儿他要到别人套夹上去偷狐狸，那就太方便了，谁也发现不了了。可是神甫显然猜到了他的隐秘的心思，转过头来对他说：

20×20=400　　安徽师范大学稿纸

"别想啦！你还不晓得，有这种想法要受重罚的。"

"哟，哟！"马加尔很不满意地回嘴说。"连想都不能想啦！你今天什么这样讲起来了？别来这一套吧！……"

神甫摇了摇头，继续朝前走去。

"要走很远吗？"马加尔问。

"很远。"神甫地回答说。

"那我们吃什么呢？"马加尔还是很不放心地问道。

神甫转过头来，对他说：

"你忘记你已经死了，死了就不吃不喝了。"

这一点马加尔并不大乐意听。当然，在没有东西吃的时候，那也还不坏的，但那得要像他刚死掉那样躺着才行。这可是走路，而且要走很远的路，不吃一点东西，他觉得这是不能想象的。他嘴里又嘀咕起来。

"别嘟哝啦！"神甫说。

"好吧！"马加尔回答说，但他心里还是在埋怨，埋怨这种

20×20=400　　安徽师范大学稿纸

不合理的规矩：“逼着人走路，又不让吃东西！哪里有听说过？”

他跟在神的后面走着，一直嘀嘀咕咕。

他们就这样子走了很久很久。虽然马加尔没有看到一次天亮，但是根据走过的地方来判断，他觉得他们已经走了有远远一个世纪了：他们跨过了那么多的山谷和峰崖、河流与湖泊，穿过了那么多的森林与平原。每次Manap回头望望，便觉得黑黝黝的大森林在自动地朝后头跑，高高的雪山好像在苍茫的夜色中渐渐溶化，很快就朝地平线后面去了。

他们好像是越来越升到了高处。星星越来越大，越来越亮了。后来他们登上了一座险峻的高峰，看到高峰后面出了早已西坠的月亮的边缘。月亮像是要匆匆忙忙地逃掉，但是Manap和神都将她追上了。月亮只好重新升起在地平线上。他们走在平坦的、高高的土地上。

这会儿亮起来了，比夜幕初降时亮多了。这是因为他们离星星近多了。星星一个

20×20=400　　安徽师范大学稿纸

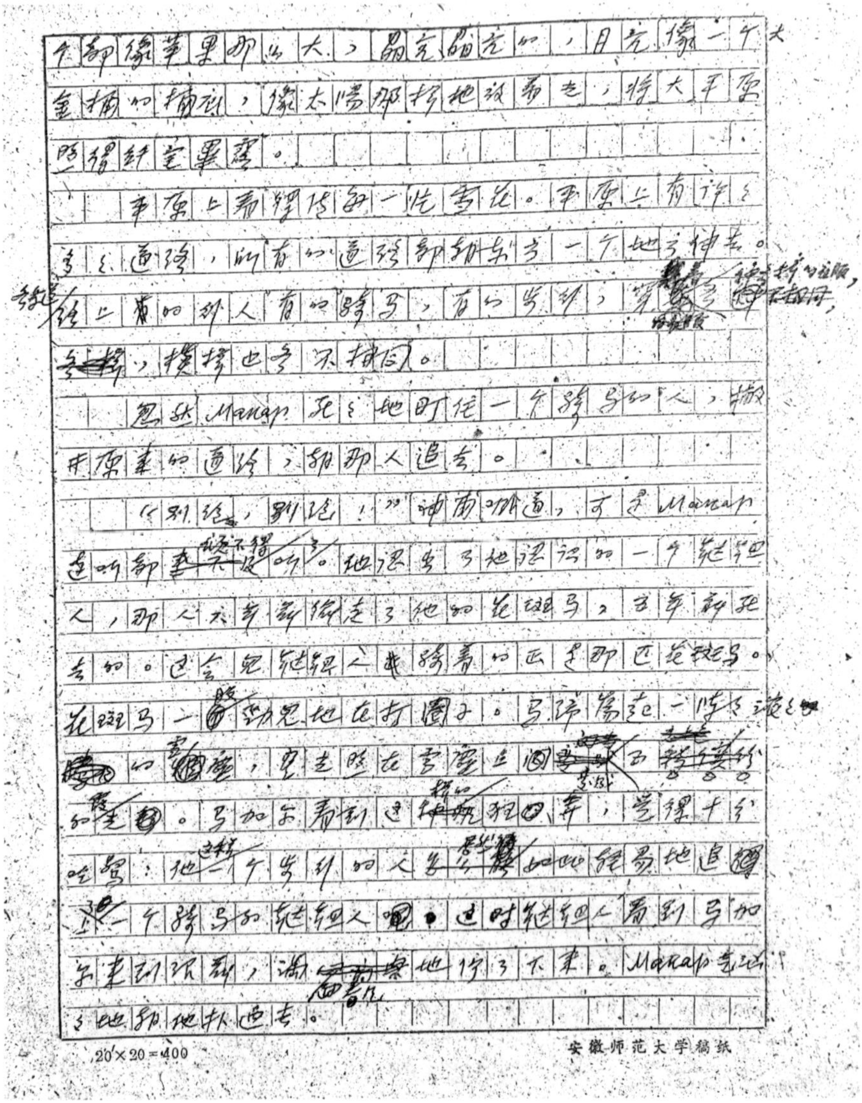
个都像苹果那么大，晶亮晶亮的，月亮像一个大
金橘似的挂着，像太阳那样地放着光，将大平原
照得纤毫毕露。
平原上飘浮着一片雪花。平原上有许许
多多道路，所有的道路都朝东方一个地方伸去。
路上走的行人有的骑马，有的步行，穿[illegible]
[illegible]，模样也各不相同。
忽然Макар死死地盯住一个骑马的人，撇
开原来的道路，朝那人追去。
“别跑，别跑！”他前面喊道，可是Макар
这时却顾不得听了。他认出了他认识的一个鞑靼
人，那人大前年偷走了他的花斑马，去年就死
去的。这会儿鞑靼人骑着的正是那匹花斑马。
花斑马一跛一跛地在打圈子。马蹄荡起一阵阵旋起的
[illegible]的雪雾，它走踩在雪堆上[illegible]
[illegible]。马加尔看到这种情景，觉得十分
吃惊：他这样一个步行的人竟如此轻易地追上
了一个骑马的鞑靼人呢。这时鞑靼人看到马加
尔来到跟前，满面窘色地停了下来。Макар兴冲冲
地朝他扑过去。
20×20=400 安徽师范大学稿纸

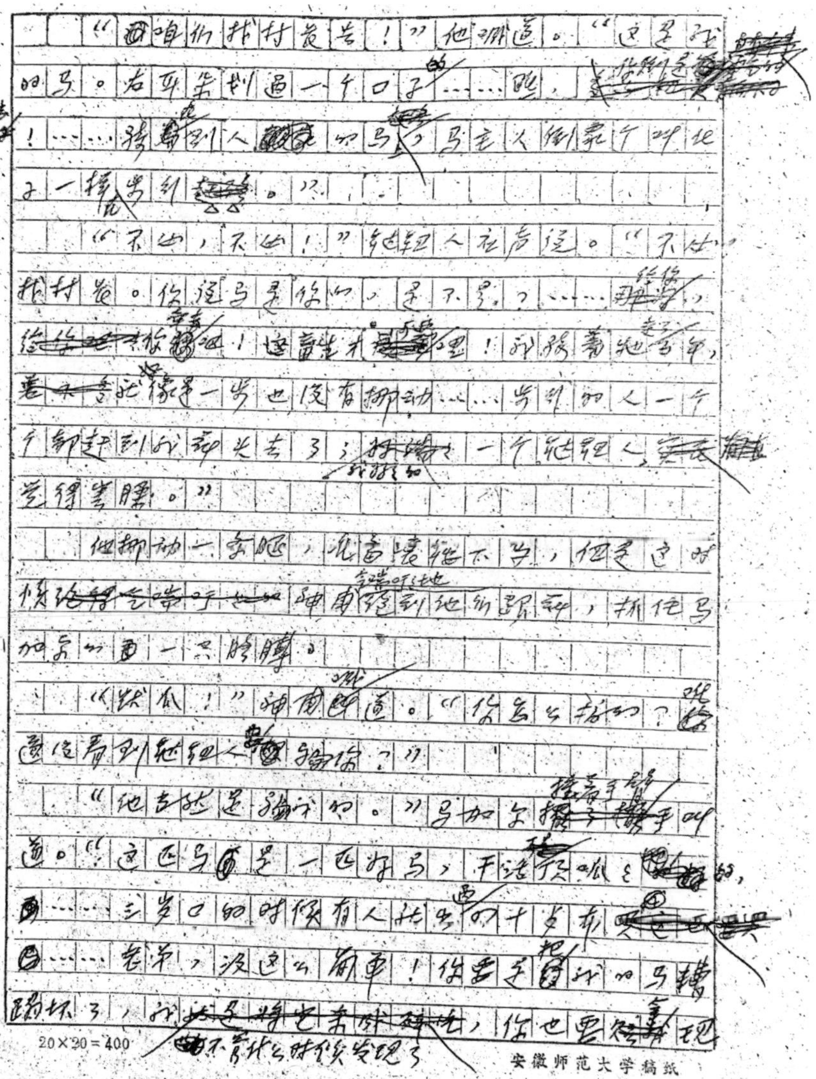
“咱们找村长去！”他喊道。“这是我的马。右耳朵划过一个口子……哦，[illegible]！……瞧着别人[illegible]的马，马主人倒像个叫化子一样[illegible]。”

“不必，不必！”[illegible]人在旁说。“不必找村长。你说马是你的，是不是？……[illegible]，给你[illegible]！这[illegible]理！我骑着它多年，[illegible]一步也没有挪动……偷马的人一个个都赶到我前头去了；一个[illegible]人[illegible]觉得害臊。”

他挪动一步腿，想骑上马，但是这时候神甫[illegible]到他们跟前，揪住马加尔的一只胳膊。

“傻瓜！”神甫[illegible]道。“你怎么搞的？难道你看到[illegible]人[illegible]骗你？”

“他当然是骗我的。”马加尔[illegible]叫道。“这匹马是一匹好马，干活[illegible]……三岁口的时候有人出过十卢布[illegible]……老弟，没这么简单！你要是把我的马糟蹋坏了，我[illegible]，你也要[illegible]……”

20×20＝400　　安徽师范大学稿纸

抓结偿，你原以为你这鞑靼人，就没有王法了？”

马加尔越说越火，而且大声地叫起来，想召集更多的人前来，围着他一同驳斥鞑靼人。但是神甫要他不要做声：

“别讲了，别讲了，马加尔！你老是忘记你已经死了……你要马干什么？再说，难道你没有看见，你步行比鞑靼人快得多？你是不是想骑在马上過一个年都不得安宁？”

Макар憋出火性，怪不得鞑靼人那么坚定将马让给他呢。

“这家伙可真刁！”他心里想道，接着对鞑靼人说：

“收起这一套吧！这马你就骑着吧，哼，看我不告你去！”

鞑靼人气呼呼地脱了一顶皮帽，将马抽了两鞭。马儿打起圈子，一团团的雪粉从马蹄下飞起来，但是，直到Макар和神甫离开，鞑靼人才寸步也没有移动。

他气愤地啐了一口，对Макар说：

“听我说，朋友，你能不能给一点烟叶子？真想

20×20＝400　　安徽师范大学稿纸

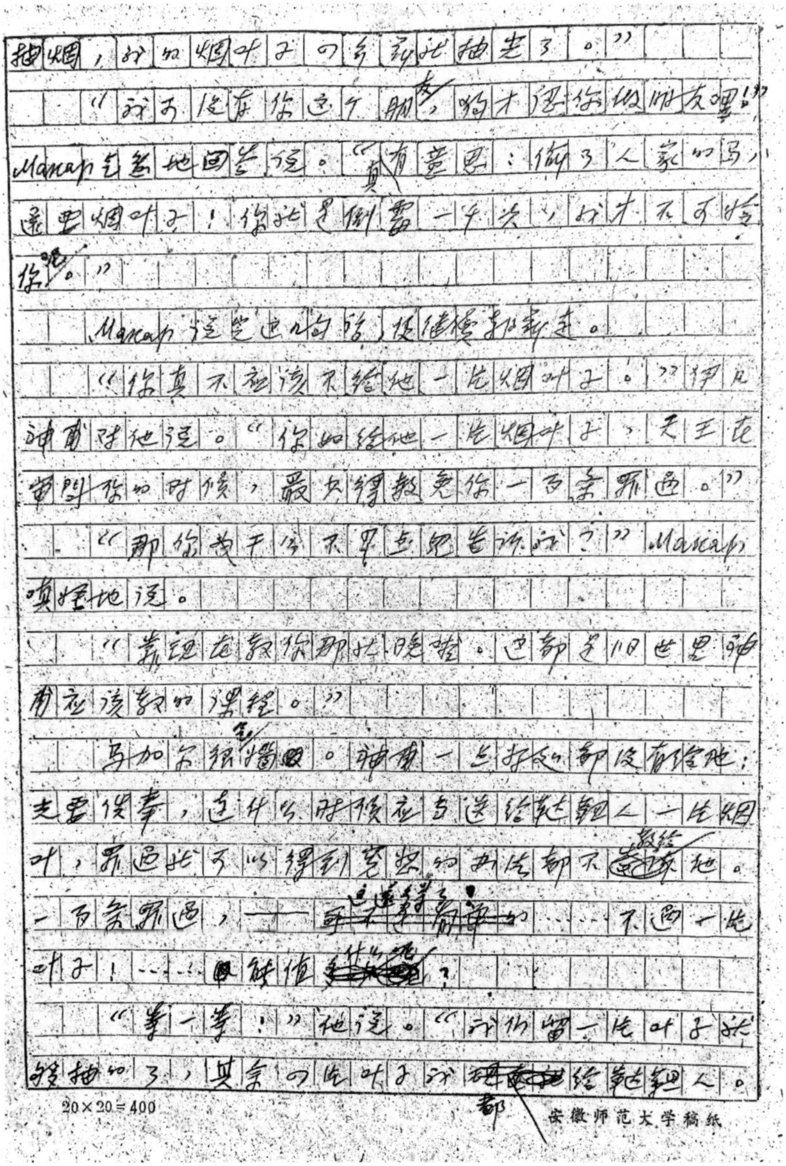

袋烟，我的烟叶子可以就此抽光了。"

"我可没有你这个朋友，我才不给你做朋友哩！"Макар生气地回答说。"真有意思：偷了人家的马，还要烟叶子！你犯过偷窃一千次，我才不可怜你呢。"

Макар说完也不向他，便继续朝前走。

"你真不应该不给他一片烟叶子。"伊凡神甫对他说。"你如给他一片烟叶子，天主在审判你的时候，最少得赦免你一百条罪过。"

"那你为什么不早点儿告诉我？"Макар嗔怪地说。

"我现在教你那也晚啦。这都是阳世里神甫应该教的课程。"

马加尔恼了。神甫一点好处都没有给他；光要供奉，这什么时候应当送给鞑靼人一片烟叶，罪过就可以得到宽恕的方法都不教给他。一百条罪过，……不过一片叶子！……值什么？

"等一等！"他说。"我给留一片叶子我自己抽的了，其余四片叶子我都给鞑靼人。"

20×20＝400　安徽师范大学稿纸

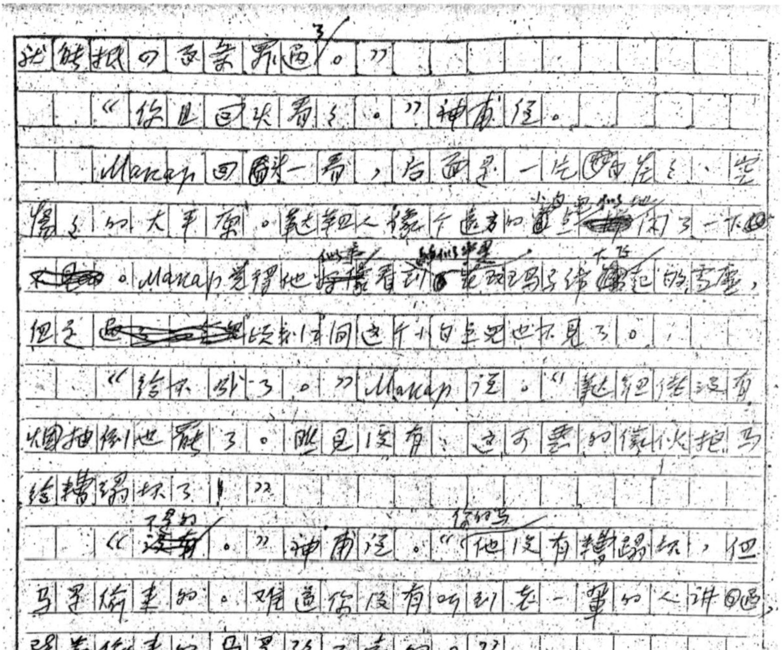

我能抵得了全部罪过。”

“你且回头看看。”神甫说。

Макар回头一看，后面是一片白茫茫、空荡荡的大平原。鞑靼人像个远方的黑点一样闪了一下。Макар觉得他好像看到了马扬起的雪尘，但是这时间连个白点也不见了。

“给你说了。”Макар说。“鞑靼佬没有烟抽偷他的马了。但是没有：这可恶的家伙把马给糟蹋坏了！”

“不是的。”神甫说。“他没有糟蹋坏，但马是偷来的。难道你没有听到老一辈的人讲过，骑着偷来的马跑不远的？”

Макар确实听老一辈的人讲过这样的话，但是因为他亲眼看见好几次鞑靼人骑了偷来的马到城里去，他也就不相信老一辈人的话了。这会儿他才懂得老一辈人的话有时候是有道理的。

他又赶过了平原上许许多多骑马的人。所有骑马的人跑得都像遇到的第一个骑马的人那样快。马飞如鸟飞，骑马的人汗流浃

20×20=400　　安徽师范大学稿纸

背，可是Макар一个一个地赶到了他们前头，将他们撵在背后。

大部分是鞑靼人，但是也有一些土生土长的查尔干镇上的人；有几个查尔干人骑着偷来的牛，不住地用柳条子抽打。

Макар望着鞑靼人觉得好不可惜，不住地咕哝着说这样太便宜他们了。他如遇到查尔干镇上人，便停下来，宽厚地同他们握握手：虽然是贼，但总归是乡亲。有时他甚至表示自己的同情：在路上拣起一根柳条，从后面将牛和马赶一阵子；但是只要他往前迈上几步，骑牲口的人就落到后面，变成了隐隐约约的小点儿。

大平原辽阔无边。他们不时地赶过一些骑牲口的人和步行的人，然而周围还是显得空荡荡的。行人与行人之间似乎有百里，以至千里之遥。

在两个行人中间看到有一个陌生的老头子；他显然不是查尔干人；这从脸型、衣着、举止上都可以看得出来；但是Макар却记不起过去有没有见过他。老头子穿的是破皮袄，

20×20=400　　安徽师范大学稿纸

戴的是老大的带耳的皮帽，也是破破烂烂的，穿下是羊皮袄和一双破烂的牛皮靴。但最叫人奇怪的是，别看他年纪那么大了，背上还背着一个更加衰老的老头子，老头子的两条腿拖在地上。老头子上气不接下气，歪歪倒倒地，吃力地拄着拐杖。马加尔惊讶地停了下来。老头子也停了下来。

"老爷爷这是怎么回事！"Макар惊讶地问道。

"没什么好讲的。"老头子回答说。

"你听到什么了？"

"什么也没听到。"

"你看到什么了？"

"什么也没看到。"

Макар暂时不作声，认为这样才能让老头子讲出他的姓名和来历。

老头子自报了姓名。很久以前，——他自己也不知道是多少年以前了，——他离开家乡到"山上"去避难。他在山上吃草莓和树根，什么事情也不干，不耕田，不种地，不用手磨磨粉，也不缴税纳粮。

20×20=400　　安徽师范大学稿纸

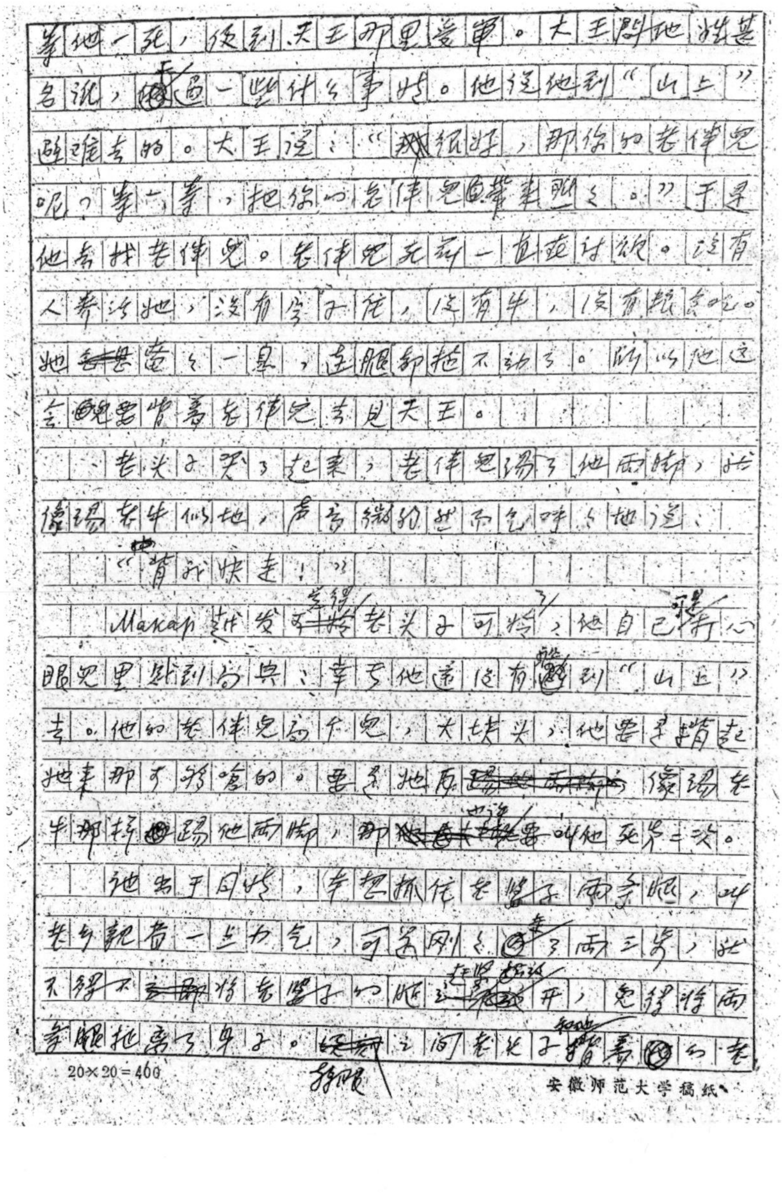

等他一死，便到天王那里受审。天王问他做甚么说，做过一些什么事情。他说他到“山上”过活去的。天王说：“很好，那你的老伴儿呢？等一等，把你的老伴儿带来瞧瞧。”于是他去找老伴儿。老伴儿正在一直在讨饭。没有人养活她，没有房子住，没有牛，没有粮食吃。她瘦得一身，连腿都抬不动了。所以他还只得背着老伴儿去见天王。

老头子哭了起来，老伴儿踢了他两脚，好像踢老牛似的，声音微弱地不停气叫着地说：

“背我快走！”

Макар觉得老头子可怜了，他自己暗心眼儿里就到害臊，幸亏他还没有跑到“山上”去。他的老伴儿高个儿，大块头，他要是背起她来那才够呛的，要是她再像踢老牛那样踢他两脚，那要叫他死几十次。

他想到这里，本想抓住老婆子两条腿，叫老乡就看一点力气，可是刚刚走了两三步，就不得不将老婆子的腿放开，只得将两条腿抬离了身子。这时老头子背着他的老

20×20=400　　安徽师范大学稿纸

伴也就看不见了。

后来在路上再没有看到值得马加尔特别注意的人物。有一些做错的人背着自己偷来的财物，像满载的牲畜似地一步一步地慢慢往前挪动；肥胖的魏孚楼夫人们像塔一样坐在高高的马鞍上，一颠一簸地走着，高高的皮帽都碰到云彩了。许多不幸的奴仆矫健、灵活得像兔子一样，在他们前后左右又蹦又跳地跑着。有一个阴森可怖的杀人凶手，满身是血，眼睛里露出强盗失掉了的神色。他拼命往洁白的雪堆里钻，想把血迹洗掉，但都是徒然。鲜血像泡沫飞溅似地将周围的雪染成了红色，可是凶手身上的血迹却变得更加明显，他的眼睛里露出极度的绝望和恐惧。他孤独地走着，拼命躲避别人惊恐的眼神。

孩子们小小的灵魂不时地像小鸟一样在空中掠过。他们一来就是一大群，马加尔觉得这不足为奇。饥饿、天花、麻疹、帐篷里的炉火加上刺骨的寒风，单从查乐干镇上就夺走了几百条小小的生命。他们一飞近凶手，便惊得四散，过后很久还听得

20×20=400　　安徽师范大学稿纸

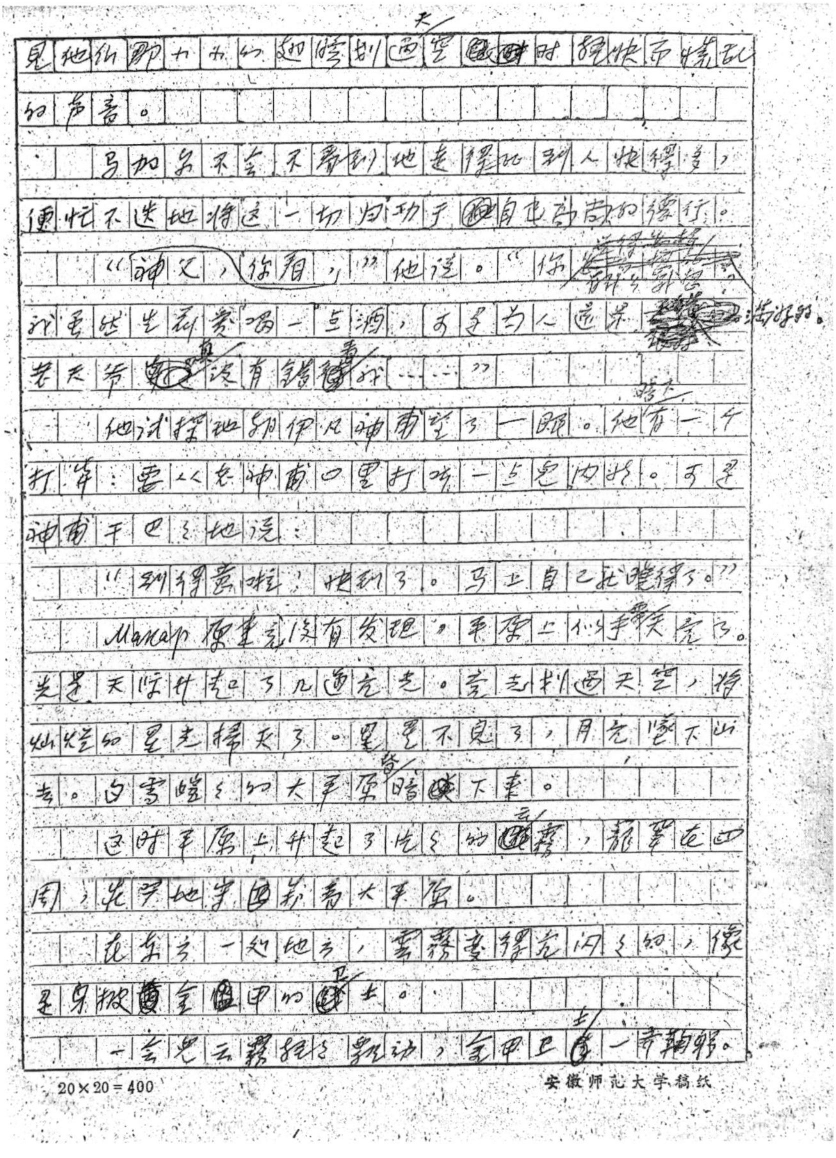

见他们那几十个翅膀划过天空时轻快而慌乱的声音。

马加尔不会不感到地走得比别人快得多，便忙不迭地将这一切归功于自己高尚的德行。

"神父，你看，"他说。"你都知道：我虽然生病爱喝一点酒，可是为人还是温和的。老天爷真没有错待我……"

他试探地朝伊凡神甫望了一眼。他暗下有一个打算：要从老神甫口里打听一点究竟。可是神甫干巴巴地说：

"别得意啦！快到了。马上自己就晓得了。"

Макар 这才没有发现，草原上似乎开始亮了。先是天际升起了几道亮光。亮光划过天空，将灿烂的星光扫灭了。星星不见了，月亮落下山去。白雪皑皑的大草原昏暗下来。

这时草原上升起了片片的云雾，笼罩在四周，无边地守卫着大草原。

在东方一处地方，云雾变得亮闪闪的，像是穿披黄金盔甲的卫士。

一会儿云雾轻轻飘动，金甲卫士一齐鞠躬。

20×20=400　　安徽师范大学稿纸

太阳穿过云雾升了起来，坐在云雾金色的脊背上，照射着草原。

草原上到处是灿烂的夺目的阳光。

云雾跳着巨大的圆舞，冉冉升起，团团在西边散了开来，飘飘荡荡，向高空逝去。

Макар仿佛听到一阵仙乐。这仿佛是世界已经苏醒的大地迎接太阳的那一支乐曲。但是Макар从来没有认真注意听过，现在才第一次听懂，这是多么美妙的一支乐曲。

他停下来倾听着，不想走了。真想永远留在这里倾听这支乐曲……

× × ×

可是伊凡神甫扯了扯他的袖子，说：

"进去吧。我们到了。"

这时Макар看到他们正站在一座大门前。刚才这座大门被云雾遮住，他没有看见。

他真不想走，但是，有什么办法，只好听神甫的了。

六

他们走进一座高大而华丽的房子。Макар一走进这座房子，才发觉外面真冷极了。房子中间有一座镀金的很大很大的仙炉，里面燃烧着金紫，散发着均匀的热气，一下子就热透了全身。仙炉里的火不刺眼，不灼人，只是散发热气，于是Макар又想永远留在这里，永远浑身上暖暖和和的。伊凡神甫也走近了火炉，将冻僵的两只手伸了过去。

房子有四个门，其中只有一个是通向外面的，其余几个门经常有一些穿白衣的年轻人进进出出。Макар心想，这想必就是此处天王的使者。他觉得他好像在哪里看到过他们，但究竟在哪里，他记不起来了。他看见每个使者都有一双白色的大翅膀在背上卷着，闷闷的，他才想，天王还有一些使者，因为这些使者既然长着大翅膀，想必是不能够到密林里去砍柴的。

有一个使者也走到火炉跟前，背对着他，同伊凡神甫谈了起来：

"讲讲你的见闻吧！"

"没什么好讲的。"神甫回答说。

"你在世上听到什么？"

"什么也没听到。"

"看到什么？"

"什么也没看到。"

两个人都沉默了一会儿，神甫开言了：

"我带来一个人。"

"可是查尔干镇的人？"使者问道。

"是的，查尔干镇上的。"

"那得要准备大天秤哩。"

他走进一个门里去安排去了。Макар便问神甫，要天秤干什么，而且还非要大的不可。

"是这样的，"神甫有些难为情地回答说。"要天秤，那是要称一称你生前做的好事和坏事。别的许多人做的好事和坏事放在秤盘上大致是相等的；有些查尔干人做的坏事太多，天王只好吩咐人做了一架专门用的天秤，就那边用的盘子特别大。

Макар听了这话心里像猫爪子在抓似的。他有点儿怕了。

几个使者抬进一架大天秤，安置妥当。一只盘子是金的，小小的，另一只是木制的，老大老大的。木盘面下忽然出现了一个深深的黑洞。

Макар走过去仔细瞧瞧天秤，提防有人做假。但没看出破绽。两只盘子平平地，一点也不晃动。

况且他也不完全了解天秤的构造，一辈子做什么事都还是用称钩，他一辈子用称钩的本事，不管是买，是卖，都能捞得到一点儿便宜。

"天王来啦。"伊凡神甫忽然说道，一面在端正衣帽。

中门大开，年事很高的天王走了进来，银白色的大胡子一直垂到腰以下。他穿着Макар从来没见过的十分华丽的皮袄和锦绸，脚上登的是波斯丝绒的暖靴，这种靴子Макар看到一位老神像画师穿过的。

Макар一眼便看出这正是他曾看到的教堂里画的那位老头子。只不过现在他儿子不在他身边；Макар想，也许儿子办事情去了。然而一只鸽子飞进屋来，在老头儿头上打了几个圈儿，便落在他的膝盖上。年迈的天王坐在特设的宝座上，用手抚摸着鸽子。

天王的面孔是慈祥的，Макар这时心里感到很沉重，一望到这张面孔，便能轻松多了。

他心里感到十分沉重是因为他忽然想起了一生所做的大大小小的事情，想到他走的每一步路，每一斧头，砍倒的每一棵树，每一次撒谎，他喝的每一杯酒。

所以他觉得羞愧，害怕。但是他望了望老天王的脸色，又打起精神来。

他胆子大起来，心想，也许有些事情还能瞒得过他呢。

老天王望了他一眼，便问他是干什么的，什么地方来，叫什么，活了多大岁。

Макар一一回答过了，老天王又问他：

"你生前做了一些什么？"

"你自己知道的，"Макар回答说。"你这里一定有记载的。"

Макар是想试探一下老天王，看他是不是当真全都记了。

"要你自己讲，不许隐瞒！"老天王说。

Макар又打起精神来。

他便自报他做的好事，虽然他记得他砍的每一斧头，记得他砍的每一根树桩子，和他犁过的每一陇地，但是他多报了几千根树桩子，几百车木柴，几百捆树和几百斗粮食。

等他报完了，老天王转身对伊凡神甫说：

"把簿子拿来。"

这时Макар才知道伊凡神甫是在天王手下做秘书。他很生气：神甫不该当这份差，不肯将这些情形事先通知他。

伊凡神甫拿来一个大簿子，翻开来，仔细往下看。

"看一看，"老天王说。"砍了多少树桩子？"

伊凡神甫看了一下，说：

"他多报了一万三千根。"

"他胡扯！"Макар气冲冲地叫道。"他一定是弄错了，因为他是个醉鬼，死都没得到好死的！"

"住嘴！"老天王说。"常引说礼拜守礼，他有没有趁机勒索？有没有向你多要供奉？"

"问这些事是多余的！"Макар回答说。

"那还有什么好讲的。"大王说。"他爱喝酒，我自己也知道。"

老天王生气了。他对伊凡神父说：

"你全部簿子上记的他的罪过，因为他爱扯谎，我才不相信呢。"

这时使者们将Макар砍的劈柴、木桩、他耕的地，以及所有的活儿都放到金盘子上。这一切加在一起真是多得不得了，天秤上的金盘子被压得低低的，木盘子升得高高的，用手够都够不到，于是天使们便展开翅膀飞上去，拴上绳子，百十个人一齐往下拉。

查尔干人干的活儿真够重的！

伊凡神甫开始念他撒谎的次数，撒谎共计二万一千九百三十三次；神甫又念Макар喝的酒，共计四百瓶；神甫又往下念，这时Макар看到，天秤的木盘低过了金盘，已经慢慢地陷入泥里，可是神甫还在念，木盘还在往下沉。

这时Макар心中感到事情不妙，于是走到天秤跟前，正想暗暗用脚顶住木盘，可是有一个使者发觉了，大家一齐嚷了起来。

"怎么一回事儿？"老天王问道。

"他想用脚顶住木盘。"使者回答说。

只见天王愤怒地转过身来，对Макар说：

"我看清楚了，你既爱扯谎，又是一个酒鬼和懒汉……你拖欠税款，拖欠神甫供奉金，警察局长一见面就得将你臭骂一顿，就因为你才犯了过错……"

老天王转过身去向伊凡神甫问道：

"查尔干镇上什么人给马装载装得最多，而且天天赶车到处拉脚？"

伊凡神甫回答说：

"教堂里的宗事傳。他又送邮件，又拉警察局长。"

于是老天王说：

"将这个懒鬼交给宗事傳去做牲马，让宗事傳驾上他去拉警察局长，要不把他赶得精疲力尽，决不能叫他歇息……看看他能不能偏改前非。"

老天王这话刚刚讲完，门开了，天王的儿子走进屋来，坐在他右手下。

儿子说：

"我听到你讲的话了……我在世上住了很久，知道世上的情形：给警察局长拉车是穷人的一项苦差事！但是……那也只好如此！……不过，也许这人还有什么话讲。你让他讲讲吧，可怜的人吧！"

这时出现了十分奇异的事情。Макар还是那个Макар，原来一辈子讲话从来没有一次超过十个词儿，忽然觉得自己也有了口才。他一面讲，一面自己觉得十分吃惊。好像一下子成了两个马加尔：一个在讲话，一个在听，并且感到十分惊奇。他简直不相信自己的耳朵。他讲得流畅、充满激情，一句紧接着一句，随后就变得又长、又学会的[illegible]段落。他再不胆怯。有时即使口结一下，但立刻就恢复正常，而且声音比原来更大。主要是他觉得他讲的话有理。

老天王起初觉得他十分放肆，有点儿生气，后来却听得十分出神，似乎已经看出来，Макар并不是像他原来所想像的那样一个傻瓜。伊凡神甫刚一开头，甚至对他闻问，竟惹起了一下Макар的坚决，不是Макар转向他的手，这样讲他的。后来神甫看到他这位教民讲的句句是真理，而且讲到老天王的心坎里去了，也就不管他了，甚至笑开了。老天王手下当值的穿长衣、长白翅膀的使者们也从原来站的地方走到门边，留里地在听Макар讲话，不住地用胳膊肘互相撞撞呢。

他先讲他不愿意去给寄事僧做牧马。不愿意去不是因为他懒，而是因为这项判决不公平。就因为这项判决不公平，他就不服从，理都不理，睬都不睬。随你怎么去办好啦！就是[illegible]，他也不去给警察打杂事，因为这很不公平。不要以为他是怕做牧马太吃苦：寄事僧的牧马和打杂事，这跟他一点无关呢，人家赶着他做了一辈子的事，从来没有人管他的草料。

"哪一个赶着你做事？"老天王气忿地问。

是的，他被赶着、逼着干活儿干了一辈子！村长、乡长、县官、警察局长向他要捐派税，逼着他干活儿；神甫要供奉，

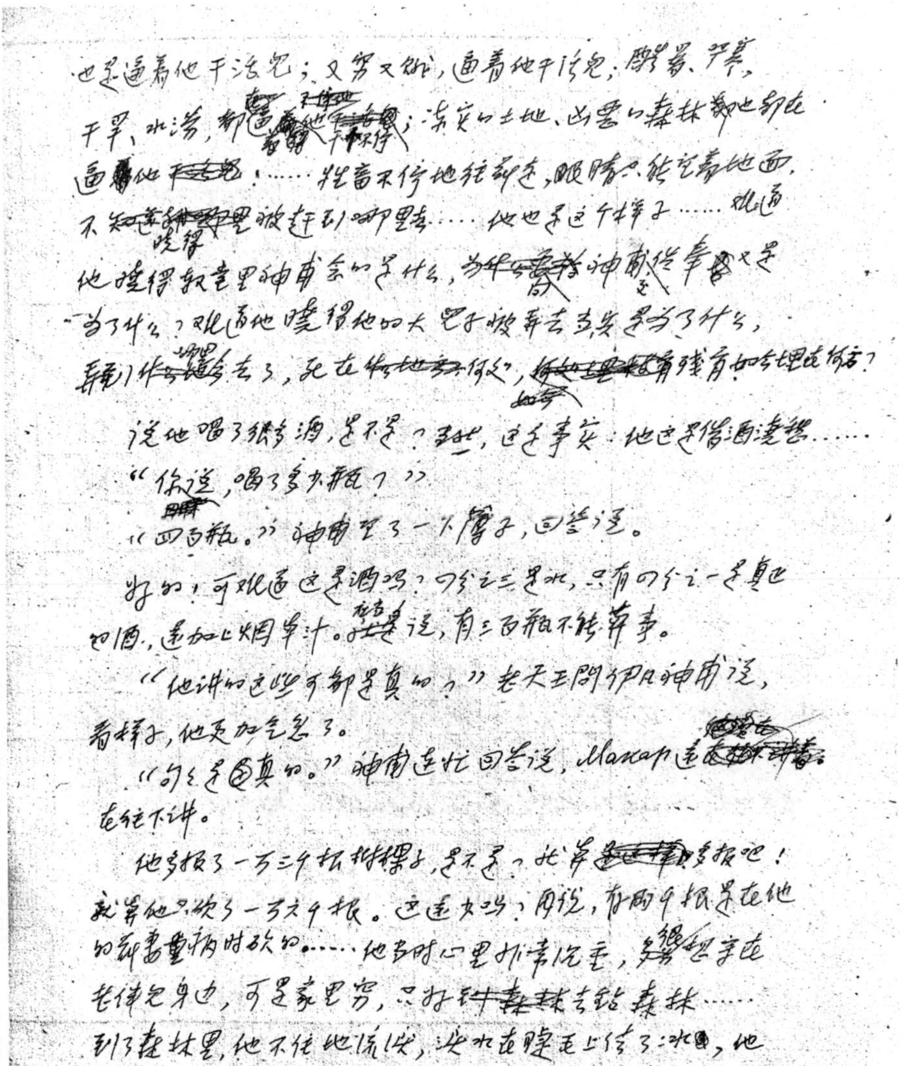

也是逼着他干活儿；又穷又饿，逼着他干活儿；酷暑、严寒、干旱、水涝，都逼着他干活儿；冻实的土地、凶恶的森林也都在逼着他……牲畜不停地往前走，眼睛只能望着地面，不知道被赶到哪里去……他也是这个样子……难道他懂得教堂里神甫念的是什么，神甫传奉的是为了什么？难道他懂得他的大儿子被弄去当兵是为了什么，弄到什么地方去了，死在何处，残骨如今埋在何方？

说他喝了很多酒，是不是？是的，这是事实：他是常借酒浇愁……

"你说，喝了多少瓶了？"

"四百瓶。"神甫望了一下簿子，回答说。

好的！可难道这是酒吗？四分之三是水，只有四分之一是真正的酒，还加上烟草汁。应当说，有三百瓶不能算数。

"他讲的这些可都是真的？"老天王问伊凡神甫说，看样子，他更加生气了。

"句句是真的。"神甫连忙回答说，Макар还在往下讲。

他多损了一万三千根桦树棵子，是不是？就算吧！就算他只砍了一万六千根。这还太少？而况，有两千根是在他的老妻生病时砍的……他当时心里非常忧愁，多想守在老伴儿身边，可是家里穷，只好去砍森林……到了森林里，他不住地流泪，泪水在睫毛上结了冰，他因为心里痛苦，外面的冷气一直冷到他心里去了……他还是要砍柴！

后来他的老婆死了。要埋葬，他又没有钱。为了给老伴儿买棺材，他又去给人家砍柴……商人看到他急等钱用，只给他十个戈比……老伴儿躺在没有炉火的冰冷的屋子里，他又去砍柴，眼泪不住地流。他认为，这些柴应当加百倍计算，甚至不止百倍。

老天王眼睛里出现了泪水，Макар至此看到，天秤的两个盘子上下摆动起来，木盘升了上去，金盘落了下来。

Макар还在继续讲：不是说，簿子上都记着了吗？……那就找找看：什么时候，他得到过恩爱、享受或者欢乐？他的孩子们又在哪里？孩子们生病死去，他感到痛苦、悲伤，有的长大了，却离开他，只身远去，各奔自己的前程。他只有同老伴儿一块儿苦熬岁月，眼看着自己一天天老去无力，孤苦伶仃的、可怕的暮年已经来到。他们孤单单地生活在世上，就像是荒野上狂风暴雪任意吹打的两棵孤零零的小树。

“可是真的？”老天王又问道。

神甫连忙回答：

“句句是真的！”

这时天秤又在上下摆动……老天王却在深深地思索。

“这是怎么回事呢？”他说。“我派到世上有不少正人君子……

他们的眼睛是明亮的，面孔是洁洁的，衣服没有补绽……他们的心灵像肥沃的土壤，种进善良的种子，就发出善良的芽，开出芬芳的香花，那香味闻着再好不过了。可是你瞧瞧你的样子……”

许多只眼睛一齐望着Макар，望得他怪不好意思。他觉得他的眼睛是暗淡无光的，脸黑糊糊的，头发、胡子乱蓬蓬的，衣服破烂不堪。虽然死前他老早就准备买一双靴子，打扮成一个像样的农夫来见天王，可是钱老是喝得光光的，这会儿他这个样子来拜见天王的神圣，穿的是烂得不像样子的衣服鞋子…… 地上有缝，他真想钻进去。

“你的脸黑糊糊的。”老天王还在说。“眼睛暗淡无光，衣服破破烂烂。你的心长满了荒草，又有荆棘，没有香蒿。所以我就喜欢那些正人君子，一见到像你这样作孽的人的脸我就讨厌。”

Макар心里好不难受。他自惭形秽了。羞羞答答低下头，可是他忽然昂起了头，又讲了起来。

天王讲的是什么样的正人君子？如果讲的是世上那些和Макар同时代的住在豪华的高楼大厦里的人，那Макар是晓得他们的……他们的眼睛明亮，因为他们没有像Макар一样流那么多的眼泪，他们的面孔洁洁，那是用香脂擦的，他们的衣服是别人给缝的。

Макар又低下头去，可是马上又昂了起来。

在此以前头之间难道他没有看出，他生下来也和别人一样，有一双明亮的、天真的眼睛，里面照得见天空与大地，也有一颗纯洁的心，期待着迎接世上一切美好的东西？要是说如今他却终于将自己忧伤而屈辱的躯体掩埋于地下，那这是不能怪他……那又该怪谁呢？——他不知道……

但是他知道一点：他心中再也无法忍受了。

七

当然，Макар要是能看到他的话给天王多么大的震动，要是他能看到他所讲的每一个愤怒的字眼像砖头一样地落到了金壁上，他会叫他的心平静一些。但是这一切他都没有看见，因为他的心里充满了绝望。

如今他回顾了自己痛苦的一生。他怎么能忍受这一切坚持到今天呢？他忍受这一切是因为希望像大雾中的星星，总是在前面指引着他。他要是不停地走，说不定总会遇到好一点的命运吧……如今他已经看到了生命的尽头，希望破灭了……

这时他的心中满腔的怒火，就像深夜里空旷的原野上狂风暴雨。他忘记了他如今是在哪里，站在什么人的面前；他忘记了一切，只有满腔的怒火……

X X X

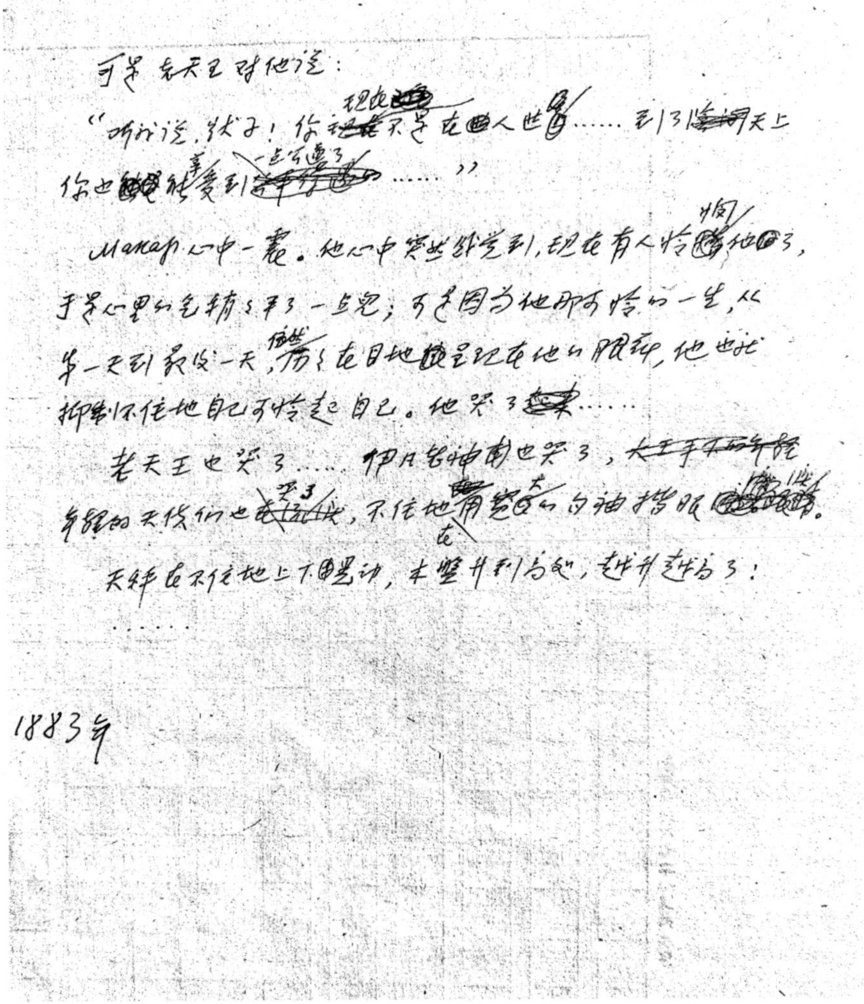

于是老天王对他说：

"听我说，孩子！你现在不是在人世……到了天上你也能享受到一点公道了……"

Макар心中一震。他心中突然觉到，现在有人怜悯他了，于是心里的气稍稍平了一点儿；可是因为他那可怜的一生，从第一天到最后一天，依然历历在目地呈现在他的眼前，他也就抑制不住地自己可怜起自己。他哭了……

老天王也哭了……伊凡老神甫也哭了，年轻的天使们也哭了，不住地用宽大的白袖揩眼睛。

天秤在不住地上下摆动，木壁升到高处，越升越高了！

……

1883年

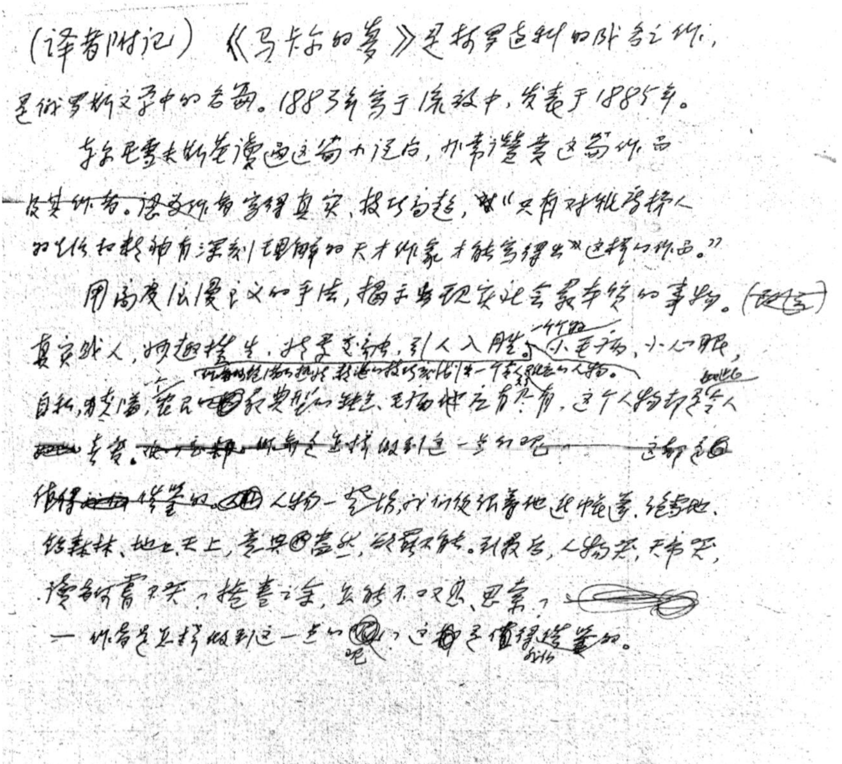

（译者附记）《马卡尔的梦》是柯罗连科的成名之作，是俄罗斯文学中的名篇。1883年写于流放中，发表于1885年。

车尔尼雪夫斯基读过这篇小说后，非常赞赏这篇作品[illegible]作者写得真实，技巧高超，[illegible]"只有对俄罗斯人的生活和精神有深刻理解的天才作家才能写得出"这样的作品。"

用高度浪漫主义的手法，揭示出现实社会最本质的事物。[illegible]真实感人，兴趣横生，情节生动，引人入胜。[illegible]小毛病，小心眼，自私，吹嘘，农民[illegible]的贫困[illegible]、无论什么地方都有，这个人物却是令人[illegible]同情。[illegible]这都是值得借鉴的。[illegible]人物一登场，就仿佛领着他进入冰原、绕过森林、地上天上，意境豁然，欲罢不能。到最后，人物哭，天帝笑，读者也会哭了，掩卷之余，不能不叹息、思索了[illegible]——作者是怎样做到这一步的呢？这都是值得我们借鉴的。

附录 2

怀念父亲

王　燕

父亲离开我们已经20年，但我总认为父亲一直都没有离开我们，这不仅仅是因为我时常阅读父亲翻译的所有著作，更是因为父亲的音容笑貌始终在我的脑海中浮现、时常在我的梦中出现。父亲生活中的点点滴滴总是让我想起各种场景，下放农村时在菜地里忙碌的身影、学生到家里时谈这谈那的声音、翻译时专心致志的背影……

一、父亲出身贫寒，特别珍惜家庭幸福

1926年12月21日，父亲出生于山东省广饶县一个贫寒人家。幼年丧母，他和爷爷、姑姑一起生活。小的时候，爷爷为了赚钱养家常年在外打工。所以父亲是由外祖母抚养长大，读书时断时续。因日寇侵华，1943年他和两个年龄相仿的伙伴一起逃离家乡，从此开始了颠沛流离的生活，食不果腹、担惊受怕，尝尽了生活的苦涩与艰辛。

因为父亲小的时候很少体验到一个完整家庭生活的幸福和

快乐，所以，在我出生以后，父亲特别开心。母亲告诉我说，小的时候父亲几乎把全市点心品种买遍。我在外地上大学时，尽管交通很不方便，但父亲几乎每周都要去看我，肩挑背扛，给我带上一大堆吃的、用的。工作以后，每次因事下班回家晚了，父亲肯定会来单位接我。每天吃饭无论我回来多迟，他都一定要等我回来。

我女儿出生以后，父亲开心极了，一年内一字未译，说是要好好休息休息，其实是抽出时间来陪他心爱的外孙女。我女儿还不能够直立抱起的时候，他就用两只手平托着在家里走来走去，或者到外面沐浴阳光。我女儿刚开始会吃东西的时候，父亲每天一早都到菜场去买银鱼回家炖蛋。夏天的时候，父亲要么左右手各托着一个大西瓜，要么一手拉着我女儿，一手托着西瓜。怕我女儿夏天热，父亲到杭州出差时专门买回来一台空调，要知道，在那个年头家里安装空调还是一件很奢侈的事。为了不影响我女儿在国内正常入学，1995年暑假，父亲专程到俄罗斯看望我们一家三口，然后把我女儿带回家上小学。

在我心中，父亲高大如山，宽广如海。我对父亲充满深深的敬意，为此也感到十分自豪。但无论是在农村下放时，还是在上学期间，甚至在我工作以后，都是父亲为我操心、为我考虑，而我却很少为父亲考虑，很少和父亲交流，也很少对父亲嘘寒问暖，作为女儿没有为父亲尽一份应尽的孝心，至今在我的心中依然充满了愧疚。

二、父亲为人真诚，特别注重做人做事

父亲一生坎坷，1957年上半年，他被错划为“右派”，开除公职，送去“劳动教养”。1960年，他被摘掉“右派”帽子，返回学校。十年动乱开始，他又以“老右派”受到批判、打击。1969年携全家下放安徽宣城农村劳动。1978年回安徽师范大学教书。1979年“右派”问题平反。然而，尽管历经磨难，父亲却从未灰心丧气过，始终保持着格外刚强的个性，不怕苦，不怕难。

正如《安娜·卡列尼娜》出版时父亲自题小像里面写的：一生清白，一生不弯腰。“文革”期间，他遭受批斗时，造反派要他跪下，他反而站得更直，即使棍棒打在他的身上，他也决不低头，决不跪下，直到他被打倒在地，被打伤、打晕。他的这一性格也体现在翻译工作当中，在重译《静静的顿河》时，他以常人难有的决心、胆识和毅力，废寝忘食地完成。《静静的顿河》全书140多万字。父亲坚持每天翻译二三千字，前后历时两年半，近千个日日夜夜，其中的辛苦可想而知。

当他被打成“右派”、开除公职、下放山区的时候，他仍没有被打败，反而认真地面对每一项任务，坦然面对艰难的处境。无论面对怎样繁重的体力劳动，他都能够坚持下来，成为一个大伙夸奖的勤奋刚毅的体力劳动者。

我记忆中的父亲特别能干，我甚至觉得他无所不能。记得我们在乡下时，他把生产队划拨给他的那一块菜地利用到了极致，蔬菜一年四季轮换着种，收成都很好。有一年大白菜都收了几千

斤，分给村里人一起享用。当时当地还没有人种过西瓜，山区蜜蜂少，父亲就自己动手给西瓜一朵朵地人工授粉，结果他种出的西瓜又大又甜，同时还练就了一手引以为豪的挑瓜的手艺。记得有一次，在安师大农场的一个朋友因为怕种子失传交给了他十几种种子，让他代为培育，其中包括一些稀有的西红柿品种，他都培育成功了。因为宣城产茶，父亲在那里还练就了品茶本领，无论什么茶，他只要闻一闻、尝一尝，立刻就能知道这茶是明前茶还是明后茶，是火候没有到还是烤过了，里面是不是有老叶子，这也成了他以后的唯一嗜好。

父亲头脑非常清楚，下放在农村时，当地人请他担任村里的会计和保管员，父亲把工分入账做得清清楚楚，连续七八年没有一点儿差错。父亲和我说过他在上学时数学特别好，考试几乎都是满分，老师每次都把他的试卷作为标准答案，甚至有一次他做错了，老师都没有批出来，还是他自己指出来的。之所以他后来学文，是因为在文理分科时，所有人都认为他会选择理科，为了让所有人想不到，更是为了表示他的文科也不差，他选择了文科。他还开玩笑说："如果我选择理科，肯定是一个数学家。"

在我心中，父亲富有智慧，头脑灵活。在父亲生命最后几年，因为听说动脑筋的人老了容易得老年痴呆，所以他经常去医院做脑部CT，医生告诉他，他的大脑一点儿也没有萎缩，完全和年轻人一样。因而我们忽略了他身体其他部位的检查，这一点始终让我难以释怀，如果父亲每一年都能够做好体检，或许能够多活好多好多年。

三、父亲心地善良，特别乐意帮助别人

初见父亲的人会认为他有些冷峻，表情严肃，不苟言笑，似乎很难接近。但其实，父亲为人心直口快，爱憎分明，疾恶如仇。但凡有看不惯的人和事，必仗义执言，不给对方留任何面子。正如父亲所说："始终记着自己是人，没有忘记应该怎样做人。"他认为你这个人可成为真正的朋友，就会全心全意地对待你、处处为你着想；而对于那些利欲熏心，靠整人向上爬的人，不管他地位多高，他都是不买账的，甚至连见面打招呼都不愿意。他在1957年蒙冤和"文革"中惨遭摧残，除了当时形势的原因外，应该与他的性格也有一定的关系。

不了解他的人，都认为他很怪，以至于我女儿的钢琴老师对父亲说："一开始，我到你们家教课时，有的老师劝我不要来，说你这个人挺怪的，开始我真有点怕，结果一接触才发现你对人特别真诚。"

芜湖电视台马忠先生早就听说了父亲翻译的事情，一直想给父亲拍一个人物专题，只是听人说父亲很怪，不喜欢别人宣传他，一直没有与父亲联系。但最后他鼓足勇气登门采访。一个人物专题片拍完了，他和父亲成了忘年之交。专题片《金色的黄昏》也成为每年春节我们家人必看的节目。

不仅如此，父亲更是一个热心肠的人，心地善良，重义轻利。

对陌生人，他敢于主持正义，乐于助人。他会替人力车夫拉车，替受屈的学子打抱不平。有一次父亲外出散步时看到一辆出

租车开进小区，因车速度太快撞上一辆自行车，司机不依不饶一定要自行车车主赔偿损失，周围围观的人没有一个人说一句公道话，父亲上前指出司机的不对，又打电话请来保卫处人员解决此事，直到事情圆满解决。

对身边人，他更为他人着想，热心助人。六十年代，教师工资低，人均工资只有五六十元，没有奖金，又不能找第二职业。有位老师孩子多而且都在上学，家庭负担重。父亲为了帮助他又不伤他的自尊心，就把年幼的我托管在他家里，下班接回来，每月付十八元，再另付十五元的零食费，帮助老师补贴家用。除了对这位老师，父亲对其他人也一样，如果他知道了谁有困难，但又不好意思开口借，他都会主动借钱给人家，哪怕倾其所有。听我母亲说，她和父亲结婚时，父亲全部积蓄只有八十元。

父亲生性善良，对每个人都抱着一颗宽容、感恩的心。无论谁给了他怎样的帮助，他都会一辈子记在心里。1961年10月父亲翻译的一部中篇译文在《世界文学》发表，为父亲赢得了声誉。后来在一次文学讨论会上父亲遇到了负责该译文的编辑苏杭老师，他说在他接到父亲的译文时，他自己也已经翻译了一半，但是他还是用了父亲的作品。父亲听了十分感动，说“你真的非常了不起”，此后，父亲念念不忘、时常提起。我们在莫斯科期间，父亲听说苏老师也在莫斯科，就专门打电话给我们，让我们登门拜访并尽力给予帮忙、照顾。

父亲第一次化疗后回家休养时，就急切地约记者到家里，说要写篇感谢的文章。尽管当时父亲已经很虚弱了，但是他还是哑着嗓子和记者谈了一个多小时。凡是关心和帮助他的人，都一个不少，甚至是叫不上名字的护士。文章写好后，父亲的病势已重，但他仍坚持审稿，唯恐人名弄错。这就是我的父亲，他帮助别人总觉得没有什么，而别人帮助他哪怕一点点，他都会牢记在心、终身不忘。

四、父亲热爱翻译，特别期望学生成长

父亲一生都致力于文学翻译，1953年，父亲大学毕业后来到了安徽师范大学外语系任教，并开始从事文学翻译工作。1954年开始发表短篇译作。1956年出版第一部译著《里雅柯夫小说集》。1961年10月在《世界文学》发表苏联作家艾特玛托夫著名中篇小说《查密莉雅》。屈指算来，从1980年到1996年他生病为止，父亲先后翻译了《静静的顿河》《安娜·卡列尼娜》《复活》《当代英雄》《上尉的女儿》《日瓦戈医生》等20多部俄罗斯文学名著近700万字，平均每年有40多万字的译著出版。父亲生前正在重译陀思妥耶夫斯基的《罪与罚》，还没有完稿，无情的病魔就夺走了他的生命。

父亲热爱文学翻译，但他从来没有忘记自己教师的身份，也从来没有懈怠自己的责任——教书育人。他认认真真地教好每一节课、每一门课，学生学习、生活有什么困难和要求，他都会给予无私的帮助。到我家里来的最多的就是青年教师和他的学生，父亲和他们谈学习、谈生活、谈工作、谈文学、谈翻译、谈未来，此时也是我父亲最开心、最快乐的时候。

父亲始终认为，作为一位教师，既要教好书，又要教学生怎样

做人。他上课不点名,也允许学生不上他的课,自由交作业。但是由于他上课生动,不拘形式,经常用自己翻译的作品做实例,学生没有一个缺课。父亲关心学生成长,热心推荐优秀学生考研,并积极为学生联系学校和老师。作为教师,父亲传授给学生的不仅仅是知识,还有人品与意志。他不止一次地对学生说:“名人并不是高不可攀的,只要奋斗,凡人就会成为名人。”一位学生想挑他作品的错,尽管没挑出,父亲却赞赏他的勇敢精神,对全班学生说:“要敢于挑老师的错,年轻人不敢超越前人是没出息的!”后来那位学生考取了北京大学研究生,临走时父亲还送他一套自己翻译的名著,鼓励他继续挑错。

不仅对于学生,对于外人,只要有需求,父亲都乐于帮助。为纪念改革开放30年,芜湖新闻台开辟了一个反映家乡建设、人文精神风貌的系列散文节目——《家住弋江边》,向大家介绍芜湖本土作者和他们所写的反映家乡变化的散文。2008年9月6日就播了一位网名叫“月色朦胧”的人写的配乐散文《心香一瓣忆故人》:“力冈老师去世已有11个年头了。我不是他的学生,但得到过他不少的教诲,至今还铭记在心。他去世时,报上没有发讣告,所以我没有去参加追悼会。现在试着用点滴文字记下我们的交往,以安抚自己不安的灵魂。”

关于父亲,其实要说的,想说的,还有太多太多……

父亲的一生可能活得很累、很苦,然而他活得很真、很诚。父亲虽然离开了我们20年,但家人、朋友、学生都没有忘记他,以各种方式寄托着对他的哀思。在父亲去世以后,沈念驹、刘硕良、杨武能、朱宪生、朱良志、吴笛、马忠、何更生、蔡玉辉等老师,或专门撰写纪念文章,或在访谈中专门回忆力冈,我文章的内容有些也取自于他们的文章和访谈,在此,我对各位老师表示我最衷心的感谢!

在刘文飞、吴笛、张杰等老师的帮助下,在安徽师范大学出版社的领导和编辑的努力下,在国家出版基金的资助下,《力冈译文全集》正式出版了。

我想,父亲如果天堂有知,他一定会含笑欣慰的。

敬爱的父亲,您永远是女儿心中的思念!您将永远活在我们心中!

在悲怆的境界中抒写诗意人生
——《力冈译文全集》代后记

吴　笛
浙江大学世界文学与比较文学研究所所长
浙江省比较文学与外国文学学会会长

力冈先生对中国翻译文学的贡献突出体现在俄罗斯小说翻译方面。他译文准确流畅，文思敏捷，被誉为我国顶尖的俄罗斯文学翻译家。他以一颗赤诚之心对待为之奉献毕生精力的文学翻译事业，其小说翻译实践不仅是对我国翻译文学的杰出贡献，同时也是翻译研究的珍贵文本。

一

如同其他文学类型一样，小说翻译既是一门科学，也是一门艺术。作为一门科学，由于各种不同的语言都有其丰富的词汇、严密的语法结构和极强的表现力，都有各自不同的特色和不容违反的艺术规律，而且各个民族都有自己的文化语境，自己的风土人情、思维方式和生存习惯，所以，不同语言之间的翻译是一个非常复杂的过程，文学翻译过程中，既要忠实于原作，不能随意发挥，又要把握作品的神韵，不能拘泥于字面意思。于是，要求译文准确、严谨，合乎规范，译文所传达的信息内容与原文保持高度一致。作为一门艺术，文学翻译是高强度的脑力劳动，不是逐字逐句的机械的语言转换，而是需要译者根据原作的内涵，通过自己的创造性劳动，用另一种语言再现出原作的精神和风采。文学翻译作品，说到底是翻译艺术生成的最终体现，是译者翻译思想、文学修养和审美追求的艺术结晶。

所以，力冈先生的翻译，不仅是他翻译艺术和罕见才华的结晶，更是他传达自身思想情感的一种独特的途径。譬如，力冈先生在特定的历史时代特别主张弘扬人性，因此他在翻译作品的选题方面尤为偏爱他所认为的弘扬人性的作品。因此，在20世纪60年代，以及在“文化大革命”刚刚结束后的80年代，他的译著在破除封建观念、解放思想等方面，起了潜移默化的影响。

力冈先生认为：“人性是人类的最高美德。表现出深厚人性的作品，最能感人，最富有生命力。”力冈在人性一度成为禁区的历史阶段，呼唤人性，力图点燃禁锢在人们心中的人性的火花，尽管为此遭受到了难以承受的磨难。但是，在悲怆境界中，他坚持不懈，用自己的译笔传达一曲曲真挚感人的、充满激情的人性的颂歌。

力冈先生之所以对艾特玛托夫的作品发生浓厚的兴趣，正是由于在精神本质上他们是相通的，艾特玛托夫也正是一位弘扬人性的作家。艾特玛托夫曾说过：“人实质上生下来就是一个潜在的人道主义者，在他还不知道‘人道主义’这个术语时，从小就学仁爱……从爱母亲，爱自己的亲人，爱女人，爱大自然，爱大地开始，最后升华到爱祖国，爱自觉的人道主义，爱人类共有的感情……同情、团结和互助，向人学习善，人的这些品质应当永远富有成果地哺育艺术作品。”正是由于艾特玛托夫的作品中有着伟大的人道主义精神和广博的人类情感，有着特有的真诚、打动人心、感化人的灵魂的道德力量，所以，他的作品受到力冈先生的关注。力冈翻译《查密莉雅》(Джамиля)时，原著作者艾特玛托夫还是一个比力冈年轻两岁的尚不知名的青年作家，力冈以独特的眼光，发现了这部作品的思想意义和艺术价值，译成中文后引起极大的反响。这部作品对于人们的思想解放、道德情操的感化，以及仁爱都有着潜移默化的影响。反过来，艾特玛托夫的处女作《查密莉雅》在中国的翻译和出人意料的影响，扩大了艾特玛托夫在苏联的知名度，奠定了他在本国文坛上的地位。著名作家冯德英先生说得好：“艾特玛托夫的作品是非常好读的。他的每一部作品都像是蜜和酒，甘甜芬芳得让你陶醉其中……在读他的作品时，甚至能闻到成熟庄稼和干草堆的气味。”

力冈先生所选择翻译的帕斯捷尔纳克的长篇小说《日瓦戈医生》，颂扬的也是人性的伟大。小说反映的是在特定的社会政治变革中的知识分子的命运。当我们看到在野狼嚎叫的荒原中，日瓦戈医生在烛光之下抒写诗歌的时候，我们格外感到震撼：知识分子的心胸是多么广博，境界是多么崇高。力冈先生这部在20世纪80年代翻译的作品，同样受到读者的广泛好评和喜爱。记得在力冈先生逝世十周年纪念会上，浙江省作家协会副主席、著名作家、茅盾文学奖得主王旭烽在题为《力冈译〈日瓦戈医生〉与我的创作》的发言中说，虽然她从未见过力冈先生，但通过译作却已与力冈先生神交已久。力冈先生翻译的《日瓦戈医生》，她常备案头，并作为指导其创作的“圣经”，成了她人生最重要的两本书之一。

力冈先生翻译的作家卡里姆的《悠悠儿时情》，也是以充满诗意的抒情的笔触翻译充满诗意的感人的故事，触动着读者的心灵。作家刘白羽读了力冈翻译的《悠悠儿时情》之后，激动地说，读这样的作品简直感觉“受到圣灵的诗的沐浴”。

力冈先生花费数年心血精心翻译的《静静的顿河》，以及作品中所塑造的格里高力的形象，也是融会着力冈自己个性的。这是一个走过曲折历程、有着悲剧命运、但性格刚毅、个性鲜明、有着自己灵魂的形象。他尽管经历了人生道路上的折磨和挫折，但他依然没有失去热爱顿河、热爱生活的良好愿望。他最后带着忏悔、带着悲痛、带着一颗几乎破碎的心，穿过顿河，返回故乡，不管会面临什么样的结局。

力冈先生之所以翻译《复活》，在他看来，作品所表现的也正是人性的复活。在题为《人性的复活》的译本序言里，力冈先生写道：“弘扬人性，何罪之有？！文学以情感人，《复活》正是充满深厚的感人之情——对劳苦大众和弱小者的同情和爱护之心，对统治者的愤恨，对贵族的憎恶，对革命者的敬意，对官办教会的蔑视。这一切都表现得异常分明，异常强烈，异常真挚。这一切都是人性的感情。”

正是人性的力量，当祖国拨乱反正，迎来新时期的良好发展机遇的时候，力冈先生立刻焕发青春。他的刚毅的性格也体现在他的事业中，他以常人难以想象的毅力重新投身于文学翻译事业。他具有高度的责任感，忠于职守，任劳任怨，淡泊名利，甘于寂寞，献身于文学翻译事业和祖国的文化建设。无论什么时候，哪怕是假期，或是大年初一，跨进他的家门的时候，总是发现他在伏案工作。一部部文笔清畅、韵味悠然的译作从他的笔下流出，流到读者的心田。有的读者形容读他的译作，“如饮甘泉”。

二

力冈先生的译著不仅在特定年代解放思想方面发挥了潜移默化的影响，而且也在翻译理论以及翻译艺术方面，为我国译坛提供了珍贵的文本。

力冈先生从事文学翻译事业，从来没有想到要“建构”自己的什么“理论体系”。他力图退隐幕后，让作者与读者直接沟通。从作者的角度来说，他力图忠实地传达作者的思想和作品的内涵。从读者角度来说，他要使得翻译著作既保留原著的韵味，又发挥译入语的优势，使得读者在阅读过程中，充分领略祖国文字的魅力和母语语言文化的美感。所以，对他而言，实施什么翻译主张无关紧要，最紧要的是让不懂俄文的中文读者在阅读译文时能够获得与俄文读者同样的感受，获得同样的信息。所以，在具体实践中，淡化译者的主体性，该归化时就归化，该异化时就异化。他所追求的是“敏锐的美感，细腻的文思”。他的译文文思敏捷，他以一颗赤诚之心对待为之奉献毕生精力的翻译事业。他认为：“要想做一个优秀的文学翻译家，必须具备敏锐的美感和细腻的文思。文学翻译重在传神，因此对原文必须吃透。”在他看来，翻译家好比蜜蜂，只有将采集的花粉完全消化了，才有可能酿出真正的蜜来。力冈的译著，正是消化了源语文本的花粉所酿造出来的译入语文本的"真正的蜜"。

力冈先生的译文神形兼顾，不仅尽力保持原文的风采，而且遵守祖国语言的规范，不仅显得严谨，而且充满活力，充满诗意。

仅以书名为例，他将 *Долгое-долгое детство* 译成《悠悠儿时情》，将 *Берег любви* 译成《爱的归宿》，都极为传神。很多读者认为，读他翻译的作品时，文思贯通，感觉不到任何在翻译中丧失的东西，仿佛不是在读译著，而是在读地地道道的民族大师自己的创作。力冈先生翻译的时候总是专心致志，全神贯注，能够做到像演员一样进入角色，把握作品的内涵和人物的性格特征，分担书中人物的喜怒哀乐。

而在具体作品的翻译中，他更是发挥自己的五官的全部功能，感悟每一个"花粉"的意义所在，服务于蜜的酿造。如在《静静的顿河》第一卷的开头一段中，作者让我们第一次领略顿河的风光，原文写道：

> ...перламутровая россыпь ракушек, серая изломистая кайма нацелованной волнами гальки и дальше – перекипающее под ветром вороненой рябью стремя Дона.

对于这一景象，金人译本是传达了原意的。金人译文如下：

> ……一堆一堆的珍珠母一般的贝壳，灰色的、曲折的、被波浪用力拍打着的鹅卵石边缘；再向前去，就是顿河的急流被风吹起蓝色的波纹，慢慢翻滚着。

在该译文中，无论是“перламутровая”（珍珠母般的），“россыпь”（零散的一大堆），“ракушек”（贝壳）等词语的语序，还是对“гальки”（卵石）“кайма”（边沿）的修饰语“серая”（灰色的）和“изломистая”（曲折的），都是准确无误的。其后的“激流”被风而吹之后“慢慢翻滚”的逻辑关系也是说得过去的。总之，译文较好地传达了原文的内容。

然而，与力冈的译文作一对照，我们发现，在文思的敏锐方面，力冈的译文更为贯通，措辞也更为传神。力冈译文如下：

> ……那星星点点的贝壳闪着珍珠般的亮光，水边的石子被河水冲得泛出灰色，就像一条曲曲弯弯的花边儿；再往前，便是奔腾的顿河水，微风吹动，河面上掠过一阵阵碧色的涟漪。

在力冈的译文中，不仅有将“россыпь”译为“星星点点”，将“серая изломистая кайма нацелованной волнами гальки”译为“水边的石子被河水冲得泛出灰色，就像一条曲曲弯弯的花边儿”这样的传神之笔，而且，更为重要的，是文思极为贯通，没有任何阅读和审美障碍。我们在译文中首先感受的是河畔那贝壳所闪烁着的珍珠般光亮，接着是水边的石子如同花边泛着灰色，然后，我们才注意到奔腾的顿河，但是，译文将读者的视线很快从河流引向细部的涟漪，所聚焦的是微风吹动后从河面上掠过的“一阵阵碧色的涟漪”。如此一来，最后所聚焦的“涟漪”比金人译本的“慢慢翻滚”更具内在逻辑性，也更为贴近原文的内涵。

从某种意义上说，力冈的译文具有“异化归化并举”的特性。

我们不妨引用著名作家帕斯捷尔纳克代表作《日瓦戈医生》中的一段文字：

> Какая великолепная хирургия! Взять и разом артистически вырезать старые вонючие язвы! Простой, без обиняков, приговор вековой несправедливости, привыкшей, чтобы ей кланялись, расшаркивались перед ней и приседали.
>
> В том, что это так без страха доведено до конца, есть что-то национально-близкое, издавна знакомое. Что-то от безоговорочной светоносности Пушкина, от невиляющей верности фактам Толстого.

对于这一段文字，我们在此比较一下两位同为俄语界翻译大家的蓝英年等人的译文和力冈译文。力冈译文如下：

> 多么了不起的手术！巧妙的一刀，一下子就把多少年发臭的烂疮切除了！痛痛快快，干脆利索，一下子就把千百年来人们顶礼膜拜、奉若神明的不合理制度判了死刑。这种无所畏惧、讲求彻底的精神，是我们固有的民族精神。这是来自普希金那种毫无杂念的光明磊落和托尔斯泰那种一丝不苟的精神。

蓝英年等人的译文如下：

> 多么高超的外科手术啊！一下子就巧妙地割掉了发

臭多年的溃疡！直截了当地对习惯于让人们顶礼膜拜的几百年来的非正义作了判决。

关键是毫不使人恐惧地把这一切做完，这里边有一种很久以来就熟悉的民族的亲切感，是一种来自普希金的无可挑剔的磊落光辉，来自托尔斯泰的不模棱两可的忠于事实。

两种译文各有千秋，都体现了在文学翻译事业上的一丝不苟的敬业精神。以第二句“Взять и разом артистически вырезать старые вонючие язвы!”为例，蓝译“一下子就巧妙地割掉了发臭多年的溃疡！”更尊崇原文的语序，而力冈译文“巧妙的一刀，一下子就把多少年发臭的烂疮切除了！”则将修饰“вырезать”（切除）的副词“артистически”（巧妙地）提到了句首，这样，既保存了原文中“взять”和“и”两词的语义内涵，同时，也顺应了外科手术的顺序，使得译文更为妥帖。在接下去的译文中，蓝译更符合“异化”特征，而力冈译文则具有“异化归化并举”的特性。譬如，蓝译将“несправедливости”译为“非正义”，力译将此译为“不合理制度”，蓝英年将“невиляющей верности фактам Толстого”译为“来自托尔斯泰的不模棱两可的忠于事实”，力冈则译为“托尔斯泰那种一丝不苟的精神”。可见，蓝英年等人的译文更具异化特质，而力冈译文则在消化源语文本的基础上，充分发挥了译入语语言的优势，从而更符合译入语语言的习惯，也更为流畅，适于阅读和流传。

三

力冈先生的翻译成就得益于他的刻苦努力以及对祖国翻译事业的无限的热忱。他生活简朴，从不追求奢华，却将全部的精力用于自己的艺术追求。

力冈出身于贫苦家庭。由于家乡被日本侵略军占领，他很早就失去了读书的机会。16岁的时候，他和两个年龄相仿的伙伴一起逃离家乡，从此开始了长达6年的颠沛流离的生活。1948年底，他的家乡解放后，22岁的他立即投奔解放区，进入济南华东大学学习。第二年，他被推荐到新华社山东总分社、《大众日报》社从事编辑工作。为了学习先进文化，1950年，他考入哈尔滨外国语专门学校的俄语专业。在三年的求学时间里，他如饥似渴地学习，并以优异的成绩从这所院校毕业。他原可以到一些大城市工作，却选择了长江中下游的一座中等城市——芜湖，来到了安徽师范大学外语系任教，并开始从事文学翻译工作。截至1956年，他发表了20多篇翻译作品，出版了第一部译著《里雅希柯小说集》，其细密的文思、优美的文笔吸引了读者的目光。

正当他的翻译事业蒸蒸日上的时候，一场“厄运”降落到了他的头上。1957年上半年，他被划为“右派”，开除公职，赶出校门，送去“劳动教养”。1960年，他被摘掉“右派”的帽子，返回学校，重新登上讲台，又开始他所热爱的文学翻译事业。不久，他便以一部精美的译作《查密莉雅》享誉译坛，成为读书界的一时佳话。可惜好景不长，在“文化大革命”中，这位翻译“苏修”“毒草”的力冈又遭受了难以想象的迫害。他被迫离开学校，下放到农村接受“改造”。面对种种意想不到的遭遇和不公，他并没有沉沦，也没有片面地记恨，而是在艰难的岁月中怀着对人性的憧憬，将厄运升华为创作的动力，在逆境中不忘呼唤人性和仁爱，将种种遭遇视为生命中的财富，在悲怆的境界中抒写诗意人生，毫不气馁地追求生命的意义。等到“文化大革命”结束后，他于1978年返回讲台的时候，已过“天命之年”了，但他却以常人难以想象的毅力投入到翻译事业中去。从此，直到1997年去世，他以惊人的勤奋赢回他在反右和文革中受迫害而失去的时间，他的译著一部接着一部地面世，在翻译界和读书界产生了强烈反响。他用一流文笔译介了普希金、屠格涅夫、托尔斯泰、肖洛霍夫、帕斯捷尔纳克的名著。他所译的《静静的顿河》《生活与命运》《复活》《日瓦戈医生》，以及《安娜·卡列尼娜》《查密莉雅》和《上尉的女儿》等一系列俄罗斯小说，无疑是值得我们研究的经典译本。著名翻译家杨武能说，力冈“以一系列名著佳译，为自己树立了一座不朽的、高大宏伟的纪念碑”。

力冈先生是为译介俄罗斯文学献出了整个生命的翻译大师。他所译的俄罗斯文学名著，深深地影响了几代中国读者，至今仍在读书界和学界享有盛誉。他的译著，是我国翻译文学的宝贵的精神财富和优秀的文学遗产。《力冈译文全集》获得国家出版基金立项并且由安徽师范大学出版社顺利出版，是值得庆贺的，这是对力冈先生翻译艺术成就的充分肯定，也是对他仙逝20周年的最好的纪念。作为他的学生，我更是感到由衷的高兴和自豪。浸透他多年心血的俄罗斯文学译著必将为优秀文化的传播发挥应有的作用,力冈的名字必将永远镌刻在我国翻译史上。

二〇一七年十月二十八日